坂口安吾
歴史小説コレクション
第二巻

信長

七北数人 編

春陽堂書店

坂口安吾
歴史小説コレクション

第二巻

信長

目次

「信長」作者のことば

少年時代の信長は天下のタワケモノとよばれた。子守りの老臣はバカさに呆れて切腹した。三十すぎて、海道随一と武名の高い今川を易々と打ち亡しても、ウチのバカ大将がなぜ勝ったかと家来どもが狐につままれた気持であった。

天下を平定して事実が証明したから、ウチの大将は本当に偉いらしいやと納得せざるを得なかったが、内心は半信半疑なのだ。

つまり信長の偉さはその時代には理解しがたいものであった。こんなのは珍しい。

信長とは骨の髄からの合理主義者で単に理攻めに功をなした人であるが、時代にとっては彼ぐらい不合理に見える存在はなかったのだ。

時代と全然かけ離れた独創的な個性は珍しくないかも知れぬが、それが時代に圧しつぶされずに、時代の方を圧しつぶした例は珍しいようだ。理解せられざるままに時代を征服した。

信長に良い家来は少くないが、良い友達は一人もいない。多少ともカンタン相てらしたらしい友人的存在は斎藤道三と松永弾正という老いたる二匹のマムシであろう。

歴史にも類のない悪逆無道の悪党とよばれた二人が揃って彼のともかく親友的存在の全部。むろんマムシの友情だから、だましたり裏切ったり、奇々怪々な友情だが、ともかく友情の血は通っていた。その友情も時代は理解することができなかったし、彼が光秀に殺されたのも時代にとって不可解であった。彼をめぐる全てが不可解のようなものだ。

かれの強烈な個性は一見超人的であるが、実はマトモにすぎた凡人なのかも知れない。彼の一生にふくまれた人間史の綾や幅は比類なく雄大で正常である。

私の狙いつつあるものが描けるかどうかは目下は雲をつかむようだ。ともかくタワケモノの少年と老いたる美濃のマムシとの交渉からポツポツ物語をはじめることに致します。

信長

美濃の古蝮

1

信長はふと目がさめた。平手政秀の声をきいたと思ったが、夢かも知れない。別室にまだ起きている人々の物音はきこえるが、人声はきこえない。平手がこの時刻に近くにいるはずもない。

すると、人の足音がちかづいて、フスマがあいた。信長は半身を起して、射しこんだ光の手もとに声をかけた。

「政秀だな？」

「そうです」

平手は片手に燭《しょく》をかかげながら、フスマを左右いっぱいに押しひらいて、座った。

「お目をさましてお待ちでしたか。さて、なんとさとって、お目ざめですかな」

いわれて、信長は耳をすました。特に変った物音もきこえない。平手はなぜフスマを全部押しあけたか。真夜中に人をからかう平手ではないが、とかくシツケや教育の好きな男だ。

平手は一段と力をこめて追求した。

「何事もなくて、深夜にお目はさめますまい。なんとさとッてお目ざめですか」

「人は気ままに目がさめるものだ。キサマだけがそうではないのか」

「アハハ。武士がふと目をさまして思うことは戦《イクサ》だけです」

そして、平手は信長を睨《にら》みつけて、ささやいた。

「ただ今から、出陣ですぞ。美濃勢と一戦です」

シツケのためでないと分れば、平手の言葉にケレンがあるはずはない。

信長はフトンを蹴って、立上った。

「そうか。来たか。具足をもて」

爽快な戦意。音にきく大敵をのむ気魄《きはく》。ミジンも怖れがない。その自覚に満足する。これがオレという若大将の本性なのだ。武者ぶるいが走る。彼は叫びつづけた。

「山城のシラガ首は再び美濃の土はふめまい。オレの足が尾張の土にふみにじってやる。だが、いつに変らずすばしこい蝮《まむし》オヤジだな。美濃勢はどこに来ている。父上の城にとりついたか」

「敵はどこにも来ておりませぬ」

平手の返事は冷めたい。

「尾張勢が美濃の国へ進撃です。大殿はやがて木曾川を越えられるころじゃ。まず、冷飯でも腹いっぱいお食べなされ」

女たちが食膳をささげて現れた。平手はそれを見すてて立去った。

まもなく、太鼓がなりだした。打ちならすのは平手自身であろうか。ホラ貝もなりだした。

信長はまだ空腹を覚えないので、一パイ目を食べかけているところであった。太鼓の音が追ってくる。平手の目だ。声である。それをはじき返して、信長は心に呟《つぶや》いた。

「真夜中に食欲がないのは当り前だ」

そのとき、容易ならぬ不安がわいてきた。敗北。大敗北。——明日、美濃路へかかって見出すのは、全滅している味方の大軍ではあるまいか。血にそまった父の姿かも知れない。

去年にまさる大敗北を、父は承知で、くりかえすのか。なんたる無謀の進撃。

「はやる者は、負ける」

父は全滅するだろう。そして、その復讐がオレの肩にかかるのか、と信長は思った。天文十七年十一月十七日の真夜中である。信長は十五であった。

2

去年の秋、織田信秀（信長の父）は美濃を攻めて大敗北した。

そのときは尾張一国の織田諸家に援軍をたのみ、オール織田というべき空前の大軍を編制して、堂々と美濃へ攻めこんだのである。

稲葉城の周囲の村々を焼きはらい、町口まで取りついたとき夜になったので、陣を構えるために引きかけたところへ、総反撃をくらった。ナダレのような追い打ちをくらい、防ぐまもない。巻狩りのケモノが取りつめられるように討ち落されて、織田軍の戦死は五千であった。

稲葉城主は斎藤山城入道道三《ドーサン》である。坊主の出身だ。坊主は当時の唯一のインテリであるが、道三は坊主の中でも抜群の知恵者で、若年からアッパレ未来の名僧と評判された腹の底の知れないような怪物だった。寺をすてて油売りの行商人となり、やがて美濃の守護職土岐《とき》氏の家老長井の家来となったが、長井を殺して代って土岐の家老となり、さらに土岐氏を追いだし愛人をうばい、美濃一国を手中に収めてしまったのである。

主を殺して国を奪ってからも、微罪の者を牛裂きにかけ、親兄弟に火を焚かせて釜煎《かまい》りにするような暴君であったから、前代未聞の悪名は鳴りとどろいていたが、会ってみれば、油壺《あぶらつぼ》から出てきたような美顔であった。年老いても、端麗な顔は絵の中から抜けたように色白く、一見柔和な微笑すら絶やしたことがない。

彼の悪知恵は兵法によく生かされていた。彼は刀よりも槍を選んだ。その槍は敵の槍よりも長いものでなければならない。鉄砲の伝来を知ると、たちまちそれを主戦兵器に採用した。当時のだれよりも先んじた独創的な兵法だった。

彼が手中に収めた軍兵は「美濃衆」とよばれて天下に勇名高いツワモノたちであった。加うるに悪魔的な兵法あり。彼と隣合せた城主こそユーウツ千万というべきであった。

道三は日本全体を征服するような過分な労力を好まなかった。もう年も老いた。彼は戦争よりもイヤガラセが好きだった。

去年の秋、織田の大軍をむかえて足腰たたぬほど叩きふせたから、そろそろ首をしめてやるころだと考えた。近江の国からその必要もなさそうな軍兵を大仰に借りうけた。

美濃のうちでも大垣だけは織田の支族が立てこもっていた。まず手始めにそれを攻め亡ぼして、という道三のモッタイぶった準備が、十一月のはじめから、間者たちによって頻《しき》りに尾張へ報告されていた。

去年の大敗北以来、信秀には再びオール織田軍を編制するだけの実力が回復されていなかった。大仰な美濃の戦備に、どのように対処するツモリであろうか。

すると突如として十一月十七日の出撃である。信長にすら予告なく、手勢だけ率いての思いたっての出撃だ。

オール織田の大編制と周到な準備を立ててすらも去年のあの有様ではないか。まるで誘いの火にとびこむ虫のようなものだ。

「父上の骨を拾って帰るか」

信長は高らかな感動をこめて呟いた。すると馬を並べて闇路《やみじ》を進んでいる平手はカラカラと笑った。

「大殿は山城どのに劣らぬ大武辺者ですわ」

山城に劣らぬ——と彼はいう。平手にとっても、敵の重さがこたえているのだ。その怪物の重量が、信長の肌に冷めたくふれるように感じられた。

3

翌日、信長は父を追うて木曾川、飛驒川を渡り、竹が鼻に来てみると、町は焼き払われて一望の焼野原。父の軍兵が通り魔のように踏みにじって過ぎた跡であった。

父はアカナベロへ向った由。その方角には所々に火の手があがっていた。その奮戦が思いやられる。父の使者が信長を迎えて、いったん大垣の城に入り命令を待て、とのことであった。

城外の館にノンビリしていた道三は、信秀の思いがけない出撃の報に、ビックリ仰天、城内へ逃げこもったという。

その翌日も、信秀は当るを幸い火を放ち、美濃の村々を魔風のように荒れ狂っていた。その速力と不測の出没に、道三は貝殻のフタをとじて身動きもしなかった。

父の働きに満足して、信長は思わず政秀にいった。

「シラガ首の古マムシめが、仰天して山の城へ逃げこんだそうだな」

政秀はうなずく代りに、にらみつけた。

「そんな話が小犬なぞにはあるそうですな。縁の下に穴をほり、半日ふるえているそうです。小犬はな」

信長は興ざめて苦笑した。道三ともあろう怪物が、仰天して半日ふるえているはずはない。去年大敗北を喫したのも、味方が勝ち誇っている直後であった。信長が、いま怖れているのも、そのことだ。

しかし、一時のことにしても、道三が仰天した貝のように殻の中にとじこもってフタをしめたのは争えない。精強の美濃衆に四囲の守りをかため、近江から援軍をよんで、特別の戦備をととのえていて、これである。

去年の秋には、特別の戦備をととのえていたのは織田方だ。そして格別の用心があるわけではない美濃へ攻めこんだのだ。その去年はムザンの敗北に終り、今年は一応アベコベの戦果である。

——敵の不意をついたからだ。

人々はそう語った。同じことだが、信長の考え方は違っていた。

——その速力が間者をだしぬいたからだ。

道三も信秀も間者を使う名人だった。否、たぶんあらゆる大将がそれぞれ間者を使う名人と見なければならぬ。戦争に勝つには、まず敵の間者に勝たなければならない。それが少年信長の考えであった。

父は敵の間者に勝ったのだ。しかし、長居をすれば、その結果はいうまでもなく明瞭だ。小さな勝利に誇るバカ。

その翌日、信秀はようやく大垣城に現われた。泥まみれの兵隊たちは手づかみに腹をみたして、夜を待たずに眠りこけた。

信秀だけは眠るヒマがなかった。尾張から注進が来たからである。留守の間に、清洲衆が古渡《フルワタリ》城を占領したのだ。古渡は信秀の本城だ。清洲衆とは織田の本家の郎党であった。

尾張をでた時と同じように、信秀はその夜のうちに尾張へ戻った。

「キサマは那古野《ナゴヤ》の城へ戻れ。オレの加勢に来るまでのことはない」

父は信長にこういって、途中で別れた。僥倖《ぎょうこう》にもこの男から死神が離れたらしいと信長は思った。天の助け。逃げるときを得たのである。一目散にひた走れ。逃げるときを逃すな。強いバカ。父の強さが次第に信長の疑惑となった。要心深い美濃の古マムシが気にかかるのだ。

4

織田家は守護職斯波《しば》氏の家老であった。主家が衰えたので、織田伊勢守が尾張の上四郡を支配し、織田大和守《やまとのかみ》が下四郡を支配した。川を距《へだ》てて上下の郡境の清洲城に斯波義統《シバヨシムネ》を置き、ここは同時に大和守の居城でもあった。大和守に三人の奉行があった。織田因幡守《いなばのかみ》、織田藤左衛門、織田信秀である。

信秀は織田氏の末の支族であるが、実力によって次第に織田氏の頭目となった。勝幡《ショバタ》の城から那古野に移って本拠とし、ついで熱田にちかい古渡に築城して、那古野城を少年信長に与えた。

信秀の最大の武功は小豆坂《アズキザカ》で今川義元の大軍を破ったことだが、真に尾張一国の頭目たるの威勢を示すことができたのは、オール織田ともいうべき大軍を編成して稲葉城下へ出撃した去年の秋であった。

その結果は大敗北に終り、信秀にとっては元来の主家たる織田大和守も戦死した。清洲衆とはその郎党である。大和守の養子彦五郎信友が後をついで清洲衆を支配し、また同じ清洲の城内に細々と命脈を保つ武衛様《ブエサマ》(斯波義統)とその臣下をも支配下におさめていた。

去年の秋の惨敗は信秀の威勢に大きな傷を与えたが、その最初の、そして最大の現れがこのたびの清洲衆の反逆であった。去年の秋には総大将が戦死するほどの協力を示してくれたのに、一年後の今では、同じ美濃への出撃の留守に信秀の本拠を荒したのだ。

信秀が戻ってみると、清洲衆は古渡の城下を焼き払って退散したあとだった。寄手の大将は坂井大膳、坂井甚介、河尻与一の三人の家老であったという。彼らは宗家の支柱たる古ツワモノだ。しかも宗家の主筋たる武衛様をも擁し、多くの織田族に火をつける力ともなりかねない。

平手政秀は信長をうっちゃらかして古渡へ信秀を追った。信長の教育を一任されている彼は、また織田家の興廃を肩に負わされているように感じていた。寝てもさめても、その責任が忘れられない政秀であった。

「昔の家柄を誇る者はとかくムホンしがちなものです。鬼の留守に火をつけて逃げるだけの才覚ならば、屁をたれて逃げるようなものですが、その無力こそ同情すべきことでもありますす。清洲衆の顔を立ててやるぐらいのお気持が国を保つ人の襟度《きんど》でありましょう」

政秀の進言をうけた信秀は、こだわらなかった。美濃や駿河《するが》の大敵にはさまれながら同族と事を構える愚は分りきったことだ。

家来たちは美濃の戦果に酔っている。留守に来て火を放《つ》けた清洲衆は、戻ってみれば逃げたあと。戦わずして勝ったと心得、美濃以来の味方の威勢に酔っている。家来たちがこの気分なら、事を好む必要はなかった。

「キサマこの扱いに良策があるか」

「策と申してはございませんが、双方の顔を立てるだけのことです」

「よかろう。思うように、やるがよい」

と、政秀に一任した。

ところが、政秀が折らでもの膝を屈して、円満和解を申しでてみると、これが容易でないことが分ったのである。

5

清洲の筆頭家老の坂井大膳は敵の弱味を握れば骨までシャブる高利貸のような陰鬱《いんうつ》な実行力をもっていた。

「清洲の織田が古渡の町に火をかけたのを謝罪せよと仰有《おっしゃ》るのか。織田信秀とは何者だね。当家の奉行の一人にすぎないではないか。下四郡は当家支配の土地だ。誰に許しをうけて古渡に城を築いたのか。当家は尾張の守護代だよ。領内のことは焼いても毀《こわ》しても意のままであろう。それとも、信秀が当家に代って、尾張の守護職をうけたと仰有るのか」

昨秋の敗北以来、信秀の威令が織田諸家を動かす力は失われている。

信秀が手勢を率いて美濃に働き、多少の戦果をあげてきたといっても、敵の本拠を遠く離れた村々に火をかけてきただけのことではないか。その手にだまされて信秀を見直す織田一族が今ごろある筈《はず》はない。美濃の本拠に肉薄して真に決戦を挑む力がないことは、去年の例で分りすぎている。

「美濃の畑を荒してきて威勢を見せるのも子供だましには利くかも知れぬが、山城入道を怒らせただけ損ではないかね。山城が尾張へ攻めこめば、当家が道案内に立たぬでもない。一足先きにと信秀が清洲へ押し寄せれば、大方山城入道を早めに呼びこむことになろう」

大膳はシワの深い陰気な顔に露骨に不キゲンを見せつけて、細い声で脅迫した。まんざらオドカシだけではなかろう。その不安が有りうると気付いただけでも、平手の肝は消えるようにおののいた。

「信秀が尾張の支えとなって今川の侵攻を小豆坂に防いで以来、尾張に織田備後守《びんごのかみ》信秀ありと世にきこえた盛名は認めていただきたいのです。盛名を鼻にかけて宗家をナイガシロにするものではありません。たまたまそれに見まごう手落ちがありましたならば、深く謝罪いたすだけの誠意を今も失うものではありません。信秀が衷心《ちゅうしん》求めてやまぬものは、同族の表裏なき厚誼《こうぎ》です」

平手はこうあやまって急いで古渡へ戻ってきた。

同族との和解も必要だが、今や最大の急務は美濃との和解だ。清洲も、その他の一族たちも、自立して反旗をひるがえす力はない。また彼らだけの連合軍も怖るるには当らない。彼らと美濃を結びつけて敵にまわす原因を持つことほど怖しいものはない。

その原因は現に実在しているのだ。美濃も信秀の敵であるし、清洲も今や敵である。

平手は人を遠ざけて信秀と対坐した。

「ただ今この場から正式の使者として美濃に差向けていただきたいのです。山城どのには三名の令息の下に濃姫《ノヒメ》という女子がおられると承っておりますが、この姫と信長公の縁組を命じていただきたいのです。失礼ながら、当家安泰のためには、これが第一の良策と存じます。これによって両家の厚誼が生じますならば、尾張一国はおのずから平和です」

「虫のよすぎる話のようだが、キサマの思うように運ぶ見込があるのか」

「当ってみるだけのことですな」

もとより信秀にも異存はない。火急のうちに多くの珍宝を取り揃え、平手は美濃へ走った。

6

冬のあたたかい日射しが座敷いっぱいさしこんでいた。古マムシが城下に構えた館である。古マムシは主としてウタタネしているような様子であった。平手という客の存在も概《おおむ》ね忘れているように見える。時々手ミヤゲの品物に手をふれてみることもあったし、ボンヤリ泉水に目をやることもあった。泉水のまわりを鶴が歩いていた。

「あの鶴が居つくまでには骨を折ったな。オレも気苦労、人はなおのこと気苦労なことさ。鶴の奴は知らないな。それが取り柄だね。オレは人間どもに飽き飽きしたような気もするが、飽きない奴にめぐりあいたい娑婆気《しゃばけ》もあるな」

一眠りしたような間をおいて、また、いった。

「オレのような悪党には、自分の子のオモチャのようなところだけが、何より可愛くてたまらないな。大人ぶったところは、つまらなくて仕様がない。とりわけ濃姫は可愛いなア。地上の姫とは思われぬほど、たぐいなく美しいな。だが、オレの娘のことだから、イヤらしいような、怖しいような、角も、牙も、爪もある女になるかも知れないよ。それを見なければならない男がオレでないのはいいシアワセというものだ」

また一眠りも二眠りもしているような様子であったが、ヒョッコリ立ち上って、どこへか立ち去ってしまった。

平手は人にみちびかれて館の外に一室を与えられた。返事があるまで泊るように、気ままに暮して待つがよい、との道三の言葉がつたえられた。

四日目に道三の前へよばれた。古マムシは相変らずウタタネしているような様子であった。

「清洲から坂井大膳の使者が来たぜ。貴公が来ていることは、まだ知らないな。お前さんの勝だよ」

間をおいて、軽くつけ加えた。

「濃姫は信長にやろう。五日のうちに仕度を調えさせるから、迎えにくるがよい」

それだけであった。取引は終ったのだ。

結婚の申込みが、道三にとっても時を得たオモムキがあったのである。

去年はマムシの当り年であった。秋には城の下まで取りついた尾張の大軍が五千の屍体を残して逃げた。年の暮になると、彼が追いだした美濃の守護職土岐頼純《ヨリズミ》が朝倉の加勢をたのんで越前から攻めてきたが、途中で病没した。彼の最大の敵が自然に消えてしまったのだ。

ところが彼の足もとには知らないうちもっとイヤらしい仇敵が育っていた。彼の長男、義《よし》龍《たつ》であった。

道三は土岐頼芸《ヨリヨシ》（頼純の弟）を放逐のとき、その妾を奪って妻とした。最初に生れた義龍は、実は頼芸の種なのだ。

義龍はそれを知って道三を憎みはじめた。

道三も生れたてから義龍を嫌っていたが、有ろうことか、六尺五寸の大男に育ち上り、我こそは美濃守護職の嫡男と名乗りをあげて密々に美濃衆の切りくずしにかかった。バカ力はあるし、智恵もあるし、徳もあるらしい。ひどく人気がでたのであった。おまけに益々道三をイヤがらせるためのように癩病《らいびょう》の徴候があらわれはじめた。今や道三にとっては鼻持ちならない怪物だ。

「殺してしまえば、すむことだが――」

どうしてだか、今度に限ってそれができない。

7

道三の悪智恵と簡単な人殺しは天下衆知でありすぎた。

そして義龍が彼の仇敵と知れたときには、すでに精鋭忠実な腹心にとりまかれ、また外部に院外団のカクトクにも成功していた。義龍自身もその腹心も、道三の人殺しの手口については御案内であるばかりか、彼の先を越す新知識の研究もしのばれるほど相手に対する用意が見えた。

「けれども、殺《ヤ》れないことはない」

やってみれば殺れたであろうし、その機会はあったかも知れない。しかし、なんとなくその張りあいがこもらぬうちに、時機を逸して、今ではちょッと手おくれの状態に至っていた。

それでも、表向きはともかく父と子供であった。概ね居館は別であるが、時には同じ城内にこもることもある。隔意なく挨拶やザレ口を交すこともあるのである。

「六尺五寸か。やれやれ。馬が尻もちついてるようだぜ、奴めの坐ったところはね。あの化け物がオレのホンモノの子供であってもやりきれないが、馬の血統を説き立ててバカに行い澄しているのも往生だな。おまけに癩病ときやがる。イヤな物をまとめているな」

道三はブツブツこぼす。どうも手おくれということは、すでに兵法の神様に見放されたということだ。もはや兵法のほかのことで間に合せるより仕方のない因縁におかれてしまったような味気ない気持でもある。年貢のおさめ時というような追いつめられた気分にかられることもあるが、裏を返すと、なんとなく風流を会得したような心境もあった。

しかし、風流に透入したわけではなく、兵法を捨てたわけでもないのは、濃姫を信秀の息子にくれてやって、同盟を結んだ一条で分る通りである。

むろんそれは六尺五寸の化け物から身を守るためである。あの化け物を織田の奴らに立ち向わせる交換として、年寄りの小才のたけたお茶坊主どもの集りのような清洲衆を引きうけるのは軽すぎて甚だ気の毒のようなものだ。

しかし、六尺五寸の化け物だけが同盟の原因かというと、そうでもない。

「どうも、老いたる感じだな」

ニヤリと、我ながら薄気味わるいような苦笑がもれてしまう。

もう戦争もイヤだ。どうも、精をだし、根をつめて生きなければならぬような人生はすでに失われた気がする。尻もちついて行い澄している馬と勢いを争っても始まらないであろう。万事がなんとなく面倒である。

「なるように、なりやがるがいいや」

たしかに、そうらしくもある。最愛の濃姫をカンタンに手放すところなぞは、まさに我ながらそうであろうと思う。しかし、アベコベにあの濃姫を手放してもという程の――あるいは目ざましい執念のせいかも知れない。何物に代えても自分をまもる盲目的な怖しい執念。

彼は平手にこう伝えた。

「いずれお前さんも、備後どのも、信長くんも、臣家どのも、オレの濃姫を見るだろう。そのとき姫を手放したオレの心をめいめい勝手に考えて、きめるがいいや。オレは婚礼なんぞに出やしないぜ」

8

一方、那古野へもどった信長は、平手が古渡へおもむいたままもどらないから、いろいろと不吉なことを想像した。

清洲は本家のことだから、コッチの手の内を見すかせば叛《そむ》くのにフシギはないが、犬山城なども遠からずこんなことをやりそうだという噂がきこえている。

犬山は信秀の次弟信康の居城だ。兄弟力を合せて今日の如くに織田諸家の上にぬきんでることができた。つまり一番近い親類で同盟者で、また信秀に一番近い勢力でもある。血が近くて勢いが近いというのも甚しく対立の元になり易いもの。あいにく信康が、清洲の例と同じように、去年の美濃の合戦で討死《うちじに》した。人を難所に当らせ、苦戦を見殺しにして、自分だけは逃げて戻った、というワダカマリが育った。

信康の子の信清が後をついだ。信長にはイトコである。この新しい犬山の若大将は、家来たちの気風がそうであるから、父の兄貴筋の古渡にも、その小倅《こせがれ》の那古野にも敵意をいだいていて、甚だ傲慢不遜《ごうまんふそん》だということである。

友情も敵意も紙一重の気分にすぎないのが通例で、長年の盟友をちょッとのことで敵とするのは愚であるから、信秀は信長の妹（腹ちがいの）を信清の妻に与えて両家の親和をとりもどそうと謀《はか》ったが、鼻イキの荒い若大将にはキキメがなかったらしい話であった。

一番仲の良かった親類にすら、そんなヒビができている。

しかし、尾張の諸家はさして怖ろしい敵ではない。怖ろしいのは、美濃である。近在の村々を荒されて、マムシは怒っているだろう。

清洲の者が父の不在を見すまして古渡の城下を焼いた。いわば空巣ネライである。しかし、マムシの城下を遠まきにたかが畑を荒してきた父の如きも、いわば一陣の風の如くにタワイもないものだろう。

一陣の風に顔をなでられたマムシは埃《ほこり》に目をしばだたいたかも知れないが、彼が穴をでてくるときは風の如きものではなさそうだ。心臓を噛《か》む毒牙で要するに彼はマムシそのものなのだ。

きわめて近い時間のうちに美濃のマムシが尾張へ這《は》ってくるだろう。一たび生れた身の一たび死すべきときが、呼べば答えるほど間近いところへ来ているらしい。信長は毎日それを考えていた。

七日目に平手が戻ってきた。

「山城入道どのの姫君が若殿のお嫁にきまった。五日の後には、もうお輿入《こしい》れだ」

と、ドッと城内がどよめき渡る。尾張は安泰、万々歳。なるほど、人々が浮かれるのはムリもない。信長も甚だ同感だ。

しかし、信長は呆れもした。マムシが敵であるよりも、変な風に味方の方が薄気味わるい。敵なら、戦うまで。ハッキリしてる。

「道三の娘がオレの嫁にきてくれると、本当に美濃がタノミになると信じられるのか」

信長がこう訊くと、平手は威儀を正した。

「私はフシギなことを見たのです。あの悪名高い入道どのは、美濃一国を捨てても、一人の濃姫をまもりたいほどの御愛着です」

平手は道三と会見のテンマツを逐一語ってきかせた。

9

平手が那古野へ戻って半日もたたないうちに、古渡から火急の迎えの使者が来た。

平手に一足おくれて美濃の使者が来たというのだ。それが信長と濃姫の婚礼の使者ではなくて、道三の長男義龍のために尾張の嫁をもらいにきた使者であるという。

美濃に四日も泊っていたが、そんな話は気配も知らなかった平手。さっそく古渡へおもむいて道三の使者に会った。

「濃姫さまのお輿入れと同日の同時刻に尾張の姫君を美濃へお迎え致したい」

こういう道三の希望であるという。同日同時刻に花嫁を交換して尾張と美濃で片方ずつ婚礼をあげる。相手方へ親の出席も使者の代参も必要なく、双方を合せて一ツの婚礼。カンタンのようでもあるし、また二ヵ国を一ツの契りとはまさにこのこと。まずは目出たく万々歳という道三からの口上であった。

いかにも皮肉な申し出のようで、底の知れない悪党の凄味がゾクゾクッと感じられたが、ひるがえッて考えるに、人質の交換とは対等の国交を示す戦国時代の習慣だ。特に交換の人質が両者同じく姫君であり、同日同時刻の交換といえば益々もって対等以外の何物でもなくなる。

織田方から美濃への嫁もらいは七重の膝を八重にまげてもよいほどの縋《すが》りたい気持からであるが、それを道三が対等に直してくれたようなものだ。いかにも皮肉な、白ッぱくれた申出のようだが、実質はそうだ。

平手についでのコトヅテとして託さずに、追っかけて公式の使者を立てていってくれたところなぞも、あとでにわかに気がついたわけではなくて、こッちの顔を立ててくれる思いやりがこもっているようである。

どうしてこう顔を立ててくれるのかワケがわからないから、ここにも凄味がゾクゾクッと感じられたが、平手の思い当ることはといえば、ただ一ツ、道三の濃姫に対する愛情だ。濃姫を大切にしてやってくれという志で、何よりも大きなこのヒキデモノを与えてくれたように思われた。

　平手は自分の見るところを信秀に伝えた。

「なるほど、そうか。易々と主を殺したり家来をナブリ殺しにするようなムゴイ人に限って愛《いと》し子への盲愛は特別なものがあるのかもしれぬな。さて、弱ったことには、オレの方には適当な娘がおらぬな」

「そのことです」

　信長の腹ちがいの兄に信広というのがおる。妾の子だ。これに妹が三人あって、姉は神保安芸守《あきのかみ》にお嫁入り。二番目は犬山城の若大将と政略結婚。三番目が残っているが、まだ十二だ。けれども、とにかく適齢にちかいのはこの娘だけだ。しかし、妾腹だから、上等な扱いは受けておらぬ。二人の姉は格の下の小者にヒキデモノにだされている。

「美濃の義龍といえば、身の丈六尺五寸、名誉のホマレ高い若大将だ。もう相当の年齢であろうな」

「左様です。本年二十二と承っております」

「まだ独身か」

「正式の奥方はないそうです」

　六尺五寸殿は道三に徹底的にギャクタイされているようでもあるが、彼の非凡のホマレは四隣にきこえている。自ら選んだ独得な生き方かも知れない。十二の妾の子でカンベンしてくれるかどうか、心もとない話であるが無い袖はふれない。

10

平手は美濃の使者に事情を語って、

「かようなわけで、一番適齢にちかい姫がやっと十二。それも正室の腹ではござらぬ。御年二十二の勇名高い若大将に、それでは御無礼かと存じも致すが」

「イヤ、イヤ。その心遣いはいらぬこと。ただ専一に両家のヨシミを深く致したいという山城殿の志です。御当家の姫君とあれば、妾腹でも、生れたてでも御遠慮はいらぬ」

カンタンに話がきまった。

信長はこれをきいて、考えこんだ。

あるいは平手のいうように濃姫を愛すればこそのヒキデモノという志かも知れないが、ともかくマムシの腹を即断するのは避くべきだ。一モツも二モツもあると疑ってかかるのが当を得ている。

けれども、六尺五寸氏が非凡な若大将だという評判は高い。どういうわけか、道三が義龍をうとんじている噂はあるが、それにしてもウチの六尺五寸は十二の妾の子でタクサン、信長には最愛の濃姫を、という不均衡が常規を逸している。悪党ジジイの魔法のハカリの重い方にかけられた当人の身になると、油断ならぬ思いであるし、バカらしい思いでもある。

「オレが義龍に負けない大将の器だというようなことは、左巻の巫女も口走る見込みがないな」

信長は苦笑する。義龍はおろか、百人のうち九十九番目の劣等生でも信長よりは利巧だともっぱらの評判だ。

しかし、信長にも取柄はある。鉄砲、弓、槍、馬、水錬、みんな巧《うま》い。総合して、ケンカが強い。けれどもバカながらもケンカだけは強いといってくれる者もめったにいない。あのバカがウチの畑を荒したとか、ウチの馬をビッコにさせたとか、とかく世評は花を解さない。

「ケンカならばといいたいが、美濃の先生は六尺五寸か。ケンカも負けだ」

信長は笑う。我ながら、取柄がない。

平手が彼にいった。

「濃姫さまを大切になさいませ。尾張の安泰は若殿のお心掛け一ツです」

「お前たちには、そうだろうな。しかし、当人の身になると、なかなかそうはいかないものだ。道三の奴め。一度ぶん殴ってやらぬといかんな。奴の娘なんぞ、オレの知ったことか」

× × ×

五日という時間は早い。

たちまちのうちに、濃姫がきた。

信長は礼服をきせられて、祝言の杯を取り交したが、それがすむと、サッさと外へぬけだした。カミシモを着せられたり、長袴《ながばかま》をはかされたり、坐ったりさせられると、たちまち全身が空腹のようにカラになる。

信長は道々強そうな子供を物色しては相撲の手合せを申込む。たいがい、軽い。なんべんもコリずに突ッかかってくる奴を、じゃらす。壮にして、大なる気持である。けれども、野良着の無い袖をまくりあげて、大きな腕をニョロつかせて忽ち彼をねじ伏せてしまうタコ入道のような百姓の倅《せがれ》も三四いる。

「馬鹿力のある奴だ。六尺五寸の先生はこの三倍ぐらいの怪力が有るのかな。よし、もう一チョウ」

やっと七八度目に一本入れることのできるのもいるが、全然歯のたたないタコ入道もいる。二三年がかりでねじ伏せる以外に手がない。

信長はドロンコで城へ戻る。ズカズカと濃姫の部屋へ。腹這いになって、頬杖《ほおづえ》をついた。

「オレダ。織田信長とは。どうです。織田信長ッて、こんなのさ」

大馬鹿少年

1

濃姫がきてから、那古野城の大タワケは行儀がわるくなる一方だった。特に風態が、見ちゃいられない。

茶筌《チャセン》マゲといってマゲをヒモでまいただけのクワイのような頭。以前からこの頭だが、ちかごろはヒモに趣味がでた。真紅か、モエギに限るのである。

半袴をつけて外出するが、満足に着物を着ていることがない。片袖を外してるか、モロ肌ぬぎか、いずれかである。彼の美意識による寒暑をいとわぬ風俗であった。腰のまわりに火うち袋を七ツも八ツもぶら下げている。これの用途は分らない。また、腰の刀には荒ナワか苧《お》のナワで作った腕貫《うでぬき》をぶらつかせている。すべて彼の美意識によるアクセサリーであった。

朝夕二度の馬の稽古。鉄砲、弓、槍、兵法の道場通いも毎日欠かしたことがない。夏は水錬。規格外なのが、鷹狩《たかがり》と、相撲と、ケンカ。稽古がすむと、町や村をのし歩く。

彼はコブンと肩をくんで、町の本通りを通って行く。コブンの肩に吊りさがるほど寄りかかり、餅や栗や瓜を食いながら。

けれども、彼と濃姫の結婚以来、尾張はにわかに泰平であった。道三が肩を入れたと分っては、小さな虫どものうごめく余地がなくなったのだ。タワケモノは十六になった。

×　　×　　×

その一年中、泰平だった。十七になった。泰平である。十八になっても、泰平であった。

彼の図体は大きくなり、野良のタコ入道にねじ伏せられることは少くなったが、彼の美意識やもろもろの阿呆《あほう》なところに向上を認めることは困難であった。

人並みに、子供を生ませた。しかし、濃姫の子供は生れなかった。生れないはずだ。たまに濃姫の部屋にも遊びに行くが、夫婦の契りを結ばなかったからである。

くだらない遊びにふけりすぎて自分の城へ帰るのがテレくさいようなバカ殿様がいるとすれば、彼なぞがそれだ。彼はそういうときに限って、濃姫の部屋へ遊びに行った。

彼は濃姫と向い合う。坐る代りに、タタミの上に腹這いになり、頬杖をつく。下から濃姫の顔をのぞく。

「オレが、織田信長なのさ」

信長は笑う。まぶしそうだ。てれているのかも知れない。

「こんなものさ。信長は」

彼は気がついたように起き上って、サヨナラする。その起き上ったとたんに、半袴を両手でバタバタやるのは、彼の悪いクセだった。半日がかりで身につけてきた泥を濃姫の部屋へ落して行こうという悪ダクミがあるわけではないが、濃姫の前からサヨナラするとき、ついしてしまうクセなのだ。

悪いクセだ。信長も心外だった。

「ヤ、失敬、失敬」

濃姫にサヨナラするとき、だから彼はいつもいくらか慌てていたし、あからんでもいた。そして、笑いながら、部屋をでてゆく。

六尺五寸氏は道三が与えた尾張の十二の姫をいと丁重にしているが、夫婦の契りは結んでいないそうだ。

どちらが張り合ったわけでもない。自然に二人のしていたことが、そうだったのだ。

「バカバカしい」

信長は彼に張り合う気持はなかった。

2

一しょにもらった花嫁と契りをむすんでいないことまで似てしまったのは、信長をウンザリさせた。

第一に、六尺五寸氏に似てしまったということが、気に入らないのだ。六尺五寸氏のやることが、信長は虫が好かない。対抗意識によってではなく、本質的に賛成しかねるのである。

義龍は道三と仲が悪いそうだ。家来たちまで父と子の二派に分れて、反目し合っているという噂もあった。道三は人々のほめる義龍をひどく軽蔑しているそうだ。

仲がわるくて、自分を軽蔑しきっているというオヤジから小さな花嫁を押しつけられて、それと契りを結ばないのにフシギはないが、不用の花嫁をいと丁重に扱ってるところなぞ、まるで裃《カミシモ》のような奴だ。

奴は好んで正義人道を説くそうだ。それも結構であるが、自分が守護職の落し子で、道三は美濃を奪った悪者だという立前にチャンと結びついている理窟の手回しが気に入らぬ。守護職の落し子らしく、品行方正で、勉強者だというようなことも、一々屁のような理窟だけ合っている。まるでカミシモそのものだ。そんな奴とマトモに張り合う気持はない。つまらぬことが、似てしまったものだ。

道三の本心では、六尺五寸氏をどう考えているのであろうか。怖れているのであろうか。怖れているとすれば、多少は自分を頼りにしているといえるかも知れないが、天下名題《なだい》の大悪党がバカで知られた小倅を恃《たの》みにするはずもない。

しかし、信長一家が道三の陰の援助によって絶大の安定を得ていることは疑うべからざることである。

「オレは義龍クンと張りあってるわけじゃないのさ」

信長は相変らず頬杖をついて、濃姫にいった。

「オレはまだアンタをもらっていないのさ。人はもらったと思ってるけど、オレだけはね。だけど、いまに、もらうつもりだ」

「いいえ、私はあなたにもらわれてあげない」

濃姫は涼しい顔でいった。信長は苦笑した。

「考えちがいしちゃいけないな。アンタのオヤジの入道どのから、オレがアンタをもらう時期がいずれくるのさ」

「あなたの時期がきても、私はもらわれてあげません」

平然たる返事。女に意志があると知らなかった信長は、ようやく慌てた。

「アンタはそんなことができるとでも思っているのか」

「できます」

「それは強情というだけだ。実はなんにもなりやしないぜ」

「きッとですね」

「アンタの方からケンカをうるのか。まア、いいや。今のうちは、何をいいあったって、なんにもなりやしない。今に、ね」

「待っています」

信長は呆れて去った。

3

道三が信長に濃姫を与えたから、一見彼らに肩を入れているようだが、実は腹の中で何を考えているか、それを疑ってるのは、信長ばかりではない。

人々はこう考えていた。信長が大タワケだから道三が濃姫を与えたのだ、と。

父の信秀には実力があるが、今川はじめ強敵が少くない。信秀が倒れた場合に、その後を弔うのは道三。そしてタワケモノの手中のものは水が手からこぼれるように自然に道三のフトコロへ移るのは当り前だ。利巧な悪党は何もせずに、ただ待つだけでよい。

清洲なども道三の真の意中をこう考えて、その機会にオコボレにあずかるつもりで、今は鳴りをしずめている。

けれども、こう考えているから、背景の道三に一応敬意を払う気持を見せておくのは大切だが、むやみに下手にでて信秀にまでペコペコするのも考えものだと見ている。オコボレにあずかる時に押しがきかなくなろうというものだ。

こういう清洲の胸算用であるから、さて信長の婚礼も終り、平手が和睦の談判を再開してみると、相変らず相当の強気である。平手はあくまで穏便な解決をのぞみ、なるべく下手からでるようにする。美濃と清洲の結ぶ危険がなければすでに結構。美濃の背景を利用して圧迫するような考えをもたない。そのために清洲の鼻息が衰えず、この会談がまる一年つづいた。平手の心のおだやかなこと、根気のよいこと、感服すべきであるが、さて清洲方も一年すぎて道三という背景が案外シッカリしているのを見ると、だんだん心細くなってきた。そして、ようやく双方の顔が立つような和解ができた。

平手は重荷を一ツおろして、喜びを和歌に託して清洲へ送った。

「袖ひぢて結びし水の凍れるを春立つけふの風や解くらん」

素直な喜びが目に見えるようだ。

けれども、清洲方はそれを素直に受けいれるような心境ではない。道三の背景が案外なのに屈服した心境だから、この一年のガンバリが禍根となって攻め亡されやしないかという不安などが芽生えている。

そこで坂井大膳は、今度は今川へ密使を送って、新しいカクサクをはじめているような噂もあった。

信長は敵に大喜びの三十一文字《みそひともじ》などを送っている平手のゆかしいところがおかしくて仕方がなかった。

新たに信長に仕えた近侍に丹羽万千代という一ツ年少の少年があった。彼の父は清洲城内の居候武衛様の臣であるが、先の見込みがないから、信秀の家来となったものだ。

　武衛様は今もかなり多くの臣下を抱えているが、清洲城主の所領が少いのだから、武衛様のうける待遇は悪く、その臣家の貧乏はひどい。そのために、清洲衆に対する反感が強く、武衛様一党は清洲衆と必ずしも同じ心ではない。誘う水あれば動く心の人も少くはないということだ。

　信長は万千代からこのことを聞き知って、いよいよ平手や道三の鼻をあかしてやる時が近づいたなと思った。濃姫をもらう時も近づきにけりというタワケモノの胸算用だ。

4

　清洲衆の組織はというと、城主は織田彦五郎、これを守護という。本当は武衛様が守護で、彦五郎は守護代だけれども、武衛様はもう居候なみ。城主の方を守護という。

　家老に坂井大膳、坂井甚介、河尻与一、織田三位らがあり、筆頭の大膳を小守護という。大殿様の織田大和守が美濃で戦死して、若い彦五郎が後をついでからは、小守護の大膳が清洲をきりまわして威張っている。

　ところが以上の老臣と別派に、那古野《ナゴヤ》弥五郎という重鎮がいた。代々武名とどろいた家柄で、先代の弥五郎はすぐる小豆坂《アズキザカ》の合戦に参加、今川四万の大軍中に先がけて斬りこみ、敵の侍大将由原《ヨシワラ》と組打ちして戦死した。

小豆坂の合戦は信長の父信秀の戦歴を飾る筆頭の傑作。四千の織田軍が四万の今川勢を破ったもの。織田方の先頭きった七人の豪傑は小豆坂の七本槍とよばれて天下に名をとどろかしたが、那古野弥五郎はそれにまさる第一の武功をたて勝利の端緒をひらいたが、惜しいかな戦死をとげた。

いまの弥五郎はその倅で、まだ三十前の豪の者。宗家という名を誇るだけの清洲では、名家の例にもれず、とかく理にかち利にさとい老臣達が策略のみをお家の芸としているが、中にただ一人、先祖代々の武門の誉れをつぎ、祖先にまさる豪の者と勇名をうたわれているのが、この那古野弥五郎。策略的な老臣群と別派に、家中で独特の重きをなしていた。

弥五郎は自分の乏しい給料で、三百人の家来を養っていた。ところがその家来というのが、全部十四五、十六七という少年だけだ。

近郷近在から見どころある少年をかりあつめて、自ら養い、仕込んでいる。

武を一筋の家柄だから、他の清洲衆とは気質が合わない。彼の父は小豆坂の合戦に単独参加して討死をとげたが、それも小さな打算や思惑をはなれ、一筋に武を好む気質のせい。

そのときからのツナガリもあって、いまの弥五郎も気持の上では勇武の信秀に心をひかれ、陰鬱な清洲衆にはついて行けない気持があった。大膳らが信秀の留守を狙って古渡に火をかけたときも、弥五郎は空巣ネライを潔しとせず、動かなかった。

音にきこえた弥五郎の少年隊の中には、近在の野良で信長が手合せをいどんで捩《ね》じ倒したタコ坊主のナレの果もいる。

清洲衆の中では屈指の家柄だが、大膳一派とソリが合わないから、扱いはよろしくない。三百人の少年たちに食べさせるだけでも並たいていの苦労ではない。

信長はひそかに万千代と相談した。

「弥五郎の先代は父の片腕となって死んでくれたが、いまの弥五郎も清洲衆の中で孤立してるということをきいている。子供ばかり三百人も集めてガキ大将だというから、その三百人をオレに貸せとたのめば、貸してくれるかも知れぬ。オレは弥五郎に会って談判しようと思うが、キサマ、武衛様の方をなんとかする心当りはないか。武衛様の心を動かし、清洲衆と別れてオレの味方につけるのだ。清洲衆を亡ぼして清洲を武衛様にやればよい。斯波《しば》の家来は弱虫ぞろいだというが、弥五郎が力をかせば、清洲衆は歯がたたぬ」

5

万千代は子供のこととて、自信がない。

「今まで斯波に仕えてはおりましたが、同じ年頃の子供のほかに親しい友もおりませぬ。武衛様の心をうごかすには誰に手を回せばよろしいやら、父にきいたらよい智恵があるかも知れませぬ」

「バカいうな。大人というものは、とかく考えが多すぎて、出来ることも、みすみすくんで、こわしてしまう、大人に相談すると、何もできなくなるものだ。オレが命じたことは、決して大人にもらしてはならぬ。キサマの父にできることが、キサマにできないはずはない。キサマの頭で、これならばと思うことを無理にも一ツだけ思いだせ。そして、それに、ぶつかるのだ。しくじればそれまでだ」

信長にこう叱られて、万千代は必死に考えた。

清洲城の居候とはいえ、本来守護職の斯波家であるから、いまだに何百人という家来がいる。家老衆も上臈《じょうろう》衆もいるが、殿様のまわりのことは万千代にはまるで分らない。ただ久阿弥という謡《うたい》の師匠がおって、これが父にも師に当る人であったが、識見高く、茶道や武芸にも達し、武衛様はじめ家中の者にも尊敬されている人だ。この人ならば万千代の顔や名は知っていてくれるはずだが、偉すぎて、手がでない。

父の同輩に簗田《やなだ》弥次右衛門という人があった。この人は父と同じような考えをもっていて、武衛様に仕えていても見込がないから、他に然《しか》るべき口があればと父にもらしたということを聞いている。

簗田は高い身分の人ではないが、諸芸に秀で、軽輩ながら稀《まれ》な人物と久阿弥が目をかけてくれ、禄高は恵まれないが、武衛様の覚えはめでたいそうだ。この人なら、父の同輩で、よく知ってる。当るなら、簗田だ。

これをきいて、信長はうなずき、

「その簗田で結構だ。こうと決めたら、見向きもせずに、それでやれ。キサマ、簗田のところへ行って、オレが会いたいからと誘いだせ。だが、その前に、那古野弥五郎と話をつけておく必要があるな。キサマ、オレについてこい」

信長は万千代をつれて、清洲近辺の野ッ原を馬を走らせたり、鳥を追ったり、魚を釣ったり、遊んでくらす。この大馬鹿少年がどこの野ッ原で遊んでいても、誰も怪しむ者はいない。

ある日、弥五郎が少年隊をつれて、野外へ訓練に来たのを見つけた。

「あれに相違ない。よくもまア似た年ごろのガキどもばっかり拾い集めたものだ。御苦労千万な奴だ。人目のないところへ行くまで、知らんフリして、つけて行こう」

信長と万千代は何食わぬ顔で少年隊の後からブラブラついて行った。雑木林奥まで来たとき、信長はとびだして、声をかけた。

「オーイ。待て。清洲の那古野弥五郎とその少年隊だろう。オレは那古野城の織田信長だ。この中には、オレと手合せずみのタコ入道もいるはずだが、お前さんたちと手合せしたいと思って、二十日も前から張りこんでいたのさ。十人ほど代表をだしてくれないか」

こう云いながら、弥五郎の前へ進んだ。

6

信長は枯柴《かれしば》で土俵をかいた。その外側にもう一ツ二重マルをつくった。

「見物人は二重マルの外側へ坐ってくれ。選手だけ二重マルの中へ並ぶんだな。大将から順に並べ。でッかいタコ入道がでてきやがったな。年はいくつだ？　十七か。オレの方が一ツ上か。万千代と同年だが、倍あるな。これは骨が折れそうだ」

まず敵の先鋒《せんぽう》から万千代に当らせる。万千代は信長が特別目をかけている側近だから、腕ッ節もタダ者とは違う。ちょうど選手の半分片づけたが、次に大入道が現れて突きとばされてしまった。

代って現われた疲れ知らずの信長。ただもう必死に入れ代り立ち代る大入道と熱戦また熱戦。大将の大入道には五度負けて五度勝った。弥五郎との重要会談などは思いだすヒマすらもない。実に、てごわい入道であった。

「ワー、疲れた。骨を折らせるよ、この入道は。万千代、やってみろ」

信長は一息いれて、また、とびだす。何回でも、一息入れては、とびだす。あきれ果てた疲れ知らず。熱戦、また熱戦。苦戦、また悪闘。ヘトヘトになっても、一息入れて、またあがってくる。楽しくて仕方がないらしい。

見物の一同も次第につりこまれて、一人また一人土俵にのぼり、敵も味方もなく、入りまじって、大熱戦。

いつか、信長と弥五郎は人々からちょッと離れて、膝を並べていた。

「あんたの家来と手合せしてみたいとも思っていたが、あんたに会いたい用があった」

信長は弥五郎に意中を打ちあけた。

「この先、清洲衆とオレの家と両立の見込みはないと思うから、武衛様をオレの方でお預りして、清洲衆と雌雄を決したいと思うが、力になってはくれまいか」

弥五郎も突然の重大な申出におどろいた。人々が天下の大タワケモノだと噂するのはムリがない。その熱戦また熱狂にはイツワリがない。シンから遊びほうけて一息いれてる片手間に、こういう大事をもちだす。

けれども、そこはかねて三百人の少年隊を手がけている弥五郎、これはタダのタワケモノではないことを見ぬいた。

この大タワケは、ニセモノやツクリモノではない。本人のありのままの姿であるが、タダモノとは全然スケールが違うから天下の大タワケに見えるだけ。実はおどろくべき大器なのかも知れない。

弥五郎はその場で腹をきめた。

「よろしゅうござる。お味方になりましょう。どのようにお力になったらよろしいか」

「それはまだオレにも分らない。まずお前の話をきめてから、武衛様の方に交渉する予定なのだ。さっそく武衛様と話をつけてレンラクするから、それまで待って欲しい。そして、そのときは、よろしくたのむ」

「承知しました」

相撲の合間に話はスラスラときまってしまった。

自分の年齢を考えがちで、マサカと思っていた万千代は、これに驚くとともに、力を得た。

「今度は、キサマ、簗田のところへ行ってこい」

こう命じられて、万千代は全身にみなぎる力、敵をのんで出発した。

7

主家を去って出た者ではあるが、これも乱世の習い。まして少年のことであるから、誰に怪しまれもせず、簗田に会うことができた。

丹羽の伜が、しばらく見ないうちに、すっかり一人前になって訪ねてくれたのはよいが、織田信長が待っているから、会ってくれという。

むろん信長という少年が天下の大馬鹿者だということは、簗田もよく心得ている。

「いずれ外出の折に、貴公の御尊父にもお目にかかり、信長どのにもお会い致そう」

「いえ、そのような方法ではわが君にお会いできません。何月何日という他日の約束はわが君はごきらいで、何事によらず即日即刻でなければいけません。御案内いたしますから、ただちに御仕度おねがいします。なお、このことは御家族にも一切口外御無用に」

実に頭からテキパキときめてかかって、リンリンたる気魄《きはく》がせまってくる。末の見込みのない主に仕えて、毎日毎日の味気なさ。小なりといえども大名ならばまだよいが、名門とはいえ、小大名の居候。その家来ときては、一日といえどもシンから心の浮きたつこともない。

簗田は少年の気魄につりこまれて、思わずニッコリ笑み返し、

「そうかい。よかろう。お前がそんなに云うなら、さっそく信長どのにお会いしてあげよう。だが、お前にこうテキパキとお使いさせる信長どのとは、どういうお人かな」

簗田は面白がって万千代のみちびくままに馬を走らせ、雑木林の中へわけこんだ。

そこに信長が、ただ一人待っていた。

「やア、よく来てくれたな」

茶筌マゲを赤いヒモでまきあげ腰に火うち袋をたくさんブラ下げた異様な少年がニヤニヤと笑って云った。これが音にきく信長だ。簗田は目にでる呆れた色を見せないように、そッぽを向いて挨拶しなければならない。

「はじめてお目にかかります」

「そうか。そして、はじめてだから、どうなのだ」

「ハ？」

「はじめて相見たときに一身の大事を語り合うのを選ばれた友達と云うな。それともお前は三度目に会ったとき、ポツポツ大事を語り合うのが注意深くて誠意がこもっていると思うか。ちがうな。三度目よりも、二度目に語り合うのが、まだマシだ。しかし、はじめて会ったとき語り合うのに越したことはない。二度目から先はムダだけだ」

ニヤリニヤリと大人をバカにしたような言い方であったが、簗田は気づけに一撃くらった気がして、目の玉をむいた。

すると、信長はいきなり用件を語りだした。

「武衛様が小大名の居候では家来も辛かろう。オレが清洲衆を打ち負かして追いちらすから、その手助けするように、武衛様におすすめしてくれ。武衛様には清洲をそっくり差上げる。お前は大名にとりたててやる。那古野弥五郎がオレの味方だから、たしかめて、お前の腹をきめるがよい。返事は万千代の父を訪ねて、万千代にだけ話せ。万千代の父に、さとらせるな」

否も応もない。他日の返事を約して別れた。

8

簗田は清洲城へ戻り、那古野弥五郎に会った機会に確かめてみると、彼が信長の味方に相違ないことがハッキリした。

　那古野弥五郎といえば、他の清洲衆全体を一人で引きうけても負けないほどの豪の者だ。信長が噂の如き大タワケで、その実力に信をおくことができなくとも、弥五郎が味方と分れば、清洲を敵にしても怖くはない。

　そこで簗田はまず久阿弥に打ち開けてみると、自分の殿様が居候でなくなることが、望ましくない筈はない。まして那古野弥五郎という保証があれば半分以上着実と見てよろしく、一か八かの賭《かけ》とは違う。

　斯波家の良識ともいうべき久阿弥がこの判断なら、武衛様も家老も、その他御上臈衆にいたるまで不賛成のはずはない。ささやかながらも再びめぐりくるわが世の春。否。長々の居候に背骨まで屈して曲り果てたような悲しい人々にとって、ささやかどころではない明るい思いである。

　そこで簗田は那古野に万千代の家を訪ねて、手筈をととのえた。何月何日に信長の人数が清洲城下に火を放つ。清洲衆が打って出たら、背後から襲う。

　簗田は弥五郎にもレンラクして、斯波家の一同は手グスネひいて当日を待った。

　その日が来た。いまにも嵐になりそうな暗い空。織田の軍勢が川を渡れば、もう清洲衆の物見の者には分るはず。そして城内に太鼓が鳴りわたろう。だが、まだ城内の戦備がととのわぬうちに、織田の軍勢は城下へ乗りつけ、火を放つだろう。

斯波の人々は城内に起る太鼓の音、そして寄せくる馬蹄《ばてい》の音を待ちに待った。上﨟たちも胸中に懐剣をのみ、一きわ冴えた顔を見合せて、時刻がせまると、身じろぎもできない。武衛様も、しきりに襟を合せて、そわそわしはじめた。

すると、吹きだしはじめた烈風にまかれて城内へ煙が流れてきた。ふと城下を見下した者が驚いて、

「ヤヤ、火事ですぞ。城下が燃えてる。すでに火の海でござる」

「ナニ！　失火か？」

織田勢の攻めてくる日と待ちに待ちながら、失火だと思った。太鼓も鐘もならぬ。馬蹄の音も起らぬ。なんの音もないうちに、城下が火の海だという。

「フシギな暗合があるもの」

簗田がいぶかしみつつ、ジッと城下に目をこらすと、火の海を逃げまどう人々にまじって、馬で火の海を駆け回っている武者がいる。

二、三名、また、一、二名。決して多い数ではない。しかし、武者には相違ない。馬上の者は手に手に長槍をふりかざしている。そして、火の海を駆けめぐる。火の鳥のように。

「さては、織田勢だ。先駆けの人数が火をかけたのだ。各々方、慌ててはいかぬ。まだ、織田の本隊は到着しておらぬ。清洲衆の太鼓に先んじて、早まったことをしてはグアイがわるい。まず、城内の太鼓を待つのだ」

簗田はふりむいて一同を制し、はやる胸を抑えつつ、城下の情景に目をこらした。しかし、まもなく、

「アッ！」

と、叫んで、顔色を変えた。

9

二騎三騎ずつ駈けまわっていた馬上の武者が城門の近くに集まってきた。どうやら、先駈けの全員が、火をかけ終って勢ぞろいらしい。そして、まさに、揃ったらしい。一騎の大将を前に、うしろに七騎並んだからだ。つまり合計八名である。

その一騎だけ前へでた大将の頭を見て、簗田はアッと叫んだのだ。まごう方ない茶筌マゲ。先駈けの火つけ人足のことだから、カブトをかぶった然るべき武者が一人もいないはずだと考えていたのは大マチガイでよく見れば八名全部子供なのだ。そして総大将は、まごう方なく、信長その人だ。

「あれが、信長です」

振りむいて報せた簗田の顔色は蒼ざめていた。久阿弥も、のびあがって目をこらした。

「ハハア。なるほど。アレ、アレ、長い槍を邪魔そうにして、みんな餅を食いだしたよ。み

んなまだ子供らしいな。なんて、まア、長い槍だろうね。あれ、退屈して、行きつ戻りつはじめたね」

「そこの戸を細目にあけてくれ」

「ハ。ここへお立ちになると、よく見えますが」

「イヤ、戸を細目にあけた方がよい」

武衛様はふるえていた。立ち上って、顔を出して外を見る勇気がない。家来が戸を一枚引こうとすると、顔色を変えて、手で制した。自分で一分ほど隙間をつくって、下を見た。ようやく、隙間の中へ、信長がはいってきた。

「アア」

武衛様は、ふるえて、戸を押えた。また勇気を起し隙間をつくって覗《のぞ》いたときには、もう信長は見えなかった。

坂井大膳は騎馬の八名を見つめつつ、家来にきいた。

「あれは、どこの者だ？」

「どこの何者とも分りませぬ。馬印もありませぬ。大方、先駈け足軽でしょう」

「何者が押し寄せてくるか分らぬ。堅く城門を閉じよ。かりそめにも打って出るな。敵の本隊がくるまで、弓も鉄砲も放してはならぬ」

大膳はじめ清洲衆はそれが信長とそのコブンだということを悟ることができないから、やがて何城の何者がウンカの如く攻め来たるかと貝殻よりもかたく城門をとざし、声をのんで待ちかまえた。

那古野弥五郎は先駆けの人足めいたのが信長自身であることを発見していた。信長と、そのコブンの悪太郎どもだ。さすがに先駆けの火つけ人足を買ってでたのは悪太郎らしい。城下の家々はあらかた焼け落ちて、くすぶっているだけだ。そろそろ平手政秀の率いる本隊のくるころだ。

先駆けの悪太郎も、もどかしくて堪《たま》らぬらしく、行きつ戻りつ、立ち止って、相談ぶッたりしている。

とうとう我慢ができなくなってか、長い槍をヤケにふりまわしながら、一かたまりに走り去った。それッきり、彼らは姿を見せなかったし、本隊も現れなかった。

信長は道々家来どもにこぼしていた。

「なんだい。清洲の弱虫は。たった八騎だというのに、出てきやがらない。那古野弥五郎も話ほどじゃアないな。清洲の奴らを叩きふせて、城門ひらいて追出しゃいいに」

つまり、この八騎が先駆けどころか、この日の正真正銘の本隊、全軍だったのである。

10

信長とコブンどもは清洲の町を焼いてきたのを知らんフリして喋らなかったし、信長と通謀した清洲城内の連中は尚のこと知らないフリをしていたから、大膳はじめ清洲衆は狐につままれた気持であった。

どうして敵の本隊が現れなかったのだろう？　城門を堅くとざし、出て戦う様子がないと見て、引返したのかも知れない。

そうだとすれば、出て戦うのを待つ策戦というわけで、そのとき城内から裏切りする約束の者がいるに相違ない。何奴《どいつ》が裏切りを企んでいるのか、油断がならぬ。一々出入を取り締れと、にわかに警戒が厳重になった。

もちろん、まず疑いをかけられるのは武衛様一族であるが、にわかに監視きびしく、窮屈なこと、この上もない。これもあの大馬鹿小僧のおかげ。バカはさすがにバカだけのことはあると云って、一同が大いにこぼした。

けれども幸い弥五郎と結んでいるのが何よりの恃《たの》みで、企みがロケンしても弥五郎と武衛様一党が一ツの心と分っては、にわかに清洲衆も手が出せなかろう。油断は禁物だが敢《あえ》て怯《おび》えることはない、と用心はしながらも、気は強かった。

話は変って、織田信秀は泰平がうちつづくので、備えを変えることにした。

古渡城の南に鳴海城という要害があって、ここには信秀が目をかけて取り立ててやった譜代の豪勇、山口左馬助《さまのすけ》が城をあずかっている。大高城に面し、今川の西下をふせぐ要点。ここに股肱《ここう》の左馬助が控える以上、古渡は蛇足のようなものだ。

そこで那古野の東方に末盛城《スエモリ》を築き、古渡城をこわして、新城へ移った。ここは犬山城から那古野へと南下する敵に睨みをきかせる要点。今となっては、犬山と清洲が一番うるさいネズミ族だ。

信秀が末盛へ築城して引越してきたから、むろん犬山城の若大将とその一党にピンとひびかぬはずはない。しかし、若年の信清は、怖れを知らない。

天文二十一年のお正月がすぎたばかりの一月十七日、家来どもを呼びよせ、

「今年の新年もめでたくすぎたが、うちつづく泰平のせいか、餅腹のコナレがわるい。せっかく信秀が末盛に築城したのに挨拶しないのも悪かろう。年賀の見舞と腹ゴナシをかねて一合戦いたして参る。用意しろ」

犬山と楽田《ガクデン》の二城から人数をだして、それ、腹ゴナシ、腹ゴナシ、と一路南下、龍泉寺の砦《とりで》にとりつき、通るところに火をかけて、粕井口《カスガイグチ》にかかる。

もとより、このことあるを察しての末盛城、信秀にヌカリのあろう筈はない。存分に敵をひきつけておき、粕井の原にかかったところを、待ち伏せた末盛勢、どッと打ってでる。

鼻意気の荒い若大将に率いられ、新年の一杯キゲンで敵をなめていた犬山勢は、あッと云うまに切り崩され立ち直るヒマがない。

五六十の死体を残して粕井の原をこけつまろびつ、一目散に野をこえ林をくぐって我先き

の大競走、犬山さして逃げ戻った。

折からこの原ッパでコブンどもと野荒し中の信長一行。

「ヤヤ。こりゃどうやら戦争らしいな」と気がついた。

11

信長のコブンの中で一番年カサで、一番腕ッ節は強いが、自ら石頭をもてあましているのが市橋千九郎。遊びまわるのが無性に好きで、信長はまたとない主人であった。

「ヤア、面白いな。ワキメもふらず一生ケンメイに走っているな。ワ、ころんだ。逃げる方向は犬山城だ。すると、犬山楽田のダンナ方だ。ただ見ているのもモッタイないね。トーセンボをつくって、股をくぐらせて、隠し芸を一人ずつ唄わせてやろうかな」

とは云え、逃げる敵のお尻をチョイと突いてみても面白いことはない。見ているうちに退屈して、一同、腹の減ってるのだけヒシヒシと分ってきた。

「冬の野ッ原は食うものがないな、畑にも大根ぐらいしかありやしない」

一同がこう嘆いたので、千九郎が軽くうなずいて、

「ちょうどいいアンバイだ。犬山の連中と一しょにあッちへ一ッ走りすると、オバサンのウチがある。今ごろ行くとムギトロを御馳走してくれるよ。それ急ごう。みんな、オレについ

てこい」

ムギトロなら申し分ない。信長はじめ一同よろこんで足も軽々と走りだした。

信長とコブン八騎が清洲を荒して目的を果さなかった痛恨の日、餅屋へ火がかかって亭主がうろたえてるところへ駈けつけた一騎が、

「餅が焼けるじゃないか。モッタイない。オレが一箱買ってやろう。ほれ、お金だ。火急の際だからオツリはいらんぞ。明日からはこの城下はオレの殿様の切手が通用するようになる。明日から通用するお金だから大切にしまっておけ」

と紙に包んだものを与え、餅を持ち去った。

後刻、餅屋の亭主が紙包をひらくと、中から枯葉が五六枚現れた。こういう悪さをする奴だから大方那古野城の大バカの一味だろうと清洲の評判になったそうだ。

清洲の城門前で一同に餅を配給したのは千九郎だから、奴めが犯人に相違ない。出陣に当って、かねて用意の餅、武士の心得だと云って一同に配給したが、木の葉でまきあげたとは悪い奴。おまけに那古野の大バカの手口だと見抜かれるとは恥さらしの奴だ。

「せっかく清洲へでかけて、手ちがいから武名を残すことができなかったのは是非もないが、キサマのおかげで恥を置き残してきたぞ。怪《け》しからん奴だ」

信長がこう怒ると、千九郎は口をとがらして、断乎として否認した。

「とんでもないことを云う人だね。オレのような石頭があの忙しい最中に、枯葉をひろって

紙に包むような念入りな仕事ができるもんですか」

「しかし、キサマのほかに餅を持ってきた者はいないじゃないか」

「せっかく武士の出陣の心掛けを見せて疑られては迷惑だね」

「じゃア、誰だ」

「ムリなことを訊く人だね。さてはニセモノが現われたかな。木の葉だというから、大方、狸の奴がドサクサに餅をかせぎに出てきたらしいね」

千九郎はとぼけるばかりで、絶対にウンと云わなかった。

12

千九郎の先導で、逃げる犬山勢の後から走りだした信長の一行は、疲れ果てた落人《おちうど》をかなり追いぬいて、楽田河原へさしかかった。

彼方《かなた》の森陰に大きな農家を認めると、

「オバサンのウチはあそこだ。一足先にトロロの用意をたのんでおくから、みんなはゆっくり来るがよい」

千九郎は全速で駈け去る。一同が農家にたどりつき、クグリ戸をあけてはいると、千九郎はオカミサンや娘ッ子とまじって土間で芋を洗ってる。オカミサンがオツユのアンバイをみてる。

「みんな、あがって待ってろよ。じき、できるから」

娘ッ子がアタリ鉢をおさえる。千九郎が芋をする。オカミサンが麦飯をたく。

麦飯を三升も炊きあげて、トロロの仕度もできた。銘々は五郎八茶碗《ごろはちぢゃわん》と箸《はし》を受けとるなり、目の色鋭く、物もいわず、一心にすすりこむ。キレイに釜をカラにして、一同は箸をおいた。

「ヤア、満腹した。いなかの人は親切だ」

「ここは信清の領地だな」

「そうだ。しかし、いなかの人情には変りがない」

「キサマ、下郡の生れじゃないか」

「親類は方々にある。オレにはオバサンが特別多いな。それで、便利だ」

「甚だ世話になったが、こんなうまい思いをしたことは近ごろメッタにないな」

信長もシンから喜んで感謝している。満腹すればジッとできない悪太郎ども。

「さて、でかけよう。よろしく礼をいっといてくれ」

「アア、いいとも」

一同が先にでてクグリ戸から見ていると、千九郎はフトコロから紙に包んだ物をとりだした。

「ヤア、たいそう世話になったな。これはほんの志だ。犬山の今度できた新しい手形だ。これが昨日から金の代りに通用してる。また、くるぞ」

オカミサンに送られて、千九郎は外へでる。

オカミサンと娘ッ子は彼らを気の毒な落人だと思って後姿が見えなくなるまで手をふって見送ってる。

一同は千九郎をとりかこんで睨みつけ、長い道を物もいわず戻ってきた。

「キサマ、益々もって怪しからん奴だ。天下至るところで食い逃げを働いてるな」

「とんでもない。清洲で木の葉の紙包みで餅を買った奴がいるというから、そういうことがオレにもできるかどうか、ちょッと、ためしにやってみたが案外できるものだ」

「ぬけぬけと、ふとい奴だ」

「まったくこう易々とできるとは知らなかったな。今日がはじめての話だよ。オレが清洲で配給の餅は武士のかねて用意の餅。餅屋の餅を木の葉で買った奴はオレじゃないよ。疑ぐり深い人たちだ」

「キサマ、石頭だからあのいそがしい最中に木の葉をひろって紙に包むヒマがないといったな」

「当り前だ。火つけの最中だもの」

「今日はどうだ。包むヒマがなかったじゃないか。さてはキサマ、マサカの用意に、木の葉の紙包をいつもフトコロに忍ばせているな」

「とんでもないことをいう人たちだ。トロロを片手ですりながらでも、それぐらいのことはできるね。疑ぐり深いと、みんな、大将になれないね」

千九郎は、清洲の餅の方だけは生涯白状しなかった。

13

その晩、とっぷり日が暮れてから、疲れて戻ると、平手政秀が待っていた。

「お疲れの御様子だが、今まで何をしておられたのですか」

「粕井の原で犬山勢の逃げ去るのを見かけたから、落人のフリをして楽田河原の農家でトロロ飯を食ってきた。徒足《カチ》だから、疲れたな」

「末盛城のお使者が見えて、備えをかためて様子を見よとのことでした。一方の敵は軽くとも、他の一方から強敵が襲ってこぬとは計られませぬ。それが戦《イクサ》の心得です。敵の襲来を目にしながら、城を留守に、遠く敵地を遊びまわるとは、大胆に似て、不心得千万、タワケの業です」

「みんな、そういってるな」

信長は平手の前から素早く逃れて、濃姫の部屋へ遊びに行った。

「ひもじくて仕方がないが、カミナリジジイがガン張ってるから、あッちの部屋では飯を食うヒマがなくてね。なにか、食べるものはないかね」

腹這って頬杖をつくと、タタミが背骨にふれてギュッと鳴ったような気がする。

信長が頭を下げて頼めば、濃姫は甚だ親切だ。

「お餅やクシ柿やミカンならありますけど、そんなもの、おナカのたしにならないでしょう」

「イヤ、それでたくさんだ」

「膳部をこの部屋へ持参させますから、ちょッとの間、我慢あそばせ」

「それは、こまる」

「なぜ」

「どうもね。この部屋じゃア、まだ坐ったことがないから、坐って食べるものは羞《はず》かしいね。こうして腹這って食べられるものがいい。餅の方がいいね」

濃姫が餅をやいてやると、信長は喜んで食った。その餅のほかにもっとおいしい物があることを知らないような満足した食べ方であった。これが殿様の子だろうか。乞食の子のようだと濃姫は思った。

腹がいっぱいになってくると、さすがに腹這いは都合がわるい。

「ちょッと苦しいな。カンベンしてもらって、横になろう」

「そんなカッコウにも、正面と横とで礼儀があるんですか」

「そうじゃない。オレにカンベンしてもらうのだ。もう癖がついたからね。カンベンしてもらわないと横になれない癖なのさ」

信長は横になって寛《くつろ》いだ。そして、その晩は珍しくゆっくり話しこんだ。

「アンタのオヤジサンの家来の中で、オヤジサンがほめてる人は誰だね」

「美濃衆はみんな立派な家来です。とりわけお父様がほめてらしたのは、土岐十兵衛です」

「土岐十兵衛と。きかない名だね」

「土岐十兵衛光秀。美濃の土岐の一族で、まだ年若い武士ですが、砲術にかけては父にもまさる兵法の巧者《こうしゃ》と承っていました」

「オレのような若い人か」

「あなたより五ツ六ツ年長でしょう」

14

横になって濃姫と話を交していた信長は、ちょッと起き上りかけそうな様子をしたが、また腹ばいになって、頬杖をついた。起き上りかけたのは、何かに気がついたせいらしい。

「その十兵衛のことを、アンタのオヤジサンがなんといってほめてたって？　それをもう一度、教えてくれ」

「砲術にかけては、父にもまさる兵法の巧者ですッて」

「砲術にかけては、兵法の巧者とね。――アンタはどうしてそんな巧者な言葉を覚えているのかね」

「知らない」

「だって、砲術にかけては兵法の巧者。――なんだか覚えにくいいい方だからね」

「でも、そうですもの。槍の兵法、弓の兵法、鉄砲の兵法。いろいろ、あるでしょう」

「そうか。鉄砲の兵法か。しかし、アンタは砲術といったね。たぶんアンタのオヤジサンや十兵衛サンは、砲術と、鉄砲の兵法とを区別して使っているのかも知れないと思うね」

信長の顔付は真剣になったが、ミカンの皿に手をのばして、さかんに食いはじめた。とうとう十ほどミカンを食ってしまった。そして横にゴロンと倒れた。

まもなくゴウゴウとイビキがもれはじめた。腰に火うち袋をたくさんブラ下げた外出姿のままである。非常に薄着だ。夜が更けて、益々寒気がしみわたるのに、信長にはそれがこたえないと見える。

「私のおフトンをかけておあげ。お目をさまさないように、そッと。遊び疲れね」

思わず笑いがこみあげる。なんて珍妙な人物だろう。シャクにさわる悪太郎だが、憎い人ではない。

濃姫もとって十八だった。お城の中で侍女たちにとりまかれているだけの生活であったが、我ながらウンザリするほど、人のウソがすぐ分るようになってしまった。

濃姫がウソを見破ることができないのは、信長だけだ。もっとも、ウソをつくことがまずないせいだ。たいがい正真正銘なのである。人々が彼をバカだという通り、たしかにバカのニセモノではない。正真正銘のバカなのだ。

バカではあるが、ただのバカではない。すると、この悪太郎の正体はなんだろう。それを見破って、こづきまわしてやりたかった。特に濃姫がこの悪太郎に頭があがらないことは、日本中に悪名高い濃姫の父を、彼だけがシンから敬していることだ。彼女は父に手紙を書くとき、特に父にはこのバカをほめてやりたくなかったが、いくらかずつほめて書いてしまうのが例だった。

濃姫は悪太郎が目を醒《さま》して赤面するように、徹夜してでも枕元に起きてようと心をきめた。しかし、信長は三時間ほどでふと目をさまして、案外サバサバした顔だった。

「ヤ、失敬。どうもいい気持でねてしまったね」

フトンをはねて、起き上った。忘れずに半袴をバタバタやって、彼女の方をぬすみ見て、いった。

「アンタはすばらしいことをいってくれたよ。まるで神様の声のようにね。目がさめて、夢でないことが分ったよ」

ニコニコしながら、出て行った。

珍童独立

1

その年の三月三日に織田信秀が病死した。四十二の働きざかり。これからという仕事なかばに不安定な地盤をのこして死んだ。信長は十九であった。

タダのバカならまだよいけれども、家来を眼中におかないバカだ。思いのままの行動を起して何をやるか予測のつかないキカンボーだから、家来にとってはバクダンをだいてるように始末のわるいバカであった。

信長の実弟勘十郎は当り前のおとなしい少年だった。勘十郎が家をつぐのが織田家のためだと家中一般の声であるが、カンタンに実行できる問題ではない。

信秀は二人の子供が元服するとそれぞれに重臣を分ち与えた。

信長には林佐渡守、平手政秀、青山与三右衛門、内藤勝介等。

勘十郎には柴田権六、佐久間大学、佐久間右衛門等。

林佐渡守は信秀の家来の中で第一等の家柄、織田家をたばねる重臣総代である。平手と柴田は実力によって家中に重きをなす双璧であるし、青山、内藤、佐久間らも元々信秀の家老たち。子供のお守り役に配属せしめた教育係ではなくて、自分の最高の重臣ほとんど全部を二分して、二人の兄弟に分属させた。

配属もれの重臣といえば、鳴海城をあずかる山口左馬助ぐらいのものだ。

父の生前から家来の所属がハッキリ兄弟に分れていたということは、今となると悪評フンプンたる信長に幸運であった。

林佐渡は一家をたばねる代々の総番頭であるが、配属はバカの組だ。このバカが兄なのだから、家をつぐ。そしてバカ組の大長老林佐渡が全体の大長老になる。物の順としてはそれが当り前で、フシギはない。

弟が領地や家来をもらって分家独立しても、兄が家をつげば、弟もその家来のうち。弟の家来も織田全体の家来のうちだ。柴田、佐久間といえば、織田の武名に重さを加える名誉の豪傑であるが、バカが家をつぐと又家来のようになって、当人たちは面白くないのは当り前であろう。

林佐渡はバカ組であるから、バカが家をつぐと、元々のように全体の総番頭、それで差しさわりないようであるが、信秀が死んでみると、そうも云えない。

全体の中心たる信秀あってこそ全体の大長老であるが、その心棒がぬけた後ではバカ組と弟組の分派あるのみで、中心がない。今のままではバカ組の林佐渡だ。四囲の情勢で、自然にそう成り下っている。それというのが、つまりバカ組の中心人物が要するにバカそのものだからだ。

林佐渡は考えた。もともと、バカ組の平手、青山、内藤と、勘十郎組の柴田、佐久間はツリアイがとれてる。彼等も家柄ではあるがそれよりも、戦国なみのヤミ政治の才覚や腕ッ節で当世風に家中に名をうった人気者。自分はもともとの大長老で、格がちがう。

バカ組だ、勘十郎組だというのは格の同じ平手政秀や柴田権六づれがやりあうにふさわしいこと。信秀公なきあとは、自分というものが組や派を超越した中心となるのが当り前。しかるに、バカ組とは、苦々し。

林佐渡は手前勝手にこう考えて、内々大いに苦りきっていた。

2

林佐渡という長老が一人ぎめに大超越して、バカ組だ勘十郎組だと派を立てかねない家中の気分を遠く眼下に見下しているから、シモジモの俗人どもも露骨に発情するわけにいかなかった。

けれども佐渡の本心はハッキリしている。信長というバカがキライなのだ。

どこの総番頭も保守的にきまったもの。彼らが主家の御曹子に期待するのは、遺産をまもるに足る当り前の才覚をもった人物ということで、天下をねらうような怖しいのは才能があっても好ましい御曹子ではない。まして信長は大タワケで定評を得た悪童、山賊の倅にあるまじき乱暴狼藉《ろうぜき》の不届者にすぎない。

佐渡の弟、林美作守《ミマサカ》が兄にささやいた。

「今のうちに勘十郎を後目《あとめ》に直すのが無難ですよ。あのタワケが勝手なことをやりだしてからでは手おくれですよ」

「タワケのことは平手にまかせとけ。オレは織田全体の大長老。小倅どもを担《かつ》いで勢力の拡張をはかるのは成上り者や雑輩《ざっぱい》のやることだ」

「ですがタワケには平手がついておりますから、功は平手にとられます。人々はこういうでしょう。信長はタワケだが平手のおかげでなんとかやるじゃないか、と。ところがタワケが失敗してごらんなさい。その責任は兄上にかかってきます。信長筆頭の重臣でありながら、補佐がよろしくないからだというでしょう。実際問題として兄上がタワケの筆頭重臣だという事実を忘れてはいけません。まだ二派の対立が表面に角をださない今のうちに、勘十郎を立てて、家中の統一をはかり、長老の地位を確定すべきではありませんか」

「それこそ柴田、佐久間ら勘十郎の側近どもが待ちもうけていることだ。奴らには勘十郎をたてて公然と信長組と争う力はない。平手の力はあなどりがたいし、舅《しゅうと》の道三がどうでるか誰にも予測がつかないからだ。しかるにオレが勘十郎を立てると、平手や道三と対立する責任はオレの一身にかかってしまう。のみならず、功が成った場合には柴田、佐久間らにとられてしまう。タワケの功が平手にとられるのと同じことだ」

長老は長老らしく超然としていれば、二派は角突き合せてともに勢力を消耗し、タワケや勘十郎という小ワッパを中心にしては統一しがたいことが分って、自然に長老たる己れを心棒にいただくようになる。佐渡はこう考えていた。

そのために、家中一般の声としては、信長では先が思いやられる、勘十郎に後をつがせるのが無難であろうと町人百姓に至るまでささやいていたが、総番頭が馬耳東風で、表面に現れなかった。

むろん信秀死後の始末は急がなければならないから、重臣たちは死者の枕頭ですでに会談があったけれども、

「大殿なきあとの末盛を勘十郎どのの居城と致そう」

こう話がきまって、各派各様の気持にそれぞれ面目がたち、一応落着であった。

末盛は信秀の居城だが、駿河や犬山からの敵襲にそなえた出城。実際の本城は那古野だ。まだ戦闘力のなかった信長が本拠たる那古野にのこされ、信秀は前線に築城、出動していたわけだ。それを勘十郎の居城としたから、いわば前線の配置についたようなものだが、父の居城をついだ点で勘十郎組も面目がたった。

3

信秀の葬儀は万松寺で行うことになった。彼が生前に建立した禅寺である。尾張一国から参集した僧侶のほかに、関東から京へ上下の旅僧の通りがかったのも呼びとめて、坊主の数だけで三百人。お布施だけでも大変だが、大いに無理をして、威勢をみせた。さて葬儀の席順ということになって、別に論争はなかったけれども、形式的に兄弟二派がハッキリと衆人の前に分派の姿をあらわすこととなった。

というのは、織田家全体の臣家の席順というものも有るようでないものだ。だいたい乱世のことだから、臣下を遇する真の席次は殿様の胸の中にだけ在るもの。その胸の中を当てにして忠勤をはげんでいるわけであるが、殿様が死んでしまえば、当てにしていた本当の席次は失われて、焼香順などではどういう席次が与えられるか分らないが、どうせ心外なものしか予想されない。

ところが、殿様の方寸からでた席次で納得できるものはと云えば、勘十郎公家来、第一席柴田権六、第二席佐久間大学、第三席佐久間右衛門、第四席長谷川、第五席山田という順だ。しかるに織田全体の順として、林、平手、青山、内藤らの下風に立つとなると、いかにも気色がわるい。

そこで、勘十郎公家来の者は、当日は勘十郎公御供として参列仕《つかまつ》る、自然にそういうことになって、ここに信長公御供と勘十郎公御供という二組がそれぞれの主人を擁して、またそれぞれの家来として席次を占めることになった。

むろん信秀が命じて兄弟二組に配属しておいたことだから、それぞれ信長公家来と勘十郎公家来を称するのは当り前で異様なところはないけれども、気持の上では勘十郎公家来というものの独立の示威の気勢を含むものといってもよい。

信長組は那古野城から。勘十郎組は末盛城から。大行列をねって万松寺に到着する。

ほかに信秀の弟孫三郎、四郎三郎、孫十郎らも各々の城から手勢を率いて参着。

万松寺へついた信長は、なかなか葬儀がはじまらないから、ジッとしていられない。境内は各城主の供回りの者どもで、むやみにごッた返している。信長に気のつく者も少く、気がついても驚く者もいない。年がら年中あるまじきところをうろついてるバカ様であるから、まちがいなくオヤジの葬場をうろついている分には出来のよい方だ。

「どうだい。信長の家来どもの槍を見ろよ。よその槍の倍あるぜ。鯉ノボリの竿《さお》だなア。星を落すツモリかな。バカの考えは格別だな」

どこの供回りの者にも信長の槍は大評判だ。そうだろう。何物よりも目立つのだ。各々の供回りは所定の場所に各々の槍を林立させておく。まさに槍の陳列会。それだけが群衆の頭上にそびゆる存在だから、甚しく目立つ。中に信長直属の槍組の物だけはケタ外れに高く空中にのびている。長いといっても、常規を外れてベラボーな長さである。

こうして陳列会場に於て、わが槍組の抜群の槍の長さを見出す。信長は嬉しくてたまらない。星を落すツモリだろうと人々の笑ってるのが聞えないことはないが、信長は気にかからない。バカと云われつけてるせいだけではない。これは自信というものだ。

「オレが自分でしたことは、まだこれだけだ」

信長は満足だった。

4

叔父孫三郎の槍組を見よ。林佐渡の槍組を見よ。柴田権六の槍組を見よ。山口左馬助の槍組を見よ。また平手政秀の供回りを見よ。みんな普通の短槍だ。それは亡き父の兵法の表れでもある。

しかし、オレの槍組だけは違う。これは織田信長の槍だ。織田信長の兵法というものだ。こんな鯉ノボリの竿みたいに長いのが振りまわせるか、と言やアがる。槍を振りまわすツモリでいるんだな、お前さんたちは。

槍というものは、突くものだ。槍ブスマといって、全軍の先頭に穂尖《ほさき》をそろえてメクラメッポウ真ッすぐに突ッ走る。これは戦争の最初の段階なのだ。決して二段目の段階ではない。敵も槍ブスマを構えてメクラメッポウ突ッ走ってくる。戦争のこの段階というものは右も左もない。両方がメクラメッポウにぶつかるだけだ。長い槍の方が先に敵を芋ざしにするのは、当り前じゃないか。

ナニ？　突いた槍を抜いてるヒマに敵にやられるッて？　抜くバカがあるかい。一本の槍が一人の敵を芋ざしにすればタクサンじゃないか。これは戦争の最初の段階だと言ったじゃないか。一度使ったものを二度使うような段階ではないのだ。あとは刀を抜くなり、敵の槍を拾うなり、組つくなり、場合に応ずるがよかろう。

槍を持ってる奴だけが戦争するわけじゃないのさ。槍には槍の役割があるだけの話しだ。突き刺した槍をぬいて使ったり、丁々ハッシとふりまわし、体をひらき、とびさがり、大いに槍術の玄妙を弄するツモリのヒマ人はそのツモリでいるがいい。オレの考えてる戦争には、そんなヒマはないね。長い槍の方が先に敵の胸板を刺しぬく。槍の役割はそれで終る。次には他の用意があるべきものだ。それがオレの戦争だ。

万松寺の中空に、高々と一きわそびゆるわが槍組の槍の長さを見よ。これが織田信長であるぞ。

彼の目は自信にかがやく。

「しかし、この長槍も、鉄砲の前ではてんで無力なのさ。長槍の利を会得したものには、鉄砲の利が分かるのだ。短槍を縦横ムジンに振りまわすツモリの奴らには、鉄砲が、否、戦争というものが分らないのだな」

汝《なんじ》らは、何者だ。百戦レンマのツワモノか。笑わせるな。織田信長の長槍は、すでに汝らの胸板を刺しぬいているのだぞ。高々と中空に一きわそびゆるわが槍を見て悟ることなき汝ら百戦レンマのツワモノどもよ。

織田信秀とは、何者であるか。汝らの首領であるか。師であるか、しかり。汝らの師であろう。そして、織田信長の師でもなく、また父でもない。

見よ。織田信長はそこにいるぞ。その長い槍だ。織田信秀も、そこにいるな。その短い槍が、信秀よ、お前さんだ。

そして、今日は短い槍の葬式だ。

なんてひどい混雑なんだ。そして、その中の誰一人の目にも、あの槍が何者であるか、見ることのできる者がいないのだ。

三百人の坊主がねりこんできた。信長は唖然《あぜん》として、目をこらした。

「そうか。短い槍の亡霊だな。これも」

5

三百人の坊主の大合唱がはじまった。ある一群は読経しつつ輪をえがいてねりまわる。他の一群はそれとすれちがいに輪をえがく。高々と天を指して楽器を打ちならすもの、香を焚くもの。

一人の僧がつと平手に近づいて、焼香のときが近づいたことを知らせた。

焼香が喪主からはじまるのは分りきったことだが、その喪主がこの場にいないのも分りきったこと。喪主の席は設けてあるが、そこがカラッポだということは、見なくとも平手には分る。我慢して坊主の合唱をきいてくれるタワケ殿様でないことは、満座の人々も心得ているから、平手も別にカラッポの喪主席を気に病んでいない。

「信長公をお呼びして参れ」

平手の命をうけて使者が信長の姿をさがす。庫裡《くり》の広間で近侍どもと相撲の熱戦の最中だ。一同モロ肌ぬいで、もみあっている。

「御焼香です」

「そうか。いま、行く」

今しも石頭の千九郎に揃って飜弄《ほんろう》されてるところだから、すぐには立てない。相撲となると、石頭は強い。充分に差させておいて、ヒョイと引いたり、ひねったり。ちょッとの呼吸で這わされたりスッテンコロリンと飛ばされてしまう。この石頭に限って調子がつくと益々強いから、このあたりで焼香にでかけてくるのも兵法のうちだ。

信長は着物の肌を入れて、感心に帯をしめ直した。キリリと巻きあげた茶筌マゲはダテじゃない。相撲ぐらいでホツレは見せない。

城をでるとき肩衣《かたぎぬ》と袴をつけさせられたが、今更つける手もない。戻ってくれば、またすぐ脱がなければならないから、ムダな手間だ。たかがオヤジの葬式じゃないか。

オレにオヤジを葬れとはムリな話。短槍を地獄へ落してやるだけだ。むらむらと腹が立つ。敵意もわく。信長はニヤリと笑って、それを押えた。腹を立てるほどの相手じゃない。織田信秀も、その家来も、葬式も。愛用の刀をさしこんで、

「では、参ろう」

使者をうながして歩きだした。

林佐渡はさッきから上座と下座が気にかかって仕方がない。上座は信長の空席だし、下座は平手政秀だ。

信長の焼香の番だということに、とうとう一同が気づきはじめてきたじゃないか。なんという不肖のバカだ。一生に一度の父の葬式じゃないか。オレが平手のようなオツキ家老なら、一刀両断にしてやる。ジリジリと、思わず刀のツカに手がかけたくなる。

佐渡は息をのんだ。信長が現れたのだ。

肩衣も、袴も、つけていない。相変らずの茶筌マゲ。それを見ると悪感《おかん》が走った。

太刀脇差に太いシメナワがぐるぐる巻きつけてある。その刀を左の手でグッとおさえて、信長はズカズカと通りすぎた。

仏前で立ちどまる。いきなり、クワッと抹香をつかんで、仏前に投げつけた。

佐渡はぶるッと身ぶるいした。信長の振向くとたんに、蒼ざめて、うつむいた。腰の刀のあたりをうろついていた手をひッこめて膝にそろえて、腰をかがめて会釈した。戻りぎわに、抜く手も見せず斬られている幻を見たのだ。

6

七十五日の期限がすぎても、タワケ殿御焼香の巷《ちまた》の噂は消えそうもない。そして、勘十郎の評判はひどく良かった。

平手はそれを苦笑するのだ。勘十郎のサクサクたる好評ほどバカげたものはないじゃないか。肩衣も袴もつけて、当り前に焼香したというだけじゃないか。格別なところは一ツもない。

もっとも信長の珍なるフルマイが格別すぎたキライはあるが、それにしても勘十郎の好評は通俗でありすぎる。

とは云え、それを人のせいにするわけにもいかぬ。何よりも心痛すべきことは、父なき後の信長のフルマイが以前と全く変りがないということだ。相変らずの茶筌マゲ。腰にぶらさげた火打ち袋。肌ぬぎで町をよたるのも、野荒しも、以前のままだ。父に代って尾張を統《す》べる者の自覚的な行動も、自覚のキザシすらも見られない。焼香の噂が消えない理由も、勘十郎の好評の原因も、実はそこにあるのだろう。

そこへ、こまったことが起った。

平手には長男五郎右衛門、二男監物《けんもつ》、三男甚左衛門という三人兄弟があった。

長男の五郎右衛門がちょッと尾張には見当らない駿馬《しゅんめ》を手に入れて愛していた。

ところが、信長は馬キチガイだ。馬の稽古は毎朝と毎夕怠ったことがない。嵐でも洪水でも休んだことがない。しかも稽古は猛烈をきわめ、常識外れの長距離を全速で走る訓練だ。攻めに攻めぬいて馬をきたえている。だから普通の稽古ですましている家来の馬はついて行けない。後日の話であるが、ちょッとした事件があって、清洲と那古野三里の道を信長が突ッ走ったとき、後に従った家来の馬は、家老山田の名馬をはじめ大半途中で息が切れて死んでしまった。

馬とは当時における最大の速力である。信長の考える戦争に於ては、勝敗を決する重大な要素の一ツが速力だ。機先を制するのも速力であるし、負けたときに逃げ勝つのも速力だ。こういう基本的な要領は、ケンカに身を入れるだけで知ることができる。対等では勝てない腕ッ節の強い奴でも、こッちに速力さえあれば、逃げながら、追わせておいて軽くヒネることができるものだ。

万事ケンカの経験から割りだした切実な兵法だから、速力に対する欲望、名馬に対する執着にはキチガイじみたところもあった。

「その馬をゆずらないか」

信長は頼んだが、五郎右衛門は厳格な父に仕込まれた生マジメな男、年齢も信長よりはだいぶ上で、子供ッポイのがキライなタチでもある。信長のタワケぶりに内々好感をもたないから、

「私はサムライを心がけている人間なんです。馬というものは、元々サムライの所持品なんです」

当り前に拒絶すれば信長も怒らなかったであろうが、まるで信長が名馬を所持して然るべきサムライの数の中にも入らぬような皮肉たッぷりな言い方をした。

「そうか。お前はそんなに偉いサムライだったのか」

「そう心がけております」

生意気野郎め。サムライとはどんなものだか今に思い知らせてやろうと信長は遺恨をむすんだ。

7

那古野から三里ほど東へ寄ったところに周囲十五町ほどの池があって、大きな魚がたくさん棲んでいる。

ある日、五郎右衛門が二人の弟をつれて、ここへ釣りに行った。小舟をかりて池の中ほどへ漕ぎだして、糸をたれている。

このへんは信長にとっても遊び場の一ツで、折から子分をひきつれて鷹狩りに来た信長が、農家の軒先につながれている五郎右衛門の馬を見つけた。子分に探らせると、兄弟三人が池で釣りをしていることが分ったから、

「キサマら、ここで待ってろ。五郎右衛門の奴がサムライを心がけているそうだから、一ツ腕をためしてやろう」

信長はハダカになって六尺フンドシをキリリと締め直し、短剣のサヤを払って、

「ウーム。寒いな。たのんでも馬はよこさぬ。寒い思いはさせる。重ね重ね人をなやますサムライだ」

広い野ヅラを真一文字に突ッ切り、短剣を口にくわえて、池の中へバチャバチャ。やがてもぐって見えなくなった。

兄弟三人の者は素ッ裸の怪漢が池へ入ってくるのを見たが、まさか信長とは思わないから、さほど気にもとめずウキを見つめていると、ウキの横へポッカリ浮いたのは信長。

「どうだ、釣れるか。邪魔をして気の毒だが、ちょッと戦争の稽古にきたよ。オレはこの舟を沈めるから、キサマたち、沈められないように防戦しろ。オレを敵の間者だと思え。オレに不覚があったら、舟べりへかけた手でも浮いたクビでも斬り落すがいい。オレがこの舟を

沈めることができなかったら、キサマたちはサムライだ。大刀のサヤをぬきはらい、目玉を皿にして見張ってろ」

言いすてて、ニヤリと笑って、水中に没した。

まもなく舟底をガリガリやってる音がきこえる。クビをつきのばしても、信長の姿は見えない。なにぶん水面は藻がいっぱいで、舟の通った跡に藻がないだけだ。

舟底のガリガリが聞えなくなったと思うと、思わぬところへ浮き上って、藻草のカタマリを三人にぶつける。またもぐって舟底をガリガリやったり、ヘサキに手をかけてゆすッてみたり、藻をぶつけたり、散々じらしたあげく、にわかに舟べりへ現れ、いきなり手をかけてひッくり返した。

兄弟三人は着物のまま水中へ落ちた。水錬の心得がないではないが、着物はきているし、カッパの倅のような信長と比較はできない。地上とちがって、水中では、弱い方の人数がかたまるだけ弱味が増す一方だ。

信長は三人の足をつかんで、代り番こに水底へひッぱりこむ。七へんや八ぺんでやめるような信長ではない。日常生活の全部がこういうときの心得と稽古でもちきりだから、当人は軽くやったつもりでも、他人にとっては生死の瀬戸際の重大事。兄弟三人が半死半生の思いで、ようやく岸辺へたどりついたときには、信長はとっくに供をひきつれて姿を消していた。

まさに死の一歩手前。精魂の限りをつくして、ようやくに兄弟三人は一命をひろったが、途中で落命に及んだにしても信長は見向きもしまい。三名は怖れと憎しみにふるえた。

8

平手兄弟三名は信長を斬って自害することを考えるに至ってしまった。

もとより容易に決心できることではない。父は信長に仕えて最も忠義の重臣であるし、また決心定まっても簡単に討てる信長ではない。ただの野荒しのイノシシとちがって、いざ狙ってみると、信長という怪獣の性能が並の猟師の手にあまることが身にしみてくる。

よりより相談していることが父の耳に知れたから平手もあまりのことに茫然自失の衝撃をうけた。

五郎右衛門は我が子ながらも分別すぐれ、冷静沈着、かりそめにも軽挙妄動するとは思われぬ若者である。

平手は兄弟三名を呼んで事情をきき、その胸中をきいた。

「たかが一頭の馬のことでな」

平手は嘆息した。

「二人の弟とちがって、五郎右衛門はすでに成人であるし、考えのない人間ではないはずだ。お前の父が信長公のために寝た間も心の休まることのない忠誠一途の老臣であることを忘れてはおるまいな」

一番痛いところのはずだが、こう言われても、五郎右衛門はいささかも動じた色がない。そしておもむろに答えた。

「父上が信長公の格別の忠臣であればこそ、私の決心も定まったと申せましょう。君君たらずんば臣臣たらずと申しますが、父上の如きは臣臣たり得たこの上もない忠臣。家中に並ぶ者のない特別唯一の功臣であることは、三歳の童子といえども知らぬ者はありません。私たちはその父上の子供なのです。唯一無二の忠臣の家族に対してこの酷薄なフルマイでは、君君たらざることも極まれるものと申すべきです。かかる君をいただいては織田家は亡びるを待つのみ。父上の子であればこそ、このバカモノをのぞく心を定めました」

これは空虚な理窟というものだ。人間のモツレは小さな感情から発するもので、大義名分ほど真相を逸脱しているものはない。

事の起りは一頭の馬だ。しかし、君の欲する馬を臣が拒んだためではなくて、拒んだ言葉が皮肉であったためだ。冗談の皮肉ならなんでもないが、その皮肉の裏には、信長という人間の真価の否定があった。それあるために巧まずして発した皮肉だ。

信長のように自恃《じじ》の念がキチガイじみて逞《たくま》しい人間には、彼の真価を否定している言葉、否、言葉の源ほど強烈に胸にくいこむものはない。多分、信長はこう云うだろう。

「お前のオヤジは無二の忠臣だよ。その子のお前はオレを理解していないじゃないか。無二の忠臣の子だから、なおひどいよ。臣臣たらずんば君君たらずだよ」

五郎右衛門の君臣論は理窟の上では整然として筋が通っているが、信長の感情に答えるところのない空虚な理窟にすぎない。

ところが、平手もわが子には盲《めし》いている。わが子ながら分別もすぐれ、冷静沈着、かりそめにも軽挙妄動するとは思われぬよく出来たヤツという考えがあった。

所詮は平手も老番頭であった。甚だ忠義一徹の老番頭。忠義一徹だからタワケ殿に骨身惜しまずヒイキするが、根はタワケ殿を充分に理解してはいない。分別くさい五郎右衛門ごときがはるかに人物に見えるという老番頭にすぎなかった。

9

世間で勘十郎の評判が甚だよろしいぐらいでは平手の心はくずれなかった。世間というものは、その程度に通俗なものだ。勘十郎家来の柴田、佐久間らが信長をタワケと見るのにフシギはないし、信長重臣筆頭の林佐渡まで信長をタワケと判ずるに至ったようだが、信念なき者が世間の判断に動かされ易いのは当り前で、重臣筆頭という肩書が信念の欠如をおぎなうタシにはならない。

平手はこう考えて、世の噂をよそに動ずる心なく信長をもりたててきた。

けれども、わが子の五郎右衛門が信長殺害を思うに至って、まったくテンドウしてしまった。

いわば彼の信長についての価値判断の地金がでたのだ。彼は忠誠一途のために、世間の信長判断に同じなかった。その判断の欠点を批判する余裕すらもあった。しかし、それもヒイキの片寄りで、本質的に信長の真価を認めていたわけではない。

彼の真に信頼しているわが子すらも信長をバカとよび、君たらずと断ずるに至ったから、鉄の心もついにぐらついて、信長判断も地金をだした。

「ついに、ここまでタワケがこうじては、信長公もとうてい末の見込みが考えられない」

平手は暗然と結論せざるを得なかった。

だが、わが子が信長を殺すようなことがあってはこの上もない一大事である。信長も破滅、わが家も破滅だ。

この二ツを救う方法として考えられるのはただ一ツあるのみ。己れのシワ腹かき切って、信長をいさめることだ。

もとよりそれも気休めの、また一時のがれの策にすぎない。シワ腹かき切っていさめたところで、どうなる筈もないタワケ殿ではないか。諫言《かんげん》をいれる人なら、生き永らえて諫言してもいれるはずだし、本性からのタワケなら、諫言をいれても永久に元のモクアミ、利巧になりッこないじゃないか。

所詮ムダ死《じに》にすぎないけれども、ここまで来ては、生きている喜びがない。死ななければ、死よりも辛い悲しみ苦しみの数々を見なければならぬであろう。

わが子が信長を殺さなければ、信長がわが子を殺すにきまっている。

――たとえ死んで諌《いさ》めてもタワケが利巧になりはしないが、わが子との争だけは仲直りの見込みがあるだろう。信長も、またわが子も、その点だけは、オレの死をムダにしないでくれそうだ。

平手が考えあぐねた末の結論が、これだった。

彼は切腹の効果的な方法を考えた。信長とわが子の不和を解消する、この目的をよりよく果すための効果なのだ。これだけは果さなければ、死んでも死にきれない。

彼はまず息子たちに胸中を語った。

「お前らが信長公を殺し奉れば、もとよりお前らも生きていられぬ。さりとて殺し奉らなければお前らが殺されるだろう。ここはオレの一命をささげて、信長公とお前らのワダカマリを消していただくところであろう。君のために一命をささげることは、悔いのないことだ。まして、君のためと、わが家のための両方の役に立てば、虫がよすぎるほど幸運かも知れぬ。オレの悔いなき死を悲しむに当らぬ。これを役立てて裏切らぬよう努力をつくせ」

10

天文二十二年閏《ウルウ》一月十三日。

昔のコヨミは一と月が月齢の二十九日しかないから、一年は三百五十四日で、今の一年より も十二日も少い。今のコヨミは四年毎に一日増して端数を調節するが、昔は一年に十二日も端数がでるから五年に二度の割合で閏月というものをおき、その年には一年が十三ヵ月ある。つまりその年の何月かが二度あるわけだ。天文二十二年は閏の年。この年には一月が二度あった。その二度目の一月十三日。信長二十の年である。

この日は山寄りのヘンピな村に奇妙な宵祭《よいまつり》があるというので、信長は毎夕の馬の稽古がてら子分をつれて祭見物の遠乗りとシャレた。村人から御馳走のモテナシをうけて時のたつのを忘れだいぶ夜が更けて城へ戻った。とかく遊び疲れておそくなったときに限って、悪いことが待っていがちなもの。

この晩は内藤勝介が彼の帰城を待っていた。勝介は四番家老。三番家老の青山は美濃の合戦で討死して倅が家をついだばかりだから平手がおもに相談するのはこの内藤勝介であった。

勝介は奉書包みのようなものを膝の前において彼の帰城を待っていたが、

「ヤ。お待ち致しておりました。平手政秀が本日切腹いたしましてな。友達のヨシミにて私が立ちあいましたが、見事な切腹でござった」

「なんで切腹した？」

「シサイはこの遺書にしたためてあるそうでございます。まず御一読なされませ」

読んでみると、五郎右衛門との不和を水に流して、仲良くやってくれということが主として書いてある。特に諫言めいた訓戒はないが、どうか一日も早く立派な殿様になってくれ、それだけが気がかりだというような、別辞が述べられている。

父が死んでもなんでもなかったが、平手が死んでこう言うのは切ない。たしかに愚劣なことである。たかが一頭の馬だ。

「平手はキサマに後事を託したのか」

「左様です。それにつきまして――」

「待て。今日は何も云うな。平手を死なせて残念であったと霊前に伝えよ」

信長は立って去ろうとした。

「内藤勝介からのお願いがござるが、実は隣室に五郎右衛門をつれて参って侍《はべ》らせております。言葉をかけてやって下さりませ」

なるほど、さもあろうと信長は思った。平手の切なる願いが分るのだ。わが身の至らなさに思い当るフシがあるからだ。

信長はやわらいだ顔で、やさしくいった。

「平手の霊に手向けてくれ。キサマを殺して残念であった、と」

「ハッ」

「それだけだ」

「ありがとうござる」

隣室には目もくれず、信長は去った。

フスマの外に濃姫の侍女が待っていた。

「姫が殿様をお待ちしておられます」

「姫がオレに用があるか」

「日の暮方から諸方に人をつかわして殿様をお探しでした」

「ナゼだろうな」

「平手さまの御自害をきかれたからです」

「なるほど。そうか。姫は平手を信じているからだ。あの姫は、遠い空の向うから、みんな見えるらしいよ」

信長は濃姫を訪れた。

11

信長がいつものように黙って腹ばいになると、濃姫が柳眉を逆だてた。そして、命じた。

「坐って！」

フダンとだいぶ様子がちがう。信長は頬杖ついてニヤニヤと濃姫の顔を眺めた。

「今日に限って、なぜ坐らなくちゃいけないかね」

「まだ目がさめないのですか」

「さめるはずはないね。おれは目をさましてるとき、ねぼけていたことはないな」

「平手はあなたを諌めて切腹したではありませんか」

「その通りだ」

「それで目がさめなければバカです」

「バカは死ななきゃ治らないそうだ。そして平手は死んだが、オレはまだ生きているのさ。一人のバカが死んでも、も一人のバカは治らないね。要するに、あのジイサンも見かけによらぬバカモノだ」

濃姫はそれにうなずいた。

「そう。平手はバカです。取り残されたバカが困るんですもの。ですが、生き残ってるバカにくらべればマジメです」

そして濃姫は信長を睨みつけた。

「あなたが今まで安泰だったのは、平手がついていたからです。平手なきあとのあなたの周囲は一変します。すでに今、変りつつあるでしょう。そして明日の朝には、あなたの家老も、兄弟も、叔父も、一人をのぞいて全ての者が、あなたの敵です」

「一人をのぞいて、ね。その一人とは、姫のことか」

「いいえ。私の父です」

「ア、そうか。しかし、それは、オレの考えとちがってる。オレの考えでは、すでに今から、一人のこらず、全部が敵さ。アンタのオヤジサンも、敵のうちにいれておく方が分りやすい」

信長はアッサリいった。その言葉は濃姫の好みにあったらしい。姫は微笑をうかべ、信長をうち眺めていった。

「その覚悟は、本当？」

「今のところ、残念ながら、アンタのほかに信用できる味方はいないらしいね」

「私も当にはなりません。今は、あなたの仰有《おっしゃ》るようかも知れないけど、私はバカな人と一しょに、バカにひきずられて、身を亡すのはキライです」

「それはオレと同じ考えだ」

「バカでない証拠を見せて。平手は切腹してあなたがバカモノであることを宣伝してくれたようね。馬より早く、津々浦々へ行き届くでしょう。そして、一夜あければお城の内外、見渡すかぎり、敵ばかり」

「まったくだね。オレもそこまでは知っている。だが、その先は、分らない。そして、その先は、運命というのだろうな。オレの為すべきことは、その時に至るまで分りッこないよ。

そして、その時は、オレがバカか利巧か、オレ自身が、知る時さ」

信長は笑って立上った。

「オレが今日、里の祭で習い覚えた能をうたって舞ってみせよう。それで日が暮れてしまったのさ」

信長は直立し、朗々とうたいつつ舞いはじめた。

「人間五十年、下天のうちをくらぶれば、夢幻《まぼろし》の如く也。一度生を得て滅せぬもののあるべきか」

12

それは「敦盛《あつもり》」である。その日見物にでかけた山里のお祭で、年老いた農夫の舞うのを見たのである。農夫の舞いもよかったが、信長が感動したのは詞《コトバ》であった。

信長はそれを習い覚えて帰ってきた。雨ニモマケズ武芸に励んだおかげには、武骨の如くにして艶なる農夫の舞いの型を移すのにわりと苦労が少くてすんだ。

頭上に松籟《しょうらい》が鳴り渡っている。老いたる農夫が舞っている。その舞い一つを秘伝に、親から子へと村に伝わる祭の舞いだ。冬の日が暮れかかっていた。そして山陰の宮の森の松籟が、いまも聞えるような気がする。

舞う信長の感動は素直に濃姫にひびいた。

ひびくはずだ。彼が農夫の舞いに見出した感動の急所を巧みに捉えて表しているばかりでなく、明日知れぬ彼の今日の運命が朗々と自らうたい、また自ら舞いつつあったからである。しかし、濃姫はその感動に負けることを好まなかった。そして、わざとアベコベの顔を見せた。

「舞ったって、大人には見えないわ。その姿では、猿マワシの猿が舞ってるようでしかありません。茶筌マゲは、もう、止しなさい。腰にぶらさげた火うち袋も捨てなさい。もう二十じゃありませんか。人間五十年だなんて、虫がよすぎるわ。あなたは二十年で死ぬらしいのよ。茶筌マゲの首をとられて、笑い物になるつもり？」

濃姫は冷笑したが、舞いのカッサイが得られなかったので、信長をガッカリさせただけだった。彼はやむをえず腹ばいになって姫の怒った顔を下からのぞいた。

「アンタのオヤジサンは二十の頃には頭をまるめて山寺でお経をあげてたそうだね。あの頭の方が利巧に見えるという人もいるかも知れないが、頭をそるのに手間がかかって困るだろう。オレの頭は便利なのさ。それだけだ。手間がかからないという取柄は、いいなア」

信長は立って半袴をバタバタ払いながら、

「姫の厚い志は身にしみて有りがたいが、平手なきあと、平手の亡魂を宿してオレに説教するのはカンベンして下さいよ。平手の説教の方が物やわらかだったたね。アハハ」

信長は笑い声を残して立ち去った。

濃姫は信長がカチンと締めて消えたフスマを睨みつけた。

信長の笑い声がまだ部屋の中を駈けめぐっているような気がする。それは人間の知覚でその全貌を捉えがたいほど巨大な動物を感じさせた。

「何物の笑い声なのだろう。全てが敵ばかりと思い知った日に、あんな笑い声をたてる動物は、やっぱり大バカなんでしょう」

大バカで、偉大な少年。もう少年の齢でもないが、どこまでバカにできてるのだか底が知れない。その人の妻であるということを、濃姫は満足に思った。なつかしさが、こみあげてくる。

しかし、肉親も家来も全ての者が、彼にそむくとき、彼はその敵を防ぎうるであろうか。心細い限りである。

濃姫は父に手紙を書いた。重大な手紙だ。平手の死と、その次に起るであろう情勢の報告であった。考えては、書き直した。そして、末尾に、父の援助を乞う代りに、偉大なバカは刃向う全ての敵を踏みくだくだろうと誇らかに書き終っていたのであった。

蝮の愛情

1

道三は濃姫からきた手紙の束をとりだして、念入りに読み返していた。

平手の死後はにわかに手紙がヒンパンになったが、それは不安のせいだろう。そのくせ、刃向う全ての敵を信長は易々と踏みくだくであろうと手紙のたびに威張っている。

「だが、観察は大人だ。全然甘いところがない。だれのことも信用してないじゃないか。ひょッとすると、オレの心も疑ってるかも知れないぞ。女はこれだから、怖しい。おそろしや。おそろしや」

情勢の把握はスパイの観察よりも的確だ。その中心にいるからとはいえ、ただの目には、こうは見えない。鬼のような冷い目が感じられた。

道三は猪子兵介をよんだ。猪子は尾張の情報を扱っている重臣だ。

「尾張の情勢はさしせまっているかい」

「いつバクハツしてもフシギではありません。はじめに事を起す者が誰であるかは分りませんが、いずれにせよ、タワケの命数はつきております」

道三はねむそうな目をして、うなずいた。

「信長の戦備は？」

「タワケの戦備ですか。三年ほど前から、タワケが直々《じきじき》稽古をつけている足軽組がありますそうな。タワケ流の乱暴な稽古をつけてるそうで、ただもう走る突ッこむ、走るわ、走るわ。巻狩に猪を追う役には立とうと、老臣どもは見ぬフリをして苦りきっておりますそうな。戦争の役には立ちません」

「それほどタワケかい」

「あれがタワケでないといい張っていた唯一の人物が腹を切って死にましてからは、尾張でタワケと申すのはあの男のことで、上総介《かずさのすけ》信長という名は大そう通りが悪くなっておりますな」

道三は猪子の言葉を信用しなかった。なぜなら、それよりも信じるに足る濃姫の手紙があるからだ。

彼が直々訓練している兵隊は、長槍組と鉄砲組だそうだ。道三の長槍戦法や鉄砲戦法を探らせて参考にしているという。それだけでも、バカじゃない。

濃姫の手紙にも猪子と同じ言葉を伝えたものがある。平手の死後、四囲の全てを敵と知りながら、特別の戦備をたてる風もないということなぞがそれだ。

しかし、彼の直々の訓練というものが、そもそもの始まりから万全を期し、最悪の事態を目当てに備えを立てたものだとすれば、今さら慌てないというのが、そら怖しいじゃないか。とてもバカどころじゃない。

平手の死んだ晩、信長は濃姫にこういったそうだ。

「今日からみんな敵だとまでは分っているが、それから先のことは分らない。それから先は運命というものだろう」

人事をつくして天命をまつの心事というべきではないか。しかし、この小僧ぐらい徹底的にバカの定評を得た奴も古今に珍しかろう。おかしな奴が現れたものだ。

「信長を呼び出して会って見たら面白かろうな」

「アハハ。これにまさる見世物がないほどでござろう」

「案外タワケではないかも知れんぞ」

「アッハッハ。珍しいことを仰有るなア」

猪子兵介は腹を抱えて笑った。

2

道三の身辺にも、ちかごろ、いろいろと面白くないことがあった。

その凶兆のようなのが、去年の暮、義龍に初孫が生れたことだ。ところが、この孫は彼が与えた織田家の姫の子ではない。この姫は飾り物のように奉っておくだけで、子供の生れるはずがないのだそうだ。

信長と濃姫の場合もよく似ているが、中味はまるで違う。信長は自分の力で濃姫をもらうツモリでいるらしい。そのツモリとは当人だけの気分にすぎないが、ともかく自恃の逞しさに加えて、濃姫や、むしろその父たる道三への敬意のこもった敵意が感じられる。

ところが、義龍の場合は敵意だけだ。道三が自分の父であることを拒否したものだ。道三の子でないという宣言である。

そして自分で女を選び、去年の暮に子供が生れると、義龍の攻勢が積極的となった。ちょうどそのころ、義龍の徒党は増大して、同じ城内に住んではいるが、すでに無形の一城を築きあげていた。

道三が土岐頼芸《よりよし》を追いだして美濃の国を奪ったとき、そのメカケを奪って妻とした。そのときメカケは妊娠中だったから、道三の長子に生れた義龍は実は美濃の旧主の血統であるという。

しかし本人もそうとは知らずに二十ぐらいの年までは道三の実子のツモリで育っているのだから、秘密を知ってからでは、自分自身すらも説得しきれないものが残っている。

そこで自分に子供が生れると、そこにはじめてハッキリと道三に無関係な土岐の血統のシルシが果を結んだように思いこむこともできた。折から彼の徒党は増大して、ほぼ道三直属の手兵に対抗できるものになっている。

諸般の気運が合して、子供の誕生とともに、徒党一同期せずして意気あがり、密々の陰謀が次第に道三の耳目をはばからぬものとなりはじめた。

天下無頼の悪人とその名も高い道三ともあろうものが、手を拱《こまね》いてここまで追いつめられるのをボンヤリ眺めすごしていたような、まことにヒョンな結果となって、さすがに彼も昨今は気持がすっきりしない。

「信長という小僧の先生がオレにはタワケに見えないのだが、オレのほかの天下万人が口をそろえてタワケだと言いきっているのが妙だ。オレが義龍の奴になんとなく怯えている気持のせいで、信長がオレの目にだけそう見えるのだとすると、オレもいよいよ救われないモーロクになったわけだ」

しかし、濃姫の手紙の束を読み返してみると、どうも信長がタダのタワケには見えない。それどころか、途方もないエラブツのような気がするほどだ。

小娘の目は神仏と同じように見通しのときがあるものだ。

骨の髄からの大タワケでも構やしないね。とにかく、濃姫がこれぐらいヒイキにするのが、いじらしい。道三もおのずと信長ビイキであった。ヤキモチらしい気持が浮かばないのは、信長の奴がバカで天下に名を売った珍物のせいかも知れない。

オレが信長に対面して、あの奴はバカどころじゃないぞと吹聴《ふいちょう》すれば、天下の奴もおどろいて、めったに信長に手出しをしなくなるかも知れないな。

こう考えて道三はニヤリとした。別に仏心がついたせいでない証拠には、一点の救いもないほどずるそうな笑顔であった。

3

そこで道三から信長のもとへ使者がきて会見を申しいれた。

ところが、この使者が仰々しい。百人にあまる供廻りをしたがえ、進物の品々を先頭に、いかめしく行列をねって乗りこんできた。さながら日の没する国の老王から日の出ずる国の若王へというような威儀である。

信長が使者の口上をきいてみると、別にさしたることじゃない。ただ会いたいというだけのことだ。

「せっかく聟舅《むこしゅうと》の縁を結びながらまだ会ったことがないのは残念だ。ついては近日、富田の正徳寺の院内でお待ちするから、足労ねがいたい」

こういう話である。別に考える必要もないことだから、信長は承知したとアッサリ答えて使者を返した。

信長は父の後をついでからまる一年になるけれども、当人も茶筌マゲで相変らず野荒しに精を入れてるだけだし、人も彼を一人前に扱ってくれたことがない。外交とか修交ということで重臣相手の交渉はあっても、直接彼を一人前の殿様扱いに礼儀をつくしてくれた者がいたタメシがない。今度が初めてであるが、急に一人前を通りこして、仰々しいことおびただしい。
舅であるし、貫禄も世間の評価も格のちがう道三であるから、
「どうだ、小僧、オレの館へ遊びにおいで」
と呼んでくれて餅を御馳走してくれるぐらいでも差支えのない相手である。
富田の正徳寺は一向宗の寺だ。富田の庄はその寺領で、美濃と尾張の両国に接しているが、
そのどちらの国でも領分でもない。四日市にちかいところで、稲葉城（岐阜）からも那古野
城からも、同じ大きな川を越して、似たようなミチノリだ。那古野城の方がやや近いが、岐
阜からなら舟が利用できる。
この会見地の選定などは、まさに天下の両巨頭の会見にふさわしい配慮が感ぜられようと
いうものだ。老獪《ろうかい》な大旦那と茶筌マゲのアンチャンの会う場所じゃない。
信長はカンタンに会見を承諾したが、さていろいろのことを考えてみると、どうも茶筌マ
ゲにはツリアイのとれないことが多すぎる。にわかに一人前以上の扱いをうけて、出世させ
てくれたのは有りがたいようだが、ただ有りがたがっている信長ではなかった。
信長は、全ての人を疑っていた。それは人間のなみの処世の態度ではないかも知れない。
しかし、彼は自分の置かれた立場を知っていたし、己れの全ての判断がそこから出発すべき
ことを知っていた。濃姫は道三だけが信長の味方だと言う。むろん信長はそれを信じていな

かったが、人々が前代未聞の大悪党と怖れるようには怖れていなかった。善人然とした骨肉重臣みんな味方と恃みがたいばかりでなく、身近かに居るだけ油断ができない。大悪党と看板をぶらさげている道三の方が、裏をかんぐる必要がないだけ親しめようというものだ。もっとも、この先生をわざと信用するには及ばない。

信長は万千代と千九郎をよんで命じた。

「美濃へ潜入して、道三の企みをさぐってこい。何か企みがなくて、こんなことをするはずはない。道三は近所隣の雑魚《ザコ》どもとちがうから、奴の企みを探るのは難物だ。覚悟をきめて、でかけろ」

二人を出発させて、信長は濃姫の部屋へさぐりにでかけた。

4

信長は誘導訊問という悠長な芸ができないから、頬杖をついて、こう訊いた。

「アンタのオヤジサンから肩の凝るような使者がきたよ。妙なことをしたがる人だ。アンタにコトヅケがあったかい」

「ありません」

「使者はここにも立寄ったでしょう」

「立ち寄りません」

「誰一人も？」

濃姫は信長の腹の底を見すかして、顔が冷めたくひきしまった。

「大名の使者が、ついでの用を託されてくるものですか。たかが人にくれてやった娘風情に」

「ハ、ハア」

「使者がきたのは何用ですか」

「それをまだ御存じありませんか」

「あらましのことは聞いてます。女の耳に戸はたてられません。ですが、それを私に伝えて下さるのがあなたの役目でしょう」

自分の秘密を隠す必要があるときに、人はとかくこんな風に敵意をこめた反撃を行うものである。しかし、濃姫は信長に不利な秘密を企む人ではない。

濃姫がこんな不キゲンな角の立った言い方をするのは、彼女にとっても父からの使者が不気味で、その真意がはかりかねているからであろう。

ところが信長先生が御同様に道三の心がはかりかねてお門ちがいのサグリを入れてきたから、信長先生のおぼつかなさに益々カンシャクを起しているのかも知れない。

信長は濃姫のカンシャク玉の中から自分のおぼつかなさを発見して、ちょッとてれた。天下の道三悪党を甘く見くびって、人にくれてやった娘風情にケンツクを食わされるようでは話にならない。

思えば天下の大悪党が人にくれてやった娘風情とレンラクして悪事を企むはずはなかろう。考えの至らざること甚しい。

「もう、この話は止しましょうや」

と信長は降参してカブトをぬいだ。そして巧言令色を用いた。

「どうもアンタのオヤジサンはたしかに然るべき大将だ。味方につけても、敵にまわしても、一筋ナワではいかないところがタノモしい。アンタのオヤジサンを負かしてやるのに、アンタと相談してもはじまらないな」

信長の顔色をよんでいた姫は、すげなく言った。

「負けないように、つとめなさい。そして、そのときは父を殺しなさい。あなたのガイセンをお城の下まで出迎えてあげます」

どうも姫君の真意もはかりかねるが、これを相手に威勢を見せて力んでも手応えがなさそうだし、神妙に応答すればマヌケのようなものだろう。形勢不利と見て、

「や、失礼いたしました」

と立上ると、濃姫の声が後を追った。

「オヒマだったら、毎晩お話しにいらッしゃい。じきお別れかも知れないわ」

こういう意地のわるい女の云い方というものは、ドロドロドロというユーレイを連想させ

て、とかくよろしくないものだ。

ところが、信長がふりかえってみると、濃姫は涼しい顔、私は永遠に死にませんという顔であったが、どういうわけだかニッコリ笑っていた。まるで書物が笑っているような孤独な笑いであるが、それにしては美しい笑顔だ。信長はおどろいてフスマをしめた。

5

万千代と千九郎はそれぞれ変装して、別れ別れに稲葉城下へ潜入した。

千九郎は陽気のカゲンで出奔中のバカに化けた。石頭どころか、誰が見ても、バカそのものだ。本人の本性らしい。

「オ。餅をついてるな。アレ、ふらついてやがるな。オイ。キネをかせよ。オレがついてやるから、餅を食わせろ、な」

餅屋の頸《くび》すじをつかまえて、キネをとりあげた。餅屋は熊のようなバカ力に頸をにぎられて、おどろいた。

「キサマはなんだ」

「なんでもいいよ。ついてやると、餅をくれるだろう」

「どこからきた」

「どこからだか分らねえや。日本中がオレのウチだ。ここのウチは気に入ったな。オレに餅を食わせるだろう」

「ハハア。左まきだな」

ちょうど祭礼で忙しい最中だから、その間だけ働かせることにした。よく働くが、よく食う。

「コラ、待て。キサマ、裾をまくって餅を入れて、どこへ行く」

「どこへも行かねえよ。これから、これを食うところだ」

「呆れた野郎だ。それだけの餅というものは、人様のところでは十人家族でも食べ残すというほどの量だ」

「ケチケチするな。オレがいくらでもこしらえてやるよ」

怖るべき食欲に、餅屋のオヤジは警戒オサオサ怠りないが、至って気立ては良いバカだと、素性の方を疑る者はいない。

ヨナベが終ると、街へでて、よたる。商店の隠居とでも、街のアンチャンとでも、たちまち打ちとけた仲になる。

「お前さんはどこの人だね」

「オレは二丁目の餅屋の人だ」

「なるほど。見かけない人だと思ったが、祭礼の手伝いだな」

「この祭礼を当分日延べしちゃいけないかね」

「祭礼は昔から期日のあるもので、興行のように日延べというわけにはゆかない。若いころは祭礼がたのしみだな」

「餅を食うからな。年をとると、餅もたのしみじゃアなくなるかね」

「餅じゃアない。祭礼だよ」

「どういうわけで年中餅を食わねえのだろうね」

「どういうわけもないが、それが昔からのキマリだな。年中食わないところに値打があるのだ。尾張那古野に織田信長という大阿呆の若い大名がいるが、この阿呆はノベツ餅を食いながら大通りをよたッていそうだな。年中餅を食うてえのはつまりレッキとした人間のやることじゃあない」

「ホウ」

「この信長てえ阿呆は、ここの殿様の聟殿だが、天下に珍らしい大阿呆だという評判が高いから、憂さばらしに阿呆を見てやろうじゃないかと、舅の殿様も物好きな人だな。明後日《アサッテ》だ。富田の正徳寺というところへ聟殿をよびだして、なぶッてやろうじゃないかという寸法だ。それ。店の者がテンテコマイをしているのは、当日の供回りのお揃いを急いでいるのだ。信長が礼儀知らずの阿呆だから、当日はわざと甲羅をへた老臣だけ七、八百人のガンクビをそろえて、これに折目高のハカマ、肩衣という古風の礼装を着せて、ズラリと居並んで敬々《うやうや》しく信長を出迎えさせて、阿呆の度胆《どぎも》をぬいてやる趣向だそうだな……」

6

明朝早く富田へ出発という晩に、ようやく千九郎が戻ってきた。子供のものらしい汚い着物をきて、腕と毛脛《けずね》をニュッと突きだしている。

「それがキサマの変装か。それで子供に化けたつもりか」

「いいえ。陽気のかげんで家をとびだしてブラブラしている山奥の左マキに化けましてね。まんまと餅屋へ奉公して、毎日餅を食ってきました。祭礼がすんでヒマをだされたのと、道三の企みを見破ったのと、ちょうど同じような時刻で、よくできていましたよ」

と自分でほめて喜んでいる。

万千代の報告は、別段戦備はととのえていないという程度であったが、千九郎の方は会見の目的をさぐりだしている。しかし、陽気のカゲンでウチをとびだした左マキというのは、彼の変装とは云いきれないオモムキもあるから、その報告をどこまで信用していいか分らない。人を化かすのは狐とは限らない。千九郎は人に化かされているかも知れない。

「ハッハッハ。美濃にはオレを化かすほどの甲羅をへた人間はいませんよ。足軽のお揃いを縫ってるところを見ながら、そこの隠居の講釈をきいたんだからマチガイはありませんよ。

尾張那古野の信長という阿呆のことをよく知ってましたぜ」

　くわしく聞いてみると、彼のいうことは筋が通っている。当日の足軽装束をたのまれた店の主人の言葉なら、城下でさぐりうる情報のうちでは確実な部類であろう。

　バカをなぶってやろうというので、わざと甲羅をへた老臣に限り七八百人もくたびれたガンクビを揃えたとは、よくよく蝮もヒマなのだろう。手間をかけてやるほどの遊びじゃないが、案ずるに尾張那古野の一人のバカを見物するよりは、ズラリとカミシモを着て居並んだ七八百人のくたびれたガンクビを眺める方がよッぽど面白い遊びじゃないか。さだめし薄汚いガンクビが揃っているのであろう。人間だけとは限らないが、すべて古物は自然に汚れるらしいな。それで当人は一人でいかめしがっている。だから古物は妖怪的で薄気味がわるい。

　こういうくだらぬ遊びを思いつく美濃の道三とはふざけた奴だが、奴めがその程度の道楽ジジイときめてしまうのは禁物であろう。道三という怪物は、とにかく信長にとっては甚だ魅力ある怪物の一人であった。

　明朝の出発の準備をととのえた信長は、その晩かなりおそくなってから、濃姫のところへ遊びにでかけた。

「明日はアンタが城下まで出迎えにでなければならない日かも知れないな。しかし、オレが勝ってきたのか、負けてきたのか、アンタは見分けがつくだろうか」

　姫が返答に窮することを期待したが、ヤブヘビであった。

「勝利の知らせは、大将の帰城に先立って、急使が城へもたらすものです」

今まで一度も自分で勝利をおさめた例がないことを、アベコベに、イヤというほど思い知らされたようなものだ。濃姫はそれにつづけて、叫んだ。

「負けたときには、それがしたくともできないのです。なぜなら、使者をだそうにも、あなたの首はそれを命じることができません」

濃姫はどうやら怒りが押えきれない様子であった。明日は何事が起るにしても、一方が良人《おっと》であるし、一方が父なのだ。

7

初夏であった。武者行列が川を渡る。川の向うは、もはや尾張の国ではない。

先頭が鉄砲五百挺《ちょう》、次に三間半の長柄の手槍が五百本、それにつづいて徒歩の若者が百余人。つづいては馬上の大将と親衛隊だが、この大将を見ると、沿道の人々がキモをつぶした。

この大将だけは具足もカミシモも身につけていない。フンドシカツギのようなクワイの頭を押したてて、浴衣染《ゆかたぞめ》の着物の袖をはずして、浴衣地のチャンチャンコを着ているような様子だ。アロハ以下。

腰に差しこんだ大小二本は荒ナワでグルグルまきつけ、ふとい苧《お》ナワの腕貫《うでぬき》がついている。

また腰の周囲には火うち袋とヒョウタンが七ツ八ツぶら下っている。これは猿まわしの腰に似ているのだそうだ。昔の記録に「猿つかいのように火うち袋ヒョウタン七ツ八ツつけ」と書かれている。信長の家来の一人が書き残した記録である。

半袴をはいていたが、これは虎の皮と豹《ひょう》の皮を半分ずつ縫い合せた勇ましい品物。雷サマよりも偉いつもりか、あれの日用品よりも重々しく長々と下へ垂れている。萌え黄の平打の糸で高々と巻きあげたクワイ頭が馬の歩みとともにゆれ、初夏の風の中をトンボのように舞う。

さては音にきこえた那古野のバカかと沿道の人々は一目見て気がついたが、老若男女一様に棒立ちになったまま口をあけてポカンと見とれてしまうとは珍装束があったもの。とはいえ、今日が特別の装束ではない。ふだんと全く変りがない。一ツだけ変っているのが、虎の皮と豹の皮を半々に張り合せた半袴だ。これが本日の特別礼装のつもりであろう。夏だというのにムリをしたらしい。

信長のうしろにも六百人ほどの供がつづいていた。前後合せておびただしい人数と、鉄砲と槍が、虎の皮と豹の皮の縫い合せから生えているクワイの頭を押し立てた山車《だし》をまもって通って行った。

先回りした道三は、よりぬきの甲羅をへたガンクビ七百五十人、折目高のハカマ、肩衣という古風の第一礼装をきせ正徳寺のお堂の縁にくまなくズラリと居並ばせた。信長奉迎の用意はこれでぬかりなくととのった。

　そこで道三は二三の側近だけ従えて、町外れまで出かけた。そこの一軒の小さな町家にたのんで屋内へあげてもらい、戸の陰に身をひそめて、那古野のバカがそうとは知らずに目の前を通るのを拝見しようという寸法だ。いかにバカでも、目上の者の前に出たときと、人目のないところとでは、態度フルマイに変りがあろう。バカがバカなりに習い覚えた行儀なぞを見せられちゃ、つまらない。野放しのままの大バカのところを拝見させていただこうという念入りな身の入れ方であった。

　鉄砲が通る。鉄砲が伝来してからやっと十一年目。これだけ整備した鉄砲組をもってるのは、道三をおいては、よほど大国の大名の中でもまだ見かけることはできやしない。

　槍組が通る。や、これはしたり。長いの、なんの。天下一のオレの槍よりも長いじゃないか。短槍は普通一間半足らずのものだ。大身の槍が二間、長くても二間半だ。道三の槍は三間と三間半もあるが、信長のは全部がそろって三間半だ。

　しかし、その驚きも束の間。虎の皮と豹の皮の縫い合せから生えているクワイの頭を押したてた本尊が現れたのを見ると、道三はたまりかねて、口と脇腹を押えてかがみこんで笑いくずれた。

8

信長は正徳寺へ到着する。まず控えの間へはいった。

部屋へはいると、万千代をよんで、

「屏風《びょうぶ》をまわせ」

「ハイ」

「そして、道具箱を持ってこい」

「ハ」

家来の者にも見えないように屏風をひきまわして、信長はその中に隠れてしまった。万千代や千九郎などの近侍だけがつきしたがい、屏風の中から出たり入ったり、何事か忙しそうにやっている。

「信長公、出御《しゅつぎょ》。本堂へ成らせられるから、家来の者一同、御見送りいたせ」

千九郎が現れて大音声でこう叫んだから、家来の者がおどろいた。出御も、成らせられるも、あるかい。にわかに変な言葉を使いやがる。のぼせて、取り乱しているらしいな。

家来の者どもが立って整列し、信長を目送しようと目をやって、一様に顔色を失ってしまった。

現れいでたる信長は、これぞまさしく信長公。織田上総介信長公であった。

生れてはじめて結いあげたミズミズしい折マゲ。いつのまに染めておいたか、人に知らせず用意したカチンの長袴。これも人に知らせず用意した礼式用の小刀。一点のスキもない公式礼装。幻の如くに現れいでたる一人の公達《キンダチ》の姿であった。そして尾張のバカ殿は、この一瞬を境に、それもまた幻の如くに消え失せてしまったのである。

並居る臣下の者どもには、物《もの》の怪《け》に憑《つ》かれたような一瞬であった。あまりの怖しさに、ぶるぶるとふるえた者があった。各々肝を消して、ただ呆然《ぼうぜん》と見送るばかり。

信長はスルスルと御堂へ通る。縁を上る。そこに七百五十のガンクビがギッシリ居並んでいる。道三の家老、堀田道空と春日《かすが》丹後が出迎えて、

「お早いお着きでしたな」

と挨拶したが、信長は知らぬ顔。ガンクビどもの前をスルスルと通りぬけて、一本の縁の柱にもたれた。

こうして暫《しばら》くの時間がすぎた。

道三が屏風を押しのけて、でてきた。柱にもたれている信長の近くまで行った。信長は相変らず知らぬ顔。

堀田道空が信長にさし寄って、

「ここに居られますのが、山城どのでございます」

こう紹介すると、信長は柱にもたれた身を起して、

「デアルカ」

と云って、敷居をまたいで、御堂の内へはいった。そして信長は道三の前に立ち、いと当

り前に挨拶をのべた。

ただちに座敷へ直って、堀田道空の給仕で湯ヅケをすすめ、盃を取り交す。道三は何も喋らない。黙って信長のすることを見ている。また、黙って自分のする事をする。黙って、盃を返す。

信長の挙止、すべて尋常。目の一ツの動きすらも堂々として、いささかの崩れも見られなかった。

盃が終ったとたんに、道三は道で馬の糞を踏んづけたような顔をして、

「また、会おう」

言いすてると、プイと立って自分の部屋へ戻ってしまった。

小僧にまんまとからかわれてしまったから、気色の悪いことおびただしい。

9

帰りの道は二十町ほど同じだから、そこまで見送りがてら、道三は信長と馬を並べて一しょに寺を出ることにした。

二人の殿様の前後には、それぞれの行列が並んでいる。双方とも、鉄砲組、槍組、徒歩の足軽組と、行列の順は同じことだ。

出発すると、片側の信長組の中から、妙な行動が起った。歩きながら、

「オーッ！」

と叫ぶ。そして槍組が三間半の大槍を突きあげて、ズシーンと地へ突きおろす。また、オーッ！　と叫ぶ。そして槍を突きあげ突きおろしつつ歩いて行く。

信長の家来も、道三のガンクビたちも、袖ひきあってやりだした。

「やっぱり、いけねえな。ミコシをかついで脅迫にでかける比叡山の荒法師じゃあるまいし、全然大名の流儀じゃないなア」

道三側の行列と全然調子が合いやしない。来る道では、こんな芸はやらなかった。いろいろと芸の数々を見せるつもりかも知れんが、危ッかしくて、見てられやしない。信長の老臣たちは穴の中へ消えこみたいような心細さに襲われた。

しかし、道三だけは、また馬の糞を踏んづけたような顔になった。

「ウーム」

彼の苦りきった顔は、だんだん深刻になっていく。

道三の槍の中にも三間半はあった筈だが、こうして改めてよく見ると、何本もありやしないじゃないか。

三間の長槍だって、あとが全部そうというわけじゃない。半分は二間半だ。

もっとも、それだけの槍組でも、天下名題《なだい》。道三新案の長槍組で立派に今までは通ってき

た品物なのである。

しかし、運わるく、信長の長槍組とこうハッキリ並んでしまっては、どうにもならない。信長のは五百本全部がそろって三間半。一本の欠けこぼれもなく、堂々と天をついて揃ってやがるじゃないか。

しかも、また堂々として、オーッと叫び天を突きあげ地を突きおろして歩き進んで行きやがるよ。問題にならんじゃないか。

すばらしい威勢である。しかも見事に訓練されて、ミジンの狂いもない。道三の足軽隊はまるで裏ナリだ。

信長が三年前から直々に訓練したという足軽隊の威力が道三のハラワタにしみこんだ。道を歩くだけにもこの整然たる威勢と芸では、鉄砲を打たせてみると、どれだけの芸があるか想像もつかんじゃないか。

同行二十町の道が終って、右と左に別れた。美濃路も半ば過ぎたが、道三はくさりきって、一言も口をきかない。

猪子兵介は、道三もよくよく信長の阿呆に呆れてしまったのだろうと思った。茜部《アカナヘ》という村へ来たとき、兵介は話しかけた。

「どこから見ても、バカでしょうが」

すると、道三が、答えた。

「ウム。無念だ」

「ハ？」

「無念千万だよ」

「ハ？」

「いまにオレの子供がバカの馬の口をとるようになるよ」

「ハア？」

「道三一生の苦心と自慢が、あのバカに、赤子の手をひねるように、ひねりつぶされてしまったよ」

10

那古野城へ戻ってきた信長は、玄関に出迎えの女たちを見て、大きな声で、

「ヤア」

と云って、馬から下りた。そしてワキ目もふらずにスタスタと湯殿へ行った。後から追っかけてきた千九郎が風呂のフタを外して湯加減をみながら、

「どうして、ヤアと云ったんですか」

信長は返事をしない。そしてもう素裸になって待っている。千九郎はヤケに湯をかきまわ

した。

「湯加減も見ないうちにハダカになッちゃムリですよ。ヤアと云って、馬から降りて、湯殿へスタスタか。アハハ。ネエ、コレでしょう」

千九郎は自分のマゲを指して示した。信長は熱い湯の中に顔をしかめてつかった。

「ウーム。手鏡を持ってこい」

「ハッハッハア」

千九郎から手鏡をうけとり、湯の中で、もどかしそうに左右上下に鏡をうごかして、のぞきこんでいる。横顔を見ようというので、目玉を片側へ寄せるけれども、思うようには寄ってくれない。

「どうです。また、茶筌にしますか」

「バカいえ。今日からは、これだ。まんざらでもないだろう」

「まア、相当なもんです。馬子にも衣裳とは本当ですね。殿様らしくなりましたよ」

信長は好キゲンだった。湯ブネをでるにも、鏡をのぞきながらであった。千九郎にカラダを流させながらも、千九郎が右手をひッたくれば左手に鏡を持ちかえて、のぞきこんでいる。

千九郎も呆れて、

「そんなに長く見るほどの物じゃアないようですよ」

「オレがだんだん偉くなると、キサマを大名にとりたててやるが、キサマにカッコウがつくかなア」

「あなたがそれだもの、オレがつかないはずはないね。それは立派なものですよ。名前が千九郎は、おかしいね」

「なんとする」

「そうですね。織田上総介信長の一の家来だからね。下総介がいいようだ。市橋下総介。わるくないな。これを、たのみますよ」

「よかろう」

湯からあがって、食事をすませると、肩衣に長袴をはき、万千代に太刀をもたせて、濃姫の部屋へ。

腰元がフスマをあける。スッと信長は部屋にはいり、中央にスックと立った。

信長が帰城したとき、玄関に出迎えた女の中に濃姫はいなかった。しかし出迎えた女たちから様子をきいて、濃姫は意外な帰城の姿も知っていたし、また富田へ随行した家中の者が顔色を変えて驚いた話もきいていた。信長公は敵をあざむくために今までバカのフリをしていたのだ、怖しい若大将だと怯えたように噂して舌をまいているという。

濃姫をとりまく女たちにも、大きな動揺が起っていた。新しい報告を持ちこんでくる女たちも、それをきいている女たちも一様に息をのんで顔の色を変えている。濃姫は満足であった。しかし、カンシャクもこみあげてくる。今日の秘密をあかしておいてくれなかった信長が憎らしい。

部屋の中央にスックと立った信長と顔が合うと、濃姫は思わずキリキリと柳眉を逆立てて、言った。

「私を負かしたつもりですか」

信長の新しい姿は姫を怒らせるほど立派すぎた。

11

肩衣長袴という姿を見せに来たのに、今までにない見幕で怒られたから、信長はおどろいたが、あんまりトンチャクもしなかった。

「おかしいかね、この姿は？」

千九郎にくらべると、濃姫の方が点が辛いかも知れないと信長は怖れをなしていたが、濃姫は相手になってくれない。

「侍は兵法の稽古をするものと思っていましたが、ひそかに着つけの稽古もなさるのですね」

「アッハッハ。アンタのオヤジサンが八百人のガンクビをそろえたからです」

信長はキチンと座った。

「腹這いになって、頬杖をつきなさい」

「今日からは、ダメです。座るときが来たのだ」

「どういうわけで？　肩衣長袴では腹這いになれないのですか」

「ちがう」

信長は考えた。今日からは濃姫をもらったと宣言したい気持もある。濃姫が腹を立てているから尚さらそれを言いたい気持にもなるが、つらつら考えるに、今日という日はたかが八百人のガンクビの裏をかいて肩衣長袴をきたというだけのことじゃないか。あんまり自慢になる日じゃない。

信長が道三から受けた印象はかなり深刻であった。蝮の先生、ついに一言も喋らないのだ。最後にプイと立って消え去るとき、また会おう、と云っただけだ。道三は道で馬の糞を踏んづけたような顔をしたが、信長は道三をやりこめたような快感はもてなかった。あるいは道に落ちている馬の糞ぐらいにしか道三に考えられていないのじゃないかとも思った。八百人のガンクビの裏をかいたということは、たしかに馬の糞程度でしかないということを、今さら信長は考えられもするからである。

また、会おう、か。要するに信長の摑《つか》み得た道三は、それだけだ。

「オレが今日から腹這いにならない理由は、ゆっくり考えてから返事しよう」

「そんなに考えのいることですか」

「そうらしいね」

そこへ千九郎が現れた。いくらか息をはずませているが、ニヤリと笑っていった。

「ただいま鳴海を通ってきた者の話に、山口左馬助がムホンしたとのことです。駿河の兵隊を城内にひきいれ、城外にトリデを築いているそうです」

信長はうなずいた。予期したことだ。第一のムホンが、ついに鳴海城の山口左馬助からはじまっただけのことである。

「よろしい。いま、行く」

「ハア。そろそろ、はじまりましたな」

千九郎はこう云うと、またニヤリと笑って立ち去った。

信長もニヤリと笑って濃姫にいった。

「おききの通りさ。これから忙しくなりそうだ。ちょうど、こんな、カッコウをしてしまった日に……」

信長はクスリと笑いのこして立上り、

「オレが腹這いにならない理由は、これかな。イヤイヤ。こんなことは、いま起ったにしても、今がはじめてじゃない。かねてからのことですよ」

廊下へでた信長はフスマの間から首だけ出して云った。

「勝って戻るときには、先に知らせの使者をだします。お風呂の用意、たのみます」

12

富田から戻った道三はすっかりくたびれてしまった。年のせいという奴だ。おまけに年ガイもなく小僧めにからかわれては、益々腰が延びないような疲れを覚えようというものだ。

「今日から信長を阿呆という者があるとカンベンしないからそう思え。お前らが阿呆阿呆と云うのを真にうけて、ひどい目にあった。小僧めに思いのままになぶられたのも、お前らが阿呆のせいだ」

道三は腰に手を当ててもみながら、家来の者にブツブツと叱言《こごと》を云いつづけた。

まったくもって、バカな目にあったものだ。信長の奴がバカで天下に名を売り、父は死ぬ、平手は切腹する。あとは四隣敵ばかりとあっては気の毒でもあるから、バカを見届けてからかったあとには、信長はバカじゃないぞといいふらして、少しは聟をひきたてて、奴めを敵と見る奴らの鋭鋒をくじいておいてやろうなぞと甘いことを考えていたが、お話になりやしない。

バカどころか、薄気味のわるい小僧だ。オレの秘伝をそっくり盗んで、オレの上のことをやってやがる。

バカじゃないかも知れないとかねて思ってはいたけれども、こうハッキリと、コテンコテンに見せつけられてはやりきれやしない。気色のわるい小僧だ。

道三はすっかりキゲンをわるくして、さかんに家来どもに当りちらしながら、その晩はおそく寝た。

翌日年寄の早起きに似合わず寝すごして、おそい朝食をとっているところへ、那古野へだしておいた間者がとんできて、「信長が今暁早く鳴海へ出陣」と報告した。

「鳴海へな。山口左馬助のムホンかい。山口がひきいれたという駿河勢は多いのか」

「その人数は分っておりません」

「信長の人数は？」

「とりあえず八百名ひきつれて出陣です」

「たった八百人かい」

しかし現にムホンした山口が重臣の一人であることでも分る通り、信長にとっては骨肉も重臣も当てにならない。さすれば信長がたのむのは彼の直々の手兵だけ。そして、直々の手兵だけなら、まさか八百名が全部ではないが、全部の半分には当っているかも知れない。半分だけひきつれて出陣したのは、四隣が全部敵かも知れないから、半分は留守の守りに残したのだろう。茶筌マゲの小僧め、セチガライ戦法をしやがる。

富田の会見のために信長が家来をひきつれて出かけた留守にこのムホンが起っているのだから、小僧がセチガラく気を配るのは尤《もっと》も千万というものだ。

道三は食事なかばだが、堀田道空をよんだ。

「お前は昨日から信長とは特別のツキアイだから、お前の兵隊をつれて那古野へ行ってやれ。小僧め、たった八百人つれて戦争にでかけたそうだ。小僧の後をまもってやるがいいや」

「ハ。大そう結構なことで」

「なにが結構だ」

「や。よいことがお気づきでした」

「バカにするな。キサマはあの小僧から兵法でも習ってくるがいいや」

堀田道空は昨日以来信長がヒイキだから、千二百の手兵をつれて、いそいそとでかけた。

喧嘩と戦争

1

信長は八百の手勢を率い、暁闇《ぎょうあん》をついて走った。中根村を駈け通り、小鳴海へまわり、三の山へ登って駒をとめ、斥候《せっこう》をだした。

山口左馬助は小豆坂七本槍の一人。織田信秀が最も信頼した豪傑であった。

信秀の重臣は彼の生前にそれぞれ信長と勘十郎の二子に分属されたが、そのどちらにも配属されなかったのが左馬助ただ一人。彼には他に重要な役割があったからだ。彼は鳴海城を預り、駿河から西上を狙う今川勢に備えて、南端の最要点に守りを堅めていたのであった。

美濃と同盟後は、今川ほどの大敵はなかった。領地も兵力も織田の十倍に余り、これに備える左馬助は織田家中に最大の兵団をもっていた。

駿河に備えた左馬助が、駿河勢をひきいれてムホンを起したから、事は甚だ重大であったが、信長はたった八百名の兵隊をつれて軽く敵陣の真ッただ中へふみこんだ。

斥候が帰ってきた。鳴海城には左馬助の息子九郎二郎（二十歳）が留守軍を擁してこもっている。左馬助は中村の出城に本陣をかまえ、また笠寺の要害に砦を築いて、ここに五名の家老が強力な陣をしいている。

その陣立ては守勢的で、今川の大軍をひきいれてウンカの如くに押し寄せてくる態勢ではない。

「ただのムホンか。口ほどもない奴ですね、左馬助は要害に陣をかまえて、ふるえているだけですな」

と、千九郎はカラカラと笑った。彼は馬上で腰のヒモをとき、ダラリとたれたキンタマをとりだして手にのせて信長に示した。

「初陣《ういじん》にしてては出来のいい倅ですな。生涯の戦争にちぢむことがないように、初陣の風を当てて、今日は倅の元服祝いだ」

倅を手にのせて風になぶらせながら、馬を進めて軍勢のまわりを一巡する。

三の山は鳴海城から十五町の距離であった。九郎二郎は信長が三の山へ出陣したのを認めた。

「タワケとメクラは蛇に怖《お》じないらしいな。それにしても人数が少いようだが、見てこい」

斥候を出して探って見ると、後にも先にもそれだけの人数しか来ておらぬことが分った。

九郎二郎は信長と同い年。槍や弓や腕力にかけても信長に負けない自信をもっていた。ひとつ軽くひねってやろうと考えた。

「せっかくタワケの入来に、城にこもっていては面白くない。城外へ出て一ちょう揉《も》んでやろう」

諸方の要害に陣をかまえて堅く守勢をしいてるだけのことだから、仕掛けなければ信長は黙って引きあげてしまうにきまっている。ただ信長を帰しては面白くない。

鳴海城の留守軍は中村与八郎、荒川又蔵ら名題《なだい》の豪傑はじめ千五百余。数に於ても敵に倍し、おまけに相手の大将は天下のタワケときている。軽く一ひねりと、九郎二郎は千五百の兵をひきいて城をでた。城の北方十五町、赤塚に陣をしき、オイデオイデをやった。そこは三の山からも東へ十五町。

相手の大将は昔の遊び仲間九郎二郎。城をでてオイデオイデをやるからには、信長も黙ってはおられぬ。

「九郎二郎が生意気をしおる。しからば挨拶いたしてやろう」

信長は三の山を降りて赤塚の敵陣へ静々と人数を寄せた。

2

それは、はじめから戦争ではなかった。敵の若大将も昔の遊び仲間、その家来もみんなコッちの家来とは顔見知りの間柄だ。相撲の勝負を槍と弓矢でやるようなものだ。九郎二郎がオイデオイデをしたから、出て行っただけのことだった。

信長は敵の手前一町ほどのところで馬をとめ、一同に命じた。

「敵と同じことをやれ。九郎二郎なぞという小僧を相手に大人の戦争をやるのは初陣に傷をつけるようなものだ。敵は鉄砲を持たないから。味方の鉄砲は後へひッこめ。敵の援軍が現れたときぶッ放すのはよろしいが、小僧の軍へ射ってはならんぞ。敵は弓を構えているから、コッちも弓を前へだせ」

カチの弓組が最前面に並び、弓に矢をつがえてジワジワと敵に寄りすすむ。その後にやや間隔をおいて、馬上の武者が一列横隊にすすんでくる。

信長の弓組は敵の前面たッた六七間のところまでジワリジワリと進んできた。まだ敵は矢を放たない。放たないわけだ。その矢は上方を向っている。敵の弓組の頭上を素通りして、馬上の武者を狙っているのだ。まだ、そこまでには距離がある。

信長の弓組がすぐ鼻先へ迫ってきたから、九郎二郎の弓組は気が気じゃない。自分が騎上の武者を狙っているから、敵の弓も自分の背後の名のある武者を狙うものと思いこんでいる者は気が楽かも知れないが、あにはからんや敵の弓は自分の胸板を狙っていると気がついたら、正気のままではいられなかろう。とうとう五間の距離にせまった。命令一下。発射に応じて信長方の弓も矢を放った。

奇妙な交換であった。高く放たれた九郎二郎方の矢は、たった一人の敵の武者を射落しただけだった。そして二の矢を放つことすらできなかった。なぜなら、一の矢を放ったとたんに、その弓組は胸板を射ぬかれてほぼ全滅していたからである。

敵の二の矢は容赦なく射こまれてきた。それと同時に、馬上の武者が一せいに躍りこんだ。砂塵と叫喚の舞いあがるなかで盲メッポー槍や刀をふりまわし、一合すんで自然にひいた。馬上の武者は馬を降りた。放たれた馬は狂ったように敵陣を駈けこして、森に寄った遠いところへかたまって草を食いだした。敵味方は四五間の距離をおいて、おのずから一服休憩。

そのマンナカに、信長方の武者一名ヒサシの下を射抜かれて落馬したまま地上に横たわっていた。腰に長さ一間幅五六寸という途方もない飾り金具の太刀をさしているので、一目で荒川貞十郎とわかった。

敵方からバラバラと貞十郎の首をとりに走りでた者があるから、味方の者も走りでて、首をかばって胴体をおさえた。敵方は足にとりついた。

敵は両足と刀の金具にかじりついて引っぱる。味方は胴と両手にとりついて引っぱりよせる。人間の綱引き。虫の息の貞十郎は甚だ迷惑。信長方が引き勝って、自分の陣地へひきずりこんだ。

九郎二郎は立上って、あざ笑い、

「雑兵《ぞうひょう》に矢を向けて、あたら名将を射殺しにさせた信長の大タワケ、それ、槍をくらわしてやれ」

どッと打ちこむ。

3

入り乱れて一合してはどッとひく。一服休憩。あきもせず、くりかえしている。

信長は甚だ退屈していた。バカを相手に遊んでやるのは、もうタクサンだ。すでに数時間くりかえして、正午になった。

九郎二郎は自ら槍ふりたてて渡り合い、敵の槍を下に押えて、大威張りであった。赤川平七が彼の槍に押えられて生捕《いけど》りになった。しかし、味方のたのむ名題の豪傑荒川又蔵がいつのまにやら信長方の生捕りにされて、豆のような口惜し涙を流していた。

信長は千九郎と万千代に命じた。

「又蔵はじめ生捕りを敵陣へ連れて行って味方の生捕りと交換してこい。午《ひる》の飯時だから、このへんで遊びはやめた、と伝えろ。死者も首をとらずに交換してこい」

「ハ、承知しました」

千九郎と万千代は荒川又蔵を先登《せんとう》に捕虜を引きつれて敵陣へ行った。自慢の豪傑が豆粒の涙を流して引っ立てられてきたから、敵陣は動揺したが、それを威張って引ッ立ててくる大男の若者を見ると、毒気をぬかれて笑ってしまった。

千九郎は前をゆるめ、着物の隙間から元服祝いの倅をのぞかせて風に当てながら心持よげに歩いてくる。

九郎二郎の前へ進んで挨拶した。

「お前のおかげで半日楽しく暮せたが、信長公は退屈したから遊びはやめたと仰有《おっしゃ》る。かけちがってお前と遊べなかったのは残念だが、いずれゆっくり遊べる折があろう、それを楽しみに今日は諦めて帰ろう。生捕りと死者を交換しようや。それから、味方の馬がお前の城の近くで草を食ってるから、連れてきてもらいたいな」

千九郎は九郎二郎の先輩であった。腕ッ節にかけては、九郎二郎もこの石頭にだけはとても勝味がない。腕自慢の九郎二郎もこの先輩には頭が上らなかった。

「そうか。もう、帰るか。まだ遊び足りないようだが、それでは今日はやめに致そう。近いうちにその石頭をもらうぞ」

「ここに倅の石頭もいる。親の石頭がとれたら、これもついでに進上しよう」

九郎二郎は敵方の馬をとりまとめて返してくれた。また彼も死者の首をとらずに返した。

信長方の討死は三十名であった。

信長配下の武将たちは、九郎二郎の返してくれた馬にまたがり、憂鬱な顔で帰りの道を歩いていた。

「こんな戦争ぶりでは、甚だ心もとないな。左馬助や笠寺からの援軍がなかったから命拾いをしたが、軽率でもあり、無謀でもある。敵ながら槍をふるう九郎二郎の若武者ぶりは水際立っていたが、信長公ときては、騎上の武者を射させて、雑兵の弓組に一の矢を向けるとは情けない」

まだ彼らは信長の兵法を理解することができないのだ。そして彼らは考えた。信長の命数はいよいよ尽きつつある。一の矢で雑兵と交換される武将たちが自然に背《そむ》き去るのは自然であろう、と。

しかし、彼らが那古野の城門前へ戻ってきたとき、思わず顔を見合せて互の腹をさぐり合っていた。堀田道空が付近にひそませておいた千二百の援兵を率いて挨拶に現れたからであった。

「御大儀でしたろう」

道空はこう云うと、兵をまとめてニコニコと戻って行った。

信長は鳴海で半日の小競合《こぜりあい》をしただけで帰城したまま、その後山口左馬助をどうすることもできなかった。

左馬助はその後大高と沓掛《くつかけ》両城を攻め落し、笠寺と中村の陣を強化し、鳴海城には今川から城代として岡部五郎兵衛が到着した。今川の主力が到着すれば尾張は一たまりもない。信長の亡びる時は眼前に迫っていたが、信長のもつ兵力では、左馬助の小倅と野天の花相撲が精一ぱいであった。

4

幸いなことには、今川義元が西上を急がなかった。

義元は信長の父信秀と小豆坂で苦戦したが、その信秀も死んだ。三河の松平も当主は死んで、その小倅の家康は自分のところへ人質にきているし、尾張の信秀も死んで大バカ少年の代となり、たちまち鳴海城の山口左馬助がムホンして自分の手先となってしまった。もはやこの方面には慌てることも急ぐこともいらない。

義元は尊大な貴族だった。今川家は足利将軍家の一門中で三番目の家柄であった。将軍家に子がないときは三河の吉良家の子が将軍家をつぎ、吉良にも子がないときは今川家の子が将軍をつぐ定めであった。

三河の吉良家は衰えて小さな半島の片隅にようやく家名を存していた。信長が十四の年の元服祝いに軽く一ムチ当てて初陣を祝ってきたのがこの半島の吉良攻めで、いわば新興勢力の元服祝いのナブリ物程度に衰えきっていた。

足利将軍家も実力を失い、世はそのために群雄割拠の戦国時代であるから、将軍家の一門で真に実力あるものは今川義元がその家柄においても筆頭であった。彼は天下第一人者の自負を当り前だと思っていた。

「世は麻の如く乱れ、諸国にウジ虫が発生して草木を枯らす。ただ東海に一輪の花が咲きのこり、やがて諸国の花の根となろう。それが余、今川義元である」

彼は胴が長くて、足が短かかった。源頼朝は顔が長大で胴と足が短かかったという。彼にとっては躰軀《たいく》の畸型《きけい》も貴族のシルシであり特権であった。またそれが彼のいわゆる「花」でもあった。

風流の奥儀《おうぎ》を花という。諸人は花をもとめるが、花をうることはできない。なぜなら、人に具《そな》わる生来の気品をもまた花といい、諸人はそれを持たないからだ。

「世は麻の如く乱れ、今や花を解する真に一人の貴族のみが生き残った。それがオレだ」

また花には生来の蜜がある。ウジ虫もやがておのずから蜜にあつまる。山口左馬助の如くに、である。

「そして、やがて天下は泰平となろう。東海の大輪の花を中にして」

しかし生き残ったただ一輪の名花もウジ虫どもがカメのフチから這い登るのをタカをくっているわけにはいかない。三河と尾張はどうやらおのずから蜜にあつまってきたようだが、背後には北条と武田という強大なウジ虫がいた。この強大なウジ虫どもに蜜をかけて騙《だま》すのが彼の急務であった。

「花の奴め、騙すことだけ心掛けて、ウジ虫に騙されることを忘れているな」

信長は考えた。彼は己が兵力の弱小だけで手を拱きはしなかった。

「花の奴を騙してやろう」

信長は兵力増大の時間をかせぐことが第一であった。

5

信長は茶筌マゲと腰のヒョウタンに手を切って以来、全く別の人間になってしまった。彼は能や茶道にも凝りはじめた。

少数の供をつれて諸方をはせめぐる放浪癖は改まらなかったが、野荒しの代りに、お寺の門を叩いて坊主の話をきいたり、村々の百姓たちと親睦を重ねたりするのであった。

そういうことの総合的な結果として、誰にも知られない何かが行われていたが、それは影の如くに彼に従う少数の側近にすらも知られなかった。

たとえば茶の湯というものは、貧富をとわず、余人をまじえず、膝つき合せて交りを結ぶ。それを怪しむ者はない。そして信長が諸人と交り、誰に怪しまれることもなく余人を交えず語らう結果として、側近にすらも分らない間者たちが諸方に放たれていたのであった。その人の名と任務は、信長と当人のほかは誰も知らなかった。

その間者たちは主として駿河へ送りこまれていた。その任務は、胴が長くて足の短い東海の名花を騙すためであった。間者の放つ流説によって、左馬助や、また左馬助の援軍に赴いている今川勢たちと義元との離間をはかるためであった。

信長にとって、弱少の兵力をおぎなう手段は、今はそれしかなかった。そして、それがどのような効果となって現れたかはやがて明かとなるであろう。一方、左馬助のムホンを見て、立つべき時の到来を信じたのは清洲の坂井大膳であった。

信長の新たな放浪の一ツに、堀田道空訪問があった。彼は何の前ぶれもなく、散歩のツイデの気軽さで、彼に肩を入れてくれるこの美濃の重臣を時々訪問した。

この新しい放浪は叛心をかくしている信長の一門や重臣たちに効果的な牽制《けんせい》となっていた。舅の斎藤道三が信長に肩を入れる不安があっては、うっかり手もだせないのだ。

けれども、坂井大膳はそれをあんまり気にしなかった。彼は今川と斎藤をハカリにかけて、簡単に答えを割りだした。彼の主君たる彦五郎は織田の宗家で守護代の家柄であるし、彼もまたその臣とはいえ小守護代とよばれている家柄だ。実力天下一の家柄の今川義元がたのもしく見えるのは自然の情でもあった。

大膳はじめ、坂井甚介、河尻与一、織田三位の家老四人が相談して、ここにいよいよ旗上げを一決。

八月十五日に突然兵を起して、まず清洲に近い松葉城を攻略、その城主織田伊賀守を人質にとり、つづいて深田城を攻め落して、城主織田右衛門を人質にとった。

信長は八月十六日払暁《ふつぎょう》那古野出発。守山城の叔父織田孫三郎も手兵を率《したが》えて加勢に参加したが、孫三郎は信秀の三番目の弟で、兄に従って数々の武功を立てた一門きっての豪の者。この出陣でも働きを立てた。

清洲城内から出てきて道をさえぎった軍勢は名のある武将五十人の屍体をのこして城内へ逃げこんだが、この中には坂井甚介の屍体もあった。

深田、松葉の両城も手もなく降参して、清洲衆はたちまち元の清洲一手につぼんでしまったが、まだ清洲城を一気に攻め落すには兵力が足りないので、兵をまとめて戻った。

坂井大膳はひるまなかった。この陰鬱な気取り屋はどんなことをしても我を通すネバリをもっていた。

6

清洲城は尾張きっての堅固な城であった。また宗家のこととて臣下も多く、城門をとざして堅く守れば尾張一国の兵力をあげても容易には攻め落せない。

けれども、城内に敵と通謀する者があっては、どんなに堅固な城でも守りきれない。

かつて何者かが、信長と通じて裏切りを策したことがあった。元凶は何者とも分らないが、武衛《ぶえ》様の臣下の者に相違ない。武衛様の存在は今や清洲の癌《がん》であった。

信長は清洲衆を城内に封じこむと、その田畠を刈り取らせてジワジワと兵糧攻めを策しはじめた。今まででも給与が少いとてとかく不平の多かった武衛様一統がこの先益々不平がつのるのは目に見えているし、そういう不平満々たる人々に給与して籠城の兵粮《ひょうろう》を減らすのはバカげている。

信長の滅亡は今川義元が攻めてくるまでの時間の問題であるから、身を保つ要件はそれまでの時間をかせぐこと。そのためには武衛様を殺すに限る。

天文二十三年七月十二日のことであった。武衛様の嫡子岩龍丸義銀《よしかね》が若侍の全員をひきつれて川へ狩にでた。

大膳がひそかに探らせてみると、武衛様とともに城内に残っているのは、森刑部少輔《ぎょうぶしょうゆう》、丹羽左近、拓植《つげ》宗花、久阿弥ら老人ばかり三十四名、その他は女ばかりである。

大膳は彦五郎のもとへ参り、河尻与一と織田三位を呼びよせて談合した。

「こんな機会が二度とくるものではない。年寄だけがたった三十四名。まったく無人にひとしい。よろしいかね。人数は次の通りだよ。森刑部少輔、丹羽左近……」

大膳は一々指を折りながら三十四名の名をソラで云った。それを見ると彦五郎と二人の家老は目を見はって声をのむばかり、とても反対の言葉なぞ出てくるものではなかった。

「武衛様なぞと主君扱いは心の迷い。敵の片われ、信長の片足にすぎない。容赦なく首を落して差し支えはない。女子供も情けをかけるには及ばない」

大膳は手筈を立てて云い含め、武衛様の御殿の四方から一時にどっと斬りこんだ。

たった三十四名の老人ぞろいだから、不意をつかれては一たまりもない。広間へ出て斬りむすんだ久阿弥の働きが第一に手強《てごわ》く、次に裏口を守った柘植宗花が勇しかったが、四方の屋根には弓の者がギッシリ並んで間断なく矢を射たてるから、とうてい逃れるスベもない。

もはやこれまでと御殿に火をかけ、武衛様をかこんで男の全員は切腹した。上﨟衆は堀へとびこんで脱出をはかったが、そのまま溺れて死んでしまった者も少くなかった。

川狩中の岩龍丸義銀は知らせをうけると色を失い、いきなり那古野城へ駈けこんで信長の助けをもとめた。

主従は川狩姿のまま無一物であったが、信長はお気の毒とすらも云わなかったし、一枚の着物を与えようともしなかった。主従を天王坊に置き、給与を二百石と定めて規定のものを与えただけであった。

数日すぎて、清洲の者が城外にでて陣を構えていると知って、信長はおどろいた。

「あの堅固な城をでて陣を構えるとはナゼだろう。他に誰か通謀して裏切る者がいるのだろうか」

大いに有りそうなことであった。

7

清洲衆は三王口に陣を構えていた。大将は河尻与一と織田三位であった。

与一と三位は堅固な清洲城をでて外に陣を構えることは自殺的だと思った。去年、深田、松葉両城の救援に赴く信長軍の道をさえぎろうとして討死した坂井甚介の例もある。

清洲には鉄砲もないし、よその成上り者の軍兵のように野戦で叩きあげた経験も少く、誇りうるのは、家来の数が多いことと、城が堅固なことだけであった。

「清洲は尾張宗家の本城です。先祖の歴史と武功の数々の凝り成したものがこの鉄壁の城です。この城に籠《こも》って戦えば支えて守ることは容易ですが、出て戦えば、少しずつ歯が抜けるように精兵を殺してしまうばかり。まるで城の手足を自らもぐようなものです」

自分の兵隊が弱いからともいえないし、外へ出て戦って自殺行為をさせられるのが自分自身だから、ともいえないから、与一はまたこう附け加えていった。

「あの豪勇無比の坂井甚介どのですら、城外に出でて戦い無念の御最期。清洲城の支柱の一ツをムザムザと失い申した」

　すると坂井大膳はそれに答える代りに、そッぽを向いてジッとタタミの上を見ている。そのタタミの上に蚤《のみ》が芸当でも演じているように、いつまでも見ている。

　そのうちに蚤の芸当が終ったらしい。けれども全部終りとなったわけではなくて、まもなく次の芸当が始るまでの短い幕間《まくあい》であるらしい。だから大膳はそっぽのタタミの上から目が放せないらしいのである。そしてボソボソと呟いた。

「この城に籠っていては、信長は攻めてくることがあるまい。そして信長が攻めてこなければ、彼の背後をついて立ち上る者がおるまい。犬山城の信清も、鳴海の左馬助も、駿河の今川も腰を上げてはくれまい。呼応して立ち上る者がなければ、我々が自ら出血して為したことは、みんなムダだ。かりにも旧主たる斯波義統《しばよしむね》（武衛様）を殺したことも。人はそれをよくいうまい。すくなくとも我々が信長をも殺してしまわなければ、な。なぜなら、義統を殺したのは義統が信長とはかって裏切りを企んだという理由によるのだから、な」

　大膳は思いつめたことをいうときには、相手を見ずに、できるだけそッぽを向いてタタミを見つめていう習慣であった。

　そッぽの向き方がひどければひどいほど、思いつめている証拠であった。

　そして、そッぽの向き方が少い時は威丈高で命令的であったが、実は案外その場の思いつきでいっただけで、やがて前言をひるがえす場合が多いのである。

ところがそッぽの向き方がひどくて、首が背中の方までねじ曲げられて、恨《うらめ》しそうに後のタタミを見つめている時は、一向に元気がなくて、ボソボソと泣き言を呟くようであったが、実は噛みついたが最後、カミナリに打たれて死んでも放さない執念がこもっているのであった。

「オレが城をでて戦うことができればよいが、かりにも城代たるものが、そうもできないので、心苦しい」

幽霊のように恨しそうであった。どうしてそんなに心苦しいのか、他の者には分らない。城主だろうと城代だろうと、城を出て戦えないことはない。むしろイキのよい城主や城代は城を出て戦いたがっているものだ。

8

大膳の首は他の誰もそのマネができないぐらい後向きにネジ曲げられていた。大膳にとっても前例のない曲げ方であったかも知れない。そして恨しそうにボソボソ云っている。もうこうなってはカミナリが落ちてもダメだと分ったから、与一も三位もあきらめて、言われた通りに出陣せざるを得なかった。

その出陣を見送ると、彼は急に力が抜けたように陰気になった。その肩までが女のように落ちて、ショボショボとちぢんでしまった。彼は人目をはばかるように、自分の部屋へ閉じこもった。そして家来に命じた。

「城門を堅くとざしておけ」

また、しばらくの後、家来にたしかめた。

「城門を堅くとざしたか」

そして、酒を命じて、陰気な朝酒をのみはじめた。

去年はこうして坂井甚介を殺した。今年は与一と三位を殺さなければならない。これだけ片づけてしまうとあとは自分と勢力を争う者が家中に居なくなってしまう。

大膳はこうして清洲城の兵力が手薄になってしまう心配よりも、自分と勢力を争うだけの力量ある者が身辺に居ることの方が心配であった。そういう者が居なくなれば、敵と通謀する者がなく、城内から崩れる心配がなくなる。彼にとってこの城だけが恃《たの》みの天地であった。のこる城主の彦五郎は、まだ若く、また養子で、これはいつでも彼の自由になしうる存在であった。

与一と三位は無謀の出陣に立腹しながらも、三王口で陣地構築に余念がなかった。けれども、そういう野戦の経験もなく、その必要や心構えも持たずに過してきたから、気が焦るばかりで、仕事はすすまなかった。

一方、清洲勢が城外へでて陣を築いているときいて、信長の方でも、清洲の場合と同じようなことが起っていた。

城外の清洲陣を攻めるために、信長は柴田権六に出陣を命じたのである。

権六は後のカメ割り柴田。音にきこえた豪の者であるが、信長の弟勘十郎づきの筆頭重臣。むろん織田全体の、したがって信長の家来のうちには相違ないが、彼自身の心の中では、なんのオレの主人は勘十郎公、信長のようなタワケ者は主人の値打のある奴じゃないと考えている。

難敵にふり向けられたり、先陣を命じられるのは何より彼の好むところ、それを武将の冥加《みょうが》と心得てただもう粉骨砕身の働きを身上とする猪武者であるが、猪にも微妙な心理はある。

それまでも戦争のたびに権六はまだ若年の勘十郎の名代として参戦して誰にも負けない大功を立てていたが、今度に限って出陣を命じられたのは権六一人。大将たる信長も動かない。

権六の兵力は勘十郎の大黒柱のようなもの。この兵力に損耗があれば、それは勘十郎の勢力そのものの損耗だ。

「オレのほかに味方はどの城からも出陣するものがなく、信長の名代すらも出ない。そればかりか一名の雑兵すらも加勢にださない。相手が清洲のヒョロヒョロどもとはいえ、オレの兵隊だけでは多勢に無勢、かなりの損害は覚悟しなければならない。オレの兵力に損害を与えるのが信長の狙いに相違ない。あのタワケめが。いまに、目に物見せてやるぞ」

その場では逆らうわけにいかないから、頭から煙がたつような怒りを敵に向けて、どッと清洲陣へ攻めこんだ。

9

三王口の陣は、敵に攻められてみると殆《ほと》んど陣の実用に立たないことが分った。三王口をすてて、乞食村へ逃げ、そこで一応立ち直って防戦して見たが、ここでもみるみる打ちくずされ、さらに誓願寺前まで逃げてきて、ここでもう一度備えを立て直して応戦した。

ここでも手もなく追いくずされて、とうとう清洲の町の大堀の内側へ逃げこもうとすると、そこに待ちかまえていたのは坂井大膳の家来小沼五助。

「待たれよ、見苦しや河尻与一どの、織田三位どの。敵は勘十郎輩下の雑輩柴田権六ただ一手、味方は清洲のお歴々河尻与一、織田三位、さらには雑賀修理《さいがしゅり》どの原殿八どのの御助勢までござるぞ。多勢の味方が無勢の敵に追立てられて堀の内にまで逃げこむなら武人の不面目この上のことはござるまい。御身らの戦いぶりは、守護さま、小守護さま、高殿より見てござる。権六づれに追い立てられて、町口の大堀の内へ逃げ入るならば、清洲衆末代までの恥さらし」

大音声にきめつけた。

こう督戦をうけては是非もない。たしかに敵は柴田権六ただ一手、味方は多勢、敵は無勢に相違ない。

与一と三位は逃げたがる味方の兵をまとめて堀を背に備えを立て直し、

「敵は無勢、味方は多勢、この堀を背に一歩も退くな。それ、敵を打ちくずして全滅せしめよ」

どッと声を上げて、せまる敵に立ち向った。ところが、清洲の槍はオモチャのような短槍で、城内で使うには便利だが、野戦となると、長さが足りない。

与一も、三位も、もはやここを死に場所と定めて、堀を背に一歩もひかず短槍をふりまわしたが、味方は次々と突き伏せられ、出陣の歴々全員戦死した。

三位の首をとったのは結城一末という十七の少年。これは武衛様の家来で、特に従軍を願いでた若者だったが、明衣《ゆかたびら》姿で乱入し、三位の首を打ち落して復讐した。

与一、三位、雑賀、原らの大将全員の戦死に加えて累々たる死体の山であったが、柴田権六の損害は数えるほどしかなかった。

「信長のタワケめ。権六の手の内を見よ。思い知ったか」

権六は意気揚々とひきあげた。

しかし、勝ってひきあげる権六よりも、累々たる死体の山を処理している敗軍の総大将大膳が、もっと深く満足していた。

大膳は与一らの遺体を城内の奥に安置し、ねんごろに回向《えこう》して、

「まことにお気の毒な。お身らにせよ、またこの大膳にせよ、親代々の名家の生れ。自ら槍をとる雑輩の業には不馴れで、この時世にはとんと向かない。大将が自ら槍をとるようになっては仕様がない。しかし、お身らも陣を捨てて逃げたのが、まずかったな。陣というものは、そこに止まって戦うために造るのだから、そこを逃げては、こうなるのは仕方がないというものだ」

そして家来の者どもにジュンジュンとさとして、

「城というものは、そこに踏み止まって戦うために造られてるのだから、それを捨てて逃げる気持があっては死を招くだけだ。与一どの三位どのの負け戦をよくよくイマシメとするがいいぞ」

と申し渡した。

味方は蝮一匹

1

信長は二十二になった。

その正月、駿河勢は岡崎まで進出、そこを根城にして、尾張を荒しはじめた。岡崎は徳川家康の城だが、彼はまだ幼少で、駿河に人質となっているのである。

駿河勢は村木に砦を構えて、小川城の水野金吾を孤立させた。寺本城も人質をだして駿河に降参したから水野金吾はあらゆる道を遮断されて、那古野とレンラクができなくなった。

この状態のままだと、岡崎から鳴海まで駿河勢の通路は坦々とひらけ、駿河の領地同然となる。

鳴海の山口左馬助はムホンして近隣の要害に砦を構えて陣を強化していたが、その背後に小川城の水野金吾が居って、那古野、寺本、小川、村木と結ぶ半円形の中に孤立して浮いていたから、岡崎とのレンラクも十分ではなくそのためにそれまで那古野にとって大きな脅威とはならなかった。

ところが、村木と寺本が敵の手に落ちてしまうと、あべこべに、岡崎、村木、鳴海、寺本と結ぶ半円形の中に、小川城の水野金吾が完全に孤立して浮いてしまった。小川城とのレンラクは知多半島を迂廻《うかい》する海路以外になくなってしまった。

敵が尾張に進出して描きだした半円形を突破して、水野金吾と陸路のレンラクを恢復《かいふく》し、同時に鳴海と駿河とのレンラクを遮断しないと、鳴海は一気に尾張を席巻する怖るべき拠点となってしまう。

「たとえ味方の全滅を賭けても水野金吾とのレンラクを恢復し、鳴海城を浮かせなければならない。さもないと、尾張全体が敵の手中に落ちてしまう」

信長はこう考えたが、言下にこれに応じて決戦を主張したのは側近の若武者だけであった。

「水野金吾とレンラクを恢復したって、一時的なものだ。岡崎まで進出している敵の主力を考えれば、彼らが再びレンラクを遮断するのは容易に想像できるじゃないか。それをさとらずに無意味な戦をしかけて貴重な兵力を消耗するのは大阿呆の作戦だ。敵の主力を迎えて一か八かの決戦をまつべきだ」

柴田権六はこう主張して、信長の作戦にとりあわなかった。権六がとりあわないということは、勘十郎配下の武将全部がとりあわないということでもある。

けれども権六の主張はまだ良い方だ。他の武将の多くは尾張の織田もいよいよ滅亡だと考えた。遠からず、尾張も今川のものとなる。阿呆に加担して無益に出血するよりも、今のうちに、今川を迎える準備をしておく方が利巧だと考えた。

ただ一人この作戦に賛成したのは叔父の孫三郎だけだった。

彼は信秀に従軍していた頃から抜群の豪勇をうたわれていたが、信長の代になってからは、常に権六と功を争い、むしろ権六をしのぐ大功をたてて家中の信望をあつめていた。

「今度の作戦が成功すれば、権六は恥をかき、オレは名をうたわれて、自然に信長の後継者の地位を占めることができるかも知れぬ」

孫三郎はこう考えた。権六とは、その年若き主君勘十郎の代名詞でもある。信長の弟勘十郎にとって代って、やがては信長にも代る尾張の君主となることが彼の野心であった。

2

孫三郎以外のものが公然とこの作戦に反対して兵をだす見込みがなくなったが、信長は作戦を断念しなかった。

「権六のやつめ、きいたふうなことをいう。主力を迎えて決戦するのがよろしいぐらいはわかっているが、迎え方によるものだ。このまま放っとけば水野金吾が自滅して岡崎から鳴海までそっくり今川のものとなってしまう。その上でゆっくり準備して一気に目と鼻の鳴海から攻め込まれては那古野は一たまりもないじゃないか。そんなあほうな作戦を立てて、自滅を寝て待つバカがあってたまるものか。権六のやつめ、いままでオレにこき使われて面倒な戦いにかりたてられた腹イセに立腹するのはシオらしいが、協力を怠れば自滅を待つに至ることまで忘れているとは頭のわるい猪だ」

イヤなやつは勝手にしろ。ひとを頼む必要はない。そこで信長は直属の武将全員に出動を命じた。

もっとも直属の武将全員を連れて出払ってしまうと、留守にだれが攻めてきて那古野城を奪うか知れないから、斎藤道三のところへ留守中の警戒を頼んだ。

道三は安東伊賀守を呼んで、

「こんどの作戦は信長も大変だな。しかし、信長の考えるとおり、いま水野金吾とレンラクを失うと取かえしがつかなくなってしまう。いま信長にとっては、これが一か八かの決戦なのさ。権六づれにはわからない。留守をまもるお前の任務は重大だな。お前一手ではとても防ぎ切れないような大事になるかも知れぬが、とりあえず、那古野城の付近に陣を定めよ」

そこで安東伊賀守は千名の兵を連れて尾張に出張して陣を構えた。

道三はさらに田宮、甲山、安斎、熊沢、物取五郎という五名の武将に出陣を命じ、

「お前らはその日その日の、また刻々の尾張の様子を注進せよ。如何なる気配をも見逃さずに、また立遅れのないように、眼を皿にして那古野四周の見張を怠るな」

その注進に応じて、直ちに尾張へかけつけるための予備隊の準備も完了した。

その陣取ができたという報知を受けたので、信長は那古野近郊の志賀郷に陣立している安東伊賀守のところへ礼を述べに行った。

「御苦労をかけて相すまぬ。美濃のオヤジ殿のほかは、どこもかしこも敵ばかりさ。近所にいるのは雑魚《ざこ》ばかりだが、雑魚もまとまれば油断はできない。数日の間、あとをよろしく頼む」

「心得ております。拙者のほかに、田宮、甲山、安斎、熊沢、物取の五名が田幡に陣立して

おりまして、刻々に美濃とレンラクいたしておりますから、いかな大軍が現われましてもお留守もりにはこと欠きませぬ。存分のお働きをお待ち申しております」

美濃勢の主力はたった千名ながら、交通の要衝を押え、また美濃との刻々のレンラク係に主力に劣らぬ精鋭をすぐって専門にあてているのは驚くべきことだった。道三の親身の配慮と全力的な応援が身に泌《し》みてわかった。

「美濃のマムシ殿も疎略にはできませんな」

と、供の千九郎が涙ぐんでいった。

「それにつけても、濃姫をいたわってやりなされ。オレが美濃のオヤジ殿なら不肖のムコをこれほど大事にはいたしませんぞ」

千九郎は信長をにらみつけ、牙のような歯をむき出していった。

3

安東伊賀守に出陣見舞の挨拶をのべてもどった信長は、那古野に集った全軍に翌日出発の命令をだした。

すると、林佐渡、林美作《みまさか》の筆頭家老兄弟がやってきて、

「せっかくながら、この戦には参加を御辞退いたしたく、できますれば殿におかせられても、

この戦はお取り止めになったがよろしかろうと思います」

参加を辞退するのが恐縮だという様子ではなくて、この戦にでかける信長がバカだと見下しているような、いかにも取り澄した大人ヅラであった。

「今になって気が変ったのは、どういうわけだ」

「今になって変ったわけではござらぬ。心に思いながらも、今までその機を失しておりました。いよいよ出発と定まったので、申し上げる次第ですが、そもそもこの戦は無謀です。家中全員の反対はもっとも千万、甚だ理のあるところです」

「みんな臆病風に吹かれているのだ。孫三郎叔父は参加してるじゃないか」

すると弟の美作が膝をすすめて、

「孫三郎どのの参加はシサイのあることです」

兄の佐渡が目を険しく光らせて弟を制したが、美作はそ知らぬ顔。信長というバカになんの遠慮がいるものかという様子である。バカな小僧に噛んでふくめるように云った。

「孫三郎どのは、亡き父上の三番目の弟。二番目の信康どのは美濃との合戦に戦死されて、御父上亡きあとは、孫三郎どのが御当家一族の長老です。あの仁の豪勇は先公の時から数々の武功で大いにあらわれてはおりますが、とかく慢心というものが、凡夫の避けがたい欠点なんですな。あの仁は多少の豪勇を鼻にかけて、早く云えば、尾張で一番の人気者になりたいのです。目下のところ、柴田権六と武名を争っておりますが、なんとかして、権六の上に立つ人気者になりたい。そこで、権六がこの戦に反対したから、孫三郎どのは賛成なのです。権六の反対をやって、そしてそれに成功して、家中一番の人気者になりたいからです。それにつけて、当然このことを考えなければならないのですが、権六は勘十郎公の筆頭重臣で、まだ若年の勘十郎公に代って、陰日向なく立働いておりまして、彼の武功は勘十郎公の武功、総《すべ》て勘十郎公の代理代表としてやっております。したがって、権六以上の人気者になりたいというのは、とりも直さず勘十郎公以上の人気者になりたいということなんですな。そして勘十郎公は織田一族におきましては、万人の認める若君、信秀公の第二子で、また最も人気のあるお方です」

美作ぐらい信長を軽視している者はないほどだった。信長にも見どころがあるかも知れぬということなぞは全然考えてみたこともなかった。

この長老どもから大バカ扱いを受けているのは、信長が物心ついて以来のことであるから、信長は内々口惜しく思っても、せせら笑う程度で、特に改まって激怒すべき新味ある事柄でもない。

「それが年のせいというものか。人の心をよく知っているな。だが、美濃のオヤジ殿も加勢をだしてくれたぞ」

「ハッハ。美濃の道三どのの志ばかりは拙者にも、また誰にも分りませぬ。よく留守を守って下さるでしょう。信長公討死の知らせと同時に、面倒なく那古野の主人におさまるのは、その留守番でござるからな」

4

美作は声を改めて云った。

「失礼ながら拙者ら兄弟の者は、先公の遺命をうけて信長公の補佐をもって一生の役目と致しております。つらつら現下の形勢を見まするに、今川が尾張を荒すとは申しても、決して主力が迫っているわけではござらぬ。下郡の片隅を荒し、ために小川の水野金吾と当方とのレンラクが断たれただけのことでござる」

「それが大事でないと申すのか」

「大事ではござらぬ。今川の主力が攻め寄せる気配は今のところ見当りませぬ。さすればこの方面に火急の不安はありませぬ」

「いかにも、そうだ。だから、火急の大事にならないうちに不安を除いておくのだ。よく考えてみよ。那古野の喉クビに当る鳴海では山口左馬助が今川と気脈を通じて日夜にわたり陣を強化いたしておる。それが今までさのみ那古野の頭痛のタネにもならなかったのは、那古野と小川の水野金吾を結ぶ線があって、岡崎と鳴海の交通を断ち、鳴海を孤立させていたからだ。ところが、今はどうだ。あべこべに岡崎と鳴海の交通がひらけて、水野金吾が孤立しているではないか。このままに放置すれば、今川の主力は自分の領内を歩くのと同じように安全に、鳴海へ到着することができる。今川の主力を鳴海へ迎えては、那古野は喉クビを抑えられたも同然、一たまりもなく踏みにじられてしまうのだ」

「その不安はズッと先のこと。眼前にはその百倍も怖しい不安があるのをお忘れらしいな。目を働かせてごろうじ。城外には斎藤道三どのの手の者が陣を構えてござる。クシの歯をひくように美濃とレンラク合図いたしてござるわ」

「その軍兵はオレが頼んで来てもらったのだ。道三どのはオレの舅。なんの不安もいる筈がない」

「アッハッハ。三ツの童子に訊ねても、日本一の悪党は斎藤道三と答えますよ。道三どのの軍兵を城外にのこして城を留守に戦にでるとは、虎に留守をたのむようなもの。失礼ながら先公の遺命をうけた林兄弟、虎に留守をたのんで戦にはでられませぬ」

うまい理窟を思いついたもの。要するに彼らはこの作戦に勝味がないと思っているのである。信長はこだわらなかった。

「よかろう。お前らがこの作戦に反対なら、道三どのの悪口までひいてくるには及ばぬ。理屈ぬきで、さッさと引き退れ。お前らの手助けがなければ戦のできぬ信長ではないということを見せてやる」

信長は薄気味わるいほど落着きはらい、ニヤリと笑って、蠅《はえ》でも追うように林兄弟を退らせた。彼にとっては一か八かの作戦だ。彼の覚悟はきまっていたのだ。

林兄弟は自分の兵隊をまとめて、近所の前田与十郎の城へ泊りこんだ。虎に留守をあずけられぬと理屈をこねた手前もあるが、実は信長が討死したら、自分が那古野を乗ッ取ろうとの目算であった。

「信長の敗死は必定。時をうつさず今川に内応して援軍をもとめ、勘十郎、権六をふみにじり、美濃征伐の道案内をすることですな。今川義元が天下平定後、兄上は尾張の国守ですよ」

美作は兄にささやいた。だが佐渡は弟のように楽観はしていない。彼は道三が怖しいのだ。今川の援軍を乞う前に、美濃勢を一手に受けて戦い勝つ自信もない。

「シッ！」

弟を目で制して、佐渡は陰鬱に黙りこんだ。

5

信長は直属の全軍をひきつれて出発した。城に残るは、女だけ。

「濃姫よ。信長が討死したら、それ、そこの志賀村に美濃のオヤジ殿の兵隊が助けに来ている。美濃へ逃げ戻るまでもなく、この城の主人になれ」

四囲の同族重臣に味方とたのむ者は一人もいない。覚悟をきめて出かける者には、これぐらい小気味よく後くされのない出陣もめったにないかも知れない。

味方とたのむは、天下に悪名隠れもない美濃の古マムシ殿一匹である。覚悟をきめて出かける者にはこれもまた痛快ですらあった。マムシの娘は平然としてただ一言。

「行ってらっしゃい」

と見送った。全てはまことに壮快な出陣であったというべきである。

彼は全軍をしたがえて熱田神宮に参拝、その日熱田に宿泊。

翌日、海へでた。陸は敵地ばかりで通れないから、舟で知多半島をまわって小川の水野金吾に合流し、金吾から敵情をきいて、敵を背後から斬りくずし、那古野への通路をひらこうという考えであった。

その日は一月二十二日。折悪しく朝から大風が吹き荒れていた。船頭はとても舟がだせませんと泣き言を云ったが、信長はきかなかった。

「鉄砲玉の雨をくぐりに行く者が、ほかの危険を考えていられると思うか。戦場で死ぬる覚悟で出たものが、どこで死んでも同じことだ。鉄砲玉の雨よりも危険なものはないし、死に場所を選ぶヒマもなかろう。それ、乗りこめ」

信長の主力は彼が寄せ集めて育て上げた小姓組だから、命令一下、ワッとばかりに舟にとびこむ。嵐も大波も一向にクッタクがない。こういう連中にかかっては、風も波も威勢の見せ場がないらしく、舟は風にのって海上二十里を半日で疾走して、一人の損害もなく、目当ての浜に安着した。

その晩は野宿。翌日、小川の水野金吾に合流することができた。さっそく金吾に敵状をきいた。

「敵軍の最大拠点は、敵が新しく構えた村木城です。ここに尾張荒しの主力部隊がこもっていて、小川と那古野の交通をさえぎっております。これを崩せばほかに目ぼしい拠点はなく、山伝いの通路がひらけますし、また西海岸の寺本城を落せば海岸伝いの通路もひらけます」

「村木城の備えは堅固か」

「東が大手、西が搦手《からめて》、南が特に難所で大堀をめぐらし石垣高くきりたって攻めがたいところです。北側が手あきで、攻めるとすれば、まずこの北側だけと思われます」

「そうか。それなら、北側はやめだ」

「ハ?」

「攻め易そうに見えるところが、結局一番攻めにくいものだ。両者同じ条件の野戦とちがって、一方は城だ。攻め易そうに見えても、条件が違う。何倍の損害を蒙《こうむ》ることは目に見えている。それに比べれば攻めがたい難所は敵によっても守りに苦しむところで、一列に石垣をよじ登る味方をふせぐには敵も一列で守るしかない。オレが一番攻め難いという南の大堀を攻めるから、金吾は東の大手口、孫三郎は西の搦手を攻めよ。石垣をよじ登る味方を鉄砲と弓で掩護《えんご》せよ。さすれば北を攻めるよりは楽に城内へとびこめよう」

6

それは信長にとって初めての城攻めであったが、またはじめての戦争であったと言うべきだった。そして、甚しい苦戦であった。だが、誰も苦戦とは思わなかっただけである。大堀をわたって高い石垣をよじ登ったのは小姓組であった。堀端に陣どり鉄砲と弓で掩護したのは足軽組であった。

信長は鉄砲組を指揮した。彼が三段構えの鉄砲戦術を用いたのは、すでにこの時からであった。

昔の鉄砲は火縄銃と云って、今のようにヒキガネで発射できずに、一々火薬に火をつけてバクハツさせて発射した。

だから火薬に火をつけるのに、時間もかかるし技術もいる。どんな技術がいるかというと、発射の反動で肩の骨を折る怖れがあるので、鉄砲の操作は今のようにカンタンなものではなかった。敵を狙って射つだけが技術ではなく、甚だ複雑な技巧を要したものなのである。

鉄砲組は腰に火縄と火打ち袋をぶらさげて戦争にでかける。いよいよ開戦というときに火縄に火をつけて、戦争の間中、この火を消してはならない。一発射つと、硝煙を拭きとり、タマをこめ、火薬をこめ、肩に当て直して、火を点じる。熟練によってその速度を早めることはできても、一発うって次の一発までにはかなりの時間を要するのである。

一番早く鉄砲を手に入れて研究したのは武田信玄だと云われている。ところが信玄はこれを研究し、また実戦でためした結果、鉄砲は実戦に役に立たないと結論した。なぜなら、一発うって次の一発までに時間がかかる。その隙間に敵の歩兵が突っこんで斬りかかってくる。

信玄の考えでは、要するに鉄砲は最初の一発しか役に立たない。味方の鉄砲もそうだが、敵の鉄砲もそうだ。だから、敵の鉄砲を防ぐには、最初の一発を防ぐ用意でタクサンだ。そこでその一発を防ぐために竹で作った楯《たて》を持たせ、最初の一発を楯で防いで、二発目までに斬りこむ戦法を発明した。

つまり信玄は一発と二発目の時間をなくする工夫はないと諦めてしまったのである。ところが信長は、この時間をなくしたのだ。機械の上でそれをなくする工夫はできなかったが、他の方法でそれをなくした。

信長は鉄砲組を三列に構えさせた。第一列が発射する。次に第二列が、次に第三列が。そして第三列の発射が終ったときには、第一列の玉ごめが完了している。カンタンに時間をなくしてしまったのである。後日このために武田軍は信長のために致命的な大敗北を喫するに至ったが、それは後の話。

信長新発明の鉄砲戦術はすでに村木城を攻めたときから実行されていたのである。鉄砲組は城壁の狭間《さま》を息もつかせず射ちまくる。小姓組は我劣らじと石垣をよじる。突き落され、落ちては登り、また登り、ついに城壁にとりついて攻めこんだ。

ついに夕方になり城内は死体の山となった。敵の姿が殆ど尽きかけた頃になって、降伏落城した。

味方の小姓組も死者数知れず、生き残った者も全身に負傷して血ダルマとなり、目も当てられぬ有様。

その晩はいったん水野金吾の城へひきあげ、一同手をとりあってただオイオイと嬉し涙にくれた。

7

翌日、信長は寺本城を攻めたが、味方は手負《ておい》ばかりで本式に攻めるわけにはいかないので、城下を焼き払って、海辺伝いに那古野へ戻った。

信長は、勝った。そして目的を果した。しかし、信長が見出したのは、死ななかったフシギさだけであった。

「おお、お前は生きていたか。お前もか」

信長は血ダルマの部下の顔を一人一人見出しては、ただそれだけしかいうことがなかった。そして、涙がとめどなく溢《あふ》れた。力の限りを尽した者には、勝利の喜びもなかったのである。

ただ大いなる慟哭《どうこく》の如きものがあるのみであった。

悄然《しょうぜん》たる勝利者の帰城を迎えた者は、濃姫と女藺たちだけであった。

信長はいろいろの夢がくずれたことを知った。なぜなら、生きて戦場から帰ることも、戸板に乗せられ顔に白布をかけられて戻ることも、同じことだと思ったからである。

顔に白布をかけられた者には、もはや現世の愛はなんの役にも立たない。涙も無であるし、肉体も無である。この世のものは、すべて幻にすぎないのである。

信長は全ての夢が消え、全てを幻と知った代りに、ただ一ツの夢と、ただ一ツの現世がそこに生れているのを見た。

それは濃姫であった。そして、その父の斎藤道三であった。また、彼のために死んだ部下たちであった。

この世とは、マゴコロをつくして生きることが全てだ。そして、この世には味方と敵とだけしか在り得ない。

信長はその悄然たる帰城を、濃姫と少数の女たちに迎えられたことは幸福であったと思った。

その晩は手負の人々の手当のために戦場と同じくらい忙しかった。

翌朝、信長は礼服に改めて、志賀郷に陣を構える安東伊賀守のもとへ、留守中の礼と戦勝報告とのために出かけた。そのほかに戦勝を報告し、喜びをわかちあう味方はいないということを、信長は改めて骨身にしみて悟ったのだ。

安東は信長を迎えて、その一日は戦話の酒宴。翌日美濃へ戻って道三に報告した。

その戦法は道三を仰天させた。

「手あきの北側を攻めずに、南の難所から攻めたとな。怖しい奴だ。お前らもよく覚えておけ。信長という若侍が選び定めた戦法は昔のどんなお手本よりも見事なものだぞ。奴めの言葉を胸に叩《たた》んでおくがよい。攻めの難所は守る者にも難所なのだ。攻めるも一列、守るも一列、城の狭間を鉄砲で隙間なくうちつづければ、攻める方に歩があろう。守りには必ず弱身があるものだ」

道三は信長という怪童の底の見えない天才をさとった。

「そして信長はオレに感謝していたのか」

「左様です。この喜びを分ちあうのは天地に濃姫のオヤジ殿だけと申されて、ことのほか喜んでおられました」

それをきくと、古マムシの目がフシギにもいくらかうるんだ。信長が多難の如くに、彼も亦《また》多難であったからである。そしてマムシの最大の敵は、自分の倅なのだ。

「アッハッハ。天下第一の悪党とよばれるこのオレが人にマゴコロをつくすとは笑止千万。年貢のおさめ時だろう。しかし、オレが死ぬ時は人の情けにはすがらないよ」

彼は己れに云いきかせてカラカラと笑った。

火の林

1

参戦を拒否した権六や林兄弟は、よもやと思った信長が勝って戻ったので、彼らの当面の敵はもはや信長と定まらざるを得なくなった。

目の上のコブは孫三郎だ。ところが孫三郎は、今度の戦争にただ一人従軍してその部下は信長に劣らぬ損害をうけたが、信長から何の恩賞もなかった。

信長もそのことは考えていたが、なにぶん今度の戦で手痛い損害をうけているから、まず兵備の再編制が急務で、肉親重臣みな敵と知りながらも進んでどうすることもできない。権六や林兄弟の領地をけずって孫三郎に与えたくとも、さすれば敵に口実を与えて早目に事を起すことになるから、それもできないのであった。

孫三郎はその恩賞を当《あて》にして、権六を蹴落して家中随一の功臣となるために命をはって参戦したのだから、内心甚しく面白くない。信長の弱虫め、権六や林兄弟を叩き伏せてもその領地の一半を自分に与えるべきではないか、と腹を立てていた。

それを知って喜んだのは清洲の坂井大膳であった。

大膳は武衛《ぶえ》様を殺し、態《てい》よく坂井甚介、河尻与一、織田三位らの家老も片づけて、清洲城内に閉じこもっている限りは無事安泰の体勢をととのえることができたけれども、すすんで威勢を延ばす力は全くないし、また自らその危い橋は渡りたくない。

ところが、織田家中に豪勇並ぶ者のない孫三郎が、信長に不満をいだき、また権六や林兄弟をも蹴落したいとの野心をいだいていることを知ったから、これぞ天の与えるところと考えた。

そこで孫三郎のもとへ密使をつかわした。

尾張の守護職は斯波氏であったが、上四郡を織田伊勢守が、下四郡を織田大和守がそれぞれ守護代に任じていた。

そのうちに織田大和守輩下の一奉行から身を起した信長の父が尾張を平げて、その領主となり、守護も守護代も空名になってしまった。上四郡の守護代は亡び、下四郡の守護代大和守の子が清洲の彦五郎、その家老が坂井大膳なのである。

大膳は孫三郎のもとへ七枚の起請《きしょう》をつかわして、

「貴殿を目下亡びたままになっている上四郡の守護代に任じるから、信長を倒してもらいたい。昔の斯波時代同様尾張を二分して、上四郡は貴殿に、下四郡は昔のまま清洲の彦五郎に、再び両守護代によって尾張を治めようではないか」

と申しおくったのである。坂井大膳は斯波に代って自ら守護のつもりらしかった。

信長に不平満々たる孫三郎であったが、さすがにこれをマトモに相手にしなかった。清洲の家老にすぎない大膳から上四郡の守護代に任命されたって世間で通用する筈もないではないか。大膳自身は自ら小守護と称して威張っているが、そんなのは清洲の城内以外では通用しない。

しかし、せっかくの申込を黙って見逃しにするのも愚の骨頂だ。これを機会に一つ清洲をまきあげてやろうと考えた。

そこで彼も表裏あるまじくと七枚の起請を書いて大膳のもとへ承知のむね返事をしたが、実は裏でひそかに信長とレンラクした。

2

孫三郎は信長のもとへ密使を送り、

「来る四月十九日に清洲城内に入り、上四郡守護代の任命をうけることに相成っているが、その折に彦五郎、大膳両名を取押えて清洲城を占領し、これを貴殿に差上げようと思う。ついては、その交換として、那古野城を拙者に与えてもらいたい。また下四郡を二分し、於多《おた》井《い》川を境として、川西を信長、川東を孫三郎支配と定めてもらいたい」

重大な交換条件をだした。

下郡を二分して、今の名古屋市以東を孫三郎が支配しようというのだ。もっとも、この方面には敵が多い。南方は鳴海で山口左馬助にさえぎられ、今川の勢力が入りこんでいるし、北方は勘十郎、権六という目の上のコブを控えている。

けれども、腕に覚えの孫三郎は、それがまた楽しみだ。楯つく奴は腕にまかせて斬り従えて、支配をひろげることができる。

それにくらべれば、清洲の信長は当面の敵からは距てられることになるが、うしろは美濃でつかえていて、いわばうしろは美濃の舅にまもられて小ヂンマリと若隠居のようなものだ。まるでアベコベに、叔父の孫三郎が覇気満々たる野心を見せて、こういう重大な交換を持ちだしたから、血気の信長はおどろいた。

しかし、清洲は難攻不落の名城だ。坂井大膳がこもっていても手こずるほどの城に、孫三郎をこもらせて敵に迎えては頭痛の種が一ツふえるのは目に見えている。おまけに、これで完全に四面みな敵ということになり、信長は那古野に孤立して、殆ど手も足もでないような状態になってしまう。

信長は孫三郎の申入れを入れて一時清洲に隠居状態になる方が賢明だと思った。何よりも彼には軍備の再編成が急務であった。兵力が充実するまでは、何事も忍ばなければならない。

そこで信長は孫三郎に承知の返事をした。

ちょうど、そのころ、佐久間大学と佐久間右衛門がひそかに信長にヨシミを通じてきた。

大学と右衛門は勘十郎づきの二番三番家老、柴田権六につぐ重臣なのである。

村木攻めに不参して以来、林兄弟は権六とレンラクして、打倒信長の陰謀をもちかけている。この首謀者は、林佐渡ではなくて、その弟の美作の方だ。

この美作が骨の髄からの陰謀家で、勘十郎を押し立てて信長打倒を提案し、権六を抱きこもうとしているが、それは信長を倒す方便にすぎない。

彼の実の肚《はら》は、信長の次には勘十郎、権六をのぞき、最後には兄の佐渡ものぞいて、自分が主権者となることだ。

権六はお人好しで、勘十郎ビイキにこりかたまっているから、美作にだまされそうになっているが、大学と右衛門は、美作は煮ても焼いても食えないような腹黒い奴だと見てとったから、ひそかに信長にレンラクし、林兄弟はこれこれのことをやっているから、御注意されたいと密々に伝えてきた。

信長はその志を徳としていたから、大学と右衛門に会った折に、孫三郎の計画を打ち開けて、まさかの時の尽力をたのんだ。すると右衛門は膝をたたいて、

「それこそ絶好の機会です。林兄弟の陰謀にとっては孫三郎が目の上のコブなのですから、この機をつかんで林兄弟と孫三郎をイガミ合せるように仕向けるべきです」

と、一計をたてた。

3

そこで信長は、一日、供もつれずに林佐渡を訪ねた。

「実は大変困ったことになった。これこれの次第で、孫三郎が清洲城を乗ッ取ってオレにくれることになってるが、その交換として、那古野城を孫三郎に与え、また下郡を二分して於多井川以東の支配を孫三郎に与えなければならない。お前は亡父の代から我家の筆頭家老で、オレが清洲に移ったなら、那古野城はお前に与えたいと思っていたが、右様の次第で余儀なく孫三郎に与えなければならない。お前には気の毒であるが、余儀ない事情だから我慢してもらいたいと思う。それで本日お前の了解をもとめに参った次第だ」

思い余って相談をもちかけたふりをした。もとより林佐渡は筆頭別格の重臣なのだから、当然こういう相談をもちかけられて然るべき立場でもある。ちかごろ無視されがちであったが、こうして泣きつかれてみると、悪い気はしない。

しかし、信長の打ち開け話が途方もない大事だから、佐渡も一時は茫然たるばかり。

「下郡を二分して於多井川以東を孫三郎殿に支配させると仰有るのか」

「それがやむを得ないのだ。これを拒絶すれば、孫三郎は清洲と結んでオレの敵となる。清洲の方では孫三郎を守護代に任命すると云っているのだ」

「いっそ今のうちに孫三郎殿を倒しては？」

「それではみすみす手に入る清洲を失わなければならない」

「いったい、それは、いつの話ですか。孫三郎殿が清洲城へ参るのは」

「それは四月十九日だ」

「四月十九……ヤ、それは本日ではありませんか」

「実は、そうだ。それで余儀なく了解をもとめに参った。那古野城は孫三郎に与えるから、我慢してくれ」

「孫三郎殿の守山城は？」

「それは孫三郎の弟の孫十郎に与えなければならない。これも孫三郎の申入れで、やむなく約束を結んだのだ」


信長の領内の城の格式では、本城が那古野で、これに匹敵する別格のものが末盛、ここには勘十郎がいる。その次が守山城で、これが今まで孫三郎の居城であった。

信長の叔父で生き残っているのは孫三郎と孫十郎二人であるが、孫十郎は豪勇の兄にくらべて、甚だ平凡な男。実力もないが、野心もない人物であった。しかし信長の叔父で、孫三郎の弟だから、兄のお古の城の主になるのは順としては不自然ではない。

しかし、先代からの格別筆頭の重臣たる林佐渡にとっては、臣下とはいえ、自分が主人につぎ、主人の一族よりも格が上だと考えている。

事情をきいてみればやむをえないが、孫三郎が那古野城主となって下郡の半分を支配するのは、甚だ面白くない。

しかし、ともかく信長が事前に秘密をあかしてくれたから、一族重臣にそむかれて、今また孫三郎の横暴に手こずっている信長が気の毒な気もした。

「そういう事情なら是非もありませんが、孫三郎は怪《け》しからん奴ですな」

と佐渡は一応了解したが、美作は目を光らせて、兄にささやいた。

「信長にだまされてはいけませんよ。しかし、信長が孫三郎とよくないと分れば、コッチのものですよ」

4

孫三郎は約束通り四月十九日に清洲城へおもむいた。当日大膳から守護代の任命をうけ、信長討伐の任をひきうけて、その晩は城内の南矢蔵に泊った。

翌る二十日に大膳が昨日の答礼として南矢蔵を訪ねることになっていた。孫三郎はそれを待ち構えて、大膳を討ちとるために、人数をふせておいた。

大膳は城内の途中まで来かかったが、南矢蔵の様子がどうも改まっている。人々の出入する姿も見えず、自由な生き生きした動きがなくてシンカンとしずまり返っているので、これという確かな証拠があるわけではないが、そこは自ら陰謀に生きる男だけあって、どうも変

だなと思った。にわかに立止って、

「ちょッと、待て。城内もこのへんへ参ると冷えるな。にわかに腹がさしこんできたぞ。ウム、これは、冷えが、きつい。どうも、痛むわ。ちょッと便所へ参ろう。部屋へ戻るぞ」

家来の者は大膳の顔色がすぐれないのに気がついて、大そう心配して、

「どうか、なさいましたか」

「イヤ。冷えるだけだ。どうも、ひいやり致すな。城内も、このへんは、ひいやり致しておる」

「ハ？　私どもには、本日は大そう結構な陽気ですが」

「イヤ。どうも、冷えて、たまらんぞ」

大膳は先に立って、どんどん急いだ。部屋へ戻ると、フスマを締切って、大急ぎで旅支度をととのえ、何も知らぬ家来の者どもに命じて、

「その方らは南矢蔵へ参って大膳は急病で本日の御挨拶は失礼いたすと申し伝えて参れ」

使者を孫三郎のもとへ送りだしておいて、自分は数名の腹心と逃げ支度に身をかため、物陰から様子をうかがっている。

「殿はふるえておられますな」

「なんとなく底冷えが致す。下賤な奴らを城内にひき入れた神罰だな」

「いずこへ落ちられますか」

「いうまでもなく今川殿を頼って参る。貴族は貴族同士でなければ気持がピッタリ致さぬ。今川殿とともに京に上って下賤なる奴原《やつばら》を天の下から放逐し、やがて尾張もとりもどす」

果せるかな、南矢蔵からどッと物音が起った。大膳病気の使者に、さてはと気づいた孫三郎、命令一下、刀槍をふりたててなだれ寄る物音。

二丁ほども先の物音に、とッさにヒラリと身をかわした大膳。誰よりも先頭にスタスタと走って潜《くぐ》り戸《ど》をぬけて、城外へ。用意の馬にまたがって、物も言わず走りだした。

孫三郎は手向う者を斬り倒し、彦五郎を捕えて、城内を占領したが、大膳の姿が見えない。大膳の家来に訊ねると、

「城内の風がひいやり致すと申されて一室に閉じこもられたまま姿を見申さぬ」

大膳自身が冷たい風となって消え失せたことが分った。

孫三郎は彦五郎に切腹を命じた。彦五郎は自分を残して消え失せた大膳を恨んで、

「口惜しや、大膳にはかられた。奴の言いなりに踊らされ、そのアゲクに置き去りにして逃げ去るとは憎い大膳。一言オレに知らせるヒマはあったろうに」

と泣く泣く腹をきった。

孫三郎は約束通り清洲城を信長に引き渡し、自分は那古野城の主となった。また守山城には孫十郎が主人となった。

5

林兄弟は信長退治の陰謀にかかる前に、那古野城の孫三郎と守山城の孫十郎を片づける必要にせまられ、いろいろと策をめぐらし、機をうかがっているうちに、偶然にも、それから二ヵ月目に孫十郎が自滅する事件が起った。

六月二十六日のことだ。守山の新城主孫十郎が若侍をつれて川狩にでかけた。龍泉寺下の松川渡《まつかわのわたし》のところで川の中へはいって魚をとっていると、川の堤を馬に乗ってただ一騎走ってくる若者がいる。

一躍守山城の主人に出世したから、家中一同鼻息の荒いことおびただしい。

供の者が若侍の行く手をさえぎって、

「待て！　待たんか！　守山城主孫十郎どの川狩であるぞ。馬を降りて礼儀を致せ。無礼者！　馬を降りんか」

馬上の若侍は供の制止を耳にしても、馬を降りるどころか、立止ろうともしない。そのまま返事もせずに駈け去ろうとするから、洲賀《すが》才蔵という日頃腕自慢の弓使いの若侍が弓をとりあげて、満月の如くにひきしぼって、後姿にブッスリと一矢。見事に命中して、若者はアッと叫んで馬から落ちた。

「どうだ、洲賀才蔵の手の中《うち》は。ざっとこんなものだ」

「お見事、お見事」

退屈していた供の者ども、ヤンヤと大カッサイ。矢に当って落馬した無礼者のことなど、誰一人気にかける者がいない。

やがて川狩の孫十郎もあがってきて、

「一矢で無礼者を射止めたようだが、さすがに才蔵だ。為朝の矢は二人の胸を射ぬいたというが、才蔵の手並を調べてやろう」

落馬した若者に近よってみると胸板を射ぬかれてすでに絶命している。

死んだせいもあるが、まるで白粉《おしろい》をつけたように色白の柔和な美少年。くちびるをかすかに開いてヤヤ苦悶をあらわしているが、目にしみるように美しい死顔だった。年の頃は十五六、高貴な姿。

見ているうちに、孫十郎はがくがくとふるえて、膝を折り、地面にバッタリ両手をついて、

「ム、ム、ム」

と顔の色を失って、悶絶しそうになった。

「どうなさいましたか」

「これは信長公御舎弟喜六郎どのではないか」

「え？　しかし、そのようなお方が供もつれず、ただ一騎」

しかし、見れば喜六郎にまぎれもなかった。信長には十二男七女という兄弟姉妹があった

が、その中で信長と同じ腹の兄弟は勘十郎とこの喜六郎の両名。

喜六郎はまだ部屋住みではあるが、ゆくゆくは信長勘十郎と共に家中を三分すべき若君。特にその柔和で美しい容姿は家中の一部に信仰的な支持をうけ、兄信長にも勘十郎にも愛されていた。

「オレの運命は、つきたか」

茫然自失の孫十郎、やがてフラフラと自分の馬の口をとり、ようやく取り縋《すが》るようにして馬に這いあがった。

「御帰城ですか」

供の者がこうきくと、孫十郎は絶望的な身ぶるいをして、目をふせた。

「オレはもう尾張の国には身の置き場がない。ああ、どうして、よいか。皆の者、さらばじゃ」と悲しい声をふりしぼると、馬にムチを当てて城とアベコベの方角へ一目散にかけ去ってしまった。

6

主人がどこかへ消え失せてしまったが、まさか自分まで消えるわけにもいかない孫十郎の供の者どもは、守山城へもどって、家老の角田《つのだ》新五と坂井喜左衛門に報告した。

殿様が消えてなくなったには困ったが、かえってその方がよかったかも知れないと角田新五は考えた。

守山城は那古野と末盛につぐ屈指の堅固な城であるから、これに立て籠れば、当分外から攻め落されるような心配はない。

守山城を弟の仇と狙うであろう信長と勘十郎は仲たがいの傾向で対立しているし、那古野の孫三郎と三すくみの状態でもあり、盲めっぽう籠城しているうちに誰かが救いにでてくれるだろう。目当ての殿様が一陣の風となってどこかへ飛び去ってしまったのだから、籠城する家来の方は飽くまで義理や忠義を立てる必要もなく、肩がこらなくてよい。

角田新五はこう考えたが、そんなことは表にださず、ショウキ様のように顔をひきしめて、

「殿様がお留守であるから我々の責任は益々重大である。たとえ過失は当方にあっても、またたとえ主筋を敵に回すにしても、武士は自分の主人にだけ忠節をつくすべきものだ。何者が攻めてきても、この城を渡すな」

こう厳命して戦備をととのえた。

一方孫十郎が喜六郎を殺して風をくらって逃げ去ったという知らせは、守山城からそう遠くない末盛城へまず伝えられた。

これをきくなり勘十郎は逆上した。弟が単騎龍泉寺前を駈けて来たのも末盛城の自分のところへ遊びにくる途中であったに相違ない。

信長と喜六郎は年齢も性格も違うので特に親しい兄弟ではなかったが、勘十郎と喜六郎は年齢もちかいし、気質もちかいので、兄弟の交りはこまやかであった。

特に四囲の情勢に押されて自然に信長と対立感をもつに至った勘十郎は、実の弟の喜六郎を自分の味方にと心をこめてきている。

おまけに孫十郎が下手人ときいたから、逆上した。孫十郎は孫三郎の弟でその手下のようなものであるから、これまでの行きがかりは、信長に親しくて、末盛城とは反対の行動をとることが多かった。

気にくわない奴がいとしい弟を殺したときいたから、にわかに我慢ができなくなり家来の者に相談もせず、また一名の供もつれずいきなり馬にのって守山へ走った。

守山の城下で松明《たいまつ》に火をつけ、家へ馬を乗り入れて、住民を追いちらし、火をかけて回った。守山の町は勘十郎一騎のために余すところなく焼け野となってしまったのである。勘十郎は胸をはらして帰城した。

清洲の信長はこれにおくれて知らせをうけた。何事によらず気の早い人物だから、これもいきなり馬にまたがり、者ども続け、と駈けだした。家老の山田次右衛門はじめ居合した者が後につづいて走ったが、守山まで三里の道をまッしぐらに町の入口へ信長がついた時には自分だけ一騎。家来の馬は訓練が違うから、続きかね、山田の馬をはじめ大半が途中息を切らして死んでしまった。

守山の町は焼け野原になっている。信長が町の入口の矢田川で馬に口を洗わせていると、城内から犬飼内蔵がでてきて、

「先ほど勘十郎さまがただ一騎で駈けつけ駈けまわって城下を焼き払ってお引きとりでした。孫十郎どのは行方不明、いま城内は無人です」

と嘘をつき、自から打ってでるような敵意はないことを見せて、一応信長をひきとらせた。

7

信長は、勘十郎が一騎で駈けつけ自ら守山の城下に火を放《つ》けてまわったと知って、甚だ不キゲンであった。

電光石火、ただ一騎で駈けまわる早業にかけては元祖の信長であるが、孫十郎が喜六郎を殺したという知らせがあったばかりで、どういう事情であったかという調査も行われておらず、真偽のほども確かではない非公式の報告だけにすぎない。しかも叔父甥の同族同士だ。信長が駈けつけたのは事の調査のためであるが、それに先立って勘十郎がただ一騎でやってきて城下に自ら火を放けて焼け野にしたときいたから、その感情的な行動に腹を立てた。

事情を取調べてみると、殺した孫十郎の方がたしかに落度がある。孫十郎も落度を認めて行方をくらましているのだ。またその家来の者どもも非を認めて、たった一人の勘十郎に為

すがままに城下を焼き払わせて、手向いに出ていない。

「しかし、事情の調査も行われぬうちに、まるで敵地へ乗りこむように、内輪の者の城下を焼き払うとは沙汰の限り。しかも自ら手を下して火を放けるとは大名にあるまじき軽々しきフルマイ。婦女子のように感情にうごく見苦しい奴だ。再びこのような感情的な行動をとるとオレが容赦しないから、この由を勘十郎に申し伝えよ」

信長は甚しく立腹して、きつい言葉を勘十郎に申し送らせた。

また、守山城内の者どもに対しては、主人が自らの過失によって行方不明だから、城を明け渡して出よと申入れたが、角田新五はこれに答えて、

「そういうわけには参りません。主人は城へも戻らず風をくらって現場から姿を消してしまったので主人の気持は分りませんが、留守をまもる我々と致しましては主人の命令がないのに城を明け渡すわけには参りません。進んで手向いは致しませんが、攻めていらッしゃれば城を枕に討死の覚悟です」

と、表向きは大いに勇しい返事をした。信長はじめ主だったところが三スクミの現情であるから、それぞれ自分の味方を欲しがっているにきまっている。籠城しているうちに方々から甘い口がかかってくるであろうから、その中で一番末の見込みがあって割のよいのを選ぼうという考えであった。

籠城するという以上仕方がない、まず末盛城の柴田権六が大いに怒って、自ら精鋭をひき

いて城をとりまいた。

信長は内輪で戦争を起すことには不本意であるから、むしろ権六をケンセイする意味で飯尾近江守とその子讃岐守を大将にこれも城をとりまかせた。

この突発事に、よろこんだのは林美作であった。兄の佐渡に入れ智恵して、

「信長は守山城を攻める気持がありません。新しい守山城主を定め、守山城の者を説得して新しい主人につかせる考えです。そこで我々はひそかに城内の者に手を回して、信長の兄の三郎五郎を新しい主人に選ばせようではありませんか」

三郎五郎は信長の兄で、十二男七女の長男ではあるが、妾腹だから、良い待遇はうけていない。ところが彼の同腹の妹が、美濃の斎藤義龍のお嫁になっている。

「義龍と道三は仲が悪く、今にも事が起りそうだと伝えられておりますよ」

美作はささやいて、ギラリと目を光らせた。

8

長男の三郎五郎は温和な人物で、道理をわきまえ、妾腹と諦めていて、自ら事を起すような男ではなかった。

ところが三郎五郎の同腹の妹が美濃の濃姫と交換に道三の長男義龍にお嫁入りして以来と

いうもの、道三と信長が親密になるにつれて、道三と義龍の仲は悪化の一方であった。

すでに前にも述べたように、義龍は道三の長男とは名ばかりで、道三が主人を美濃から放逐して国を奪ったとき、その妾をも奪った。そのときすでに妊娠していたのが義龍で、道三の長男に生れたとはいえ、実は彼に放逐された美濃の旧主のタネ。義龍の血にとっては、道三は実父の仇であった。

義龍は身の丈六尺五寸という超特別の豪傑であったが、また非常に身持ちがよくて、フルマイが万事人倫にかなっている。それは実父の仇と狙う道三が天下名題《なだい》の大悪党であるから、その対抗意識が常に彼を支えているのが大きな原因の一ツでもあった。

実父の仇と称して現在の父に敵意を立てることが、彼のフルマイのうちで人倫に反する唯一のことであったが、他のフルマイが人倫にかなっていることと、道三の悪名が高いことによって、唯一の人倫違反がかえって美化され、余人にできない善行化され、人々にそのように思わしめ、説得せしめる力にもなるのであった。

道三と同じ城内に住みながら、着々とオヤジの地盤を切りくずして、有能な多くの武人を自分の味方につけるのに成功し、今ではどうやら道三と実力で対抗できるぐらいの腹心を持つに至った。その部下たちは六尺五寸の義龍を新しい美濃の救世主のようにすら崇《あが》めはじめているのだ。

義龍はライ病であった。そして、それがだんだんひどくなって、その異常が人目につくようになりはじめていた。それは義龍の人望を低めることにはならなかったし、義龍にとっては、仇討ちの念願を急がせる力となっていた。

義龍は大いに人倫にかなう行いに精を入れているから、内心仇と狙う道三が濃姫と交換に自分に与えた信長の義妹、三郎五郎の実妹を形式的に敬々《うやうや》しく受け入れただけで、夫婦の契りは結んでいない。そして、自分の選んだ女に子供を生ませたが、罪のない三郎五郎の妹を疎略にして悲しませることのないように注意を払って礼をつくし義をつくし、夫婦の契り以外のことではあくまで人倫にかなうように気をつかっているのである。

道三が意外にも信長に親密で、神妙な後楯《うしろだて》となり、信長を裏切る気配が見えないから、林兄弟や権六ら信長を敵と思う者にとっては、道三の存在が何より不可解で、また煙たくて、彼ある限りは信長にウカツのことができない気持を与えるのである。道三の兵力は強大で、林兄弟や権六づれではとうてい歯が立たないことが分っている。

ところが、この道三にも義龍という怖るべき敵のあることが、次第に他国の人々にも知られるようになった。

ところが信長が特にひとり密接に道三と親交を重ねていたから、他の者はそれまで美濃と秘密の交渉を持つような糸口をつかんだ者すらもいない。

義龍が道三の最大の敵と分ってみると、その名義上の夫人の実兄たる三郎五郎の存在こそは、唯一の希望である。それに目をつけたのが美作であった。

9

守山城の新主人を一族中から選ぶとすれば、殺された喜六郎がそれに当てはまる存在だった。信長勘十郎の実弟で、やがて一門の重鎮たるべき人物だから、孫十郎よりも貫禄が上だ。殺した孫十郎が逃亡せざるを得なかったのも、そのせいだった。

そのほかには十二男七女という信長の兄弟も、あとは妾腹ばかりであった。

妾腹では三郎五郎が長兄で、また全体をひッくるめての長兄でもあるが、年下の信長を立てるために、兄であるだけ小さくなる必要があった。そしてそのように身をちぢめる生活が板について成人したから、家中では忘れられた存在で、貫禄はなかった。

けれども、とにかく長兄のことだから、林兄弟がこの人を推して、守山城主は三郎五郎殿が適任でござろうといわれてみると、理のあるところである。信長は理につく人であるから、他に人がなければ、それが当然だという風に簡単に考えた。

ところがそれに水を差したのが佐久間右衛門であった。

右衛門は佐久間大学とともに、ひそかに四面楚歌の信長についたのも、林兄弟の陰謀を憎むのあまりであるから、林兄弟の腹を見抜くには敏感であった。

けれども信長は根拠のない推量をとらない人だ。林兄弟が三郎五郎を推すのは、三郎五郎の実妹が美濃の義龍の夫人となっているからだ、と推量できても、その証拠は、と訊かれて返答ができないようだと、ヤブヘビの怖れがある。

信長はあらゆる可能性を前提にした上で、自信満々、もしくはいつ死んでも仕方がないという覚悟の上で、火の林をくぐりぬけている人だ。林兄弟だけが行く手をさえぎる火の河ではなく、四面全てが火の林という覚悟があまりにもハッキリしている。

林兄弟が三郎五郎を推すのは、美濃の義龍を動かすためであるなら、林兄弟も三郎五郎もロボットにすぎんじゃないか。本当の敵は六尺五寸の義龍だということが、不動の論理となって確立している人だ。

だから信長はあらゆる可能性を見ているが、必ずしも可能性は怖れない。そして、むしろ、確実な証拠もなしに当て推量をして忠義ヅラや善人ヅラをして見せたがるコセコセしたオセッカイをうるさがるような気持の方が強いぐらいであった。四面全てが火の林と覚悟がきまってしまえば、コセコセした味方の方が不潔で小うるさくて邪魔なぐらいである。

佐久間右衛門はそのコツを心得ているから、うっかりヤブをつつかぬ用心をしながら、信長に進言した。

「守山城の籠城軍が三郎五郎殿を新しい主人と定めて納得いたすでしょうか」

「それはきいてみなければ分るまい」

「左様です。きいてみなければ分りませんが、籠城軍がそれに不服の場合に、あくまで三郎五郎殿を押しつけますか、それとも、籠城軍の意志をお汲み取りになりますか」

信長は林兄弟が三郎五郎を推す腹ぐらいは誰に訊かなくとも分っていたが、いま右衛門にこう云われると、すでに右衛門にその対策の用意があるのが分った。よい対策があれば、敢えて事を好む必要はない。

「三郎五郎よりも適当な者は誰だ？」

信長はアッサリ質問した。

10

信長の妾腹の弟に喜蔵という少年がいた。

元服して安房守《あわのかみ》信時と云い、一きわ利口者で、家中の者に安房殿ともてはやされて、少年ながら評判がよかった。

右衛門が目をつけたのは、これだった。兄弟の順からは五人目で、家中の者にいくらかウケがよいというほかには、兄たちをぬいて守山城主となるような大義名分があるわけではない。

けれども実際は、誰よりも守山城主にふさわしい一ツの理由をもっていた。それは、信長がこの弟に特に目をかけていたからだ。しかし、信長という人は私情よりも理を立てる人であるから、理を抑えて自分の好みを強《し》いて通すことを一応避けたがる気持が強い。今回の場合も、喜蔵を問題としないのはそのせいであるが、右衛門はそれを察して、林兄弟の企みをさまたげるためにも、喜蔵を立てるのが、何よりと考えた。

しかし、理がなければ信長を納得させることはできないから、

「私の見ましたところでは、兄弟の順から申せば三郎五郎殿、才能と家中のウケから申せば若年ながら安房殿が適当かと思いますが、問題は籠城軍がどのお方ならば喜んで新主人にいただくかに在ると存じます。籠城軍と申しましても、目下主人が居らぬために城を開け渡すことを拒み立てているだけのことで、その心情は決して敵ではありません。彼らが新主人を自ら選ぶにしても、他国から新主人を迎えたいわけではなく、御一族中の最も適当な人に臣事したいとの考えですから、この際内輪のゴタゴタを長びかせるよりも、彼らの自由な選択にまかせて事を納める方が良策かと思います」

穏当な進言でもあるし、理にもかなっていた。

信長も内心は三郎五郎を立てることには不本意のところへ、その理を得たから大いに喜んだ。

さっそく重臣らをよび集めて、

「守山城の新主人については、林兄弟の推す三郎五郎と、佐久間右衛門の推す喜蔵の両名があって、そのいずれも適当な人選であるが、これをいただく家来の者が心服しなければ意味をなさぬことだから、最後の選択は籠城軍の意志にまかせることにする」

こういう結論になった。

ところが、右衛門は抜かりがない。相手が林兄弟という陰謀家のことであるから、何事も先手を打っておくだけの用意が大切。そこで、事前に城内の角田新五とレンラクして、打ち合せておいた。

角田新五は籠城を決意した時から、最も有利な条件で新主人をいただく腹であるから、秘密に右衛門とレンラクしつつ、諸般の情勢に注意してみると、信長、勘十郎、孫三郎、林兄弟、いずれも勢力伯仲して、誰を主人にいただいても、うまく泳ぎさえすれば漁夫の利にありつける。

順から云えば長兄の三郎五郎が至当であるが、至当の主人を選んだのでは、選んだことを感謝して貰えない。喜蔵の人選は順から云うと無理であるから、これを選べば有難がられる。

そこで新五は右衛門に念を押して、

「城内の者はむしろ三郎五郎殿と云っているが、自分の圧力によって安房殿を選ばせ、また心服させるから」

と、恩にきせて、喜蔵を選んだ。

11

そこで守山城の新太守は喜蔵、元服して安房守信時ときまった。

思いがけなく太守となって喜んだのは喜蔵である。これもひとえに右衛門の尽力と感激したが、それを恩にきせるように仕向けたのは新五である。

「右衛門殿の尽力がなければ、当然三郎五郎殿が太守となる筈のところ。終生忘るべからざる恩人でござるから、特に知行をつかわして労に報ゆるがよろしかろう」

とすすめて、新しい領地から百石の知行を右衛門に与えさせた。それというのも、右衛門の恩を忘れるなということは、自分の恩をなお忘れるなという謎なのだ。

右衛門のスイセンがあったとて、最後の断は城代家老たる自分の一存によってのことであるから、それを忘れるなという気持が露骨であった。

もっとも新五は知行なぞに望みはない。いかにもコセコセと利発ぶりたがる新城主を意のままにあやつりたいという考えだ。

ところが若年の小才子は、何よりも自分の一存で泳ぎたがる。

守山城の二番家老を坂井喜左衛門と云った。その息子の孫平次という少年を小姓にだしたところが、これが甚しく喜蔵のお気に入りとなって、一にも孫平次、二にも孫平次、ついには政治向きのことまで孫平次とはかってやる。孫平次は父の喜左衛門の指図をうけてやるから、城代家老角田新五という存在は無用の長物となってしまった。それというのも、新五がむやみに恩を売って意のままに小才子をあやつろうとしたことへのおのずからの反感の表れであった。

おさまらないのは角田新五で、やがて大騒動が持ちあがることとなるが、それは一年後の話。

さて、守山城主に三郎五郎を推して失敗した林兄弟は胸中煮えるようである。

代々筆頭重臣の名門で、主人の次に重きをなすべき存在だ。事実上の実権も貫禄も、二男坊の勘十郎や、叔父の孫三郎よりも上でなければならない筈だし、事実に於て上でもあった。家中の重臣中には、信長をおいて林佐渡に従うことを欲する者も決して少くはなかった。

信長が那古野を去って清洲に移れば、那古野は当然佐渡の居城たるべきであるのに、それが風変りなイキサツから孫三郎のものとなり、守山城すらも手に入れることができなかった。

今回の守山城主定めにしても本来ならば、ちょうど守山があきましたから御不足でしょうが一時あれへ、と佐渡のところへ文句なしに挨拶があってフシギではない。

もっとも、今までの行きがかり上、守山の籠城軍は林兄弟とはよろしくないから、籠城軍をすえおきにしてその城主だけ定めるとなると、林兄弟ではグアイがわるい。まだ家来をもたない部屋住みの中から選定する必要があったのである。

しかし、本来ならば文句なしに佐渡が城主となるべきところであるから、佐渡の顔を立てて、彼のスイセンする三郎五郎を選ぶのが至当のところ。しかも衆目の見るところ、それが理に合った人選でもあった。

さア林一派はおさまらない。喧嘩を売る気なら買ってみせる。表には見せないが、今に見ていろとひそかに色めきたった。

12

坂井大膳を裏切って首尾よく那古野城を手に入れた孫三郎。そのとき、大膳との密約に最初の渡りをつけた新宮藤内は、いわば最大の手柄を立てながら、大膳を裏切るときに、彼もまた敵のように裏切られて、手柄は人にとられ、ママ子のような味気ないハメに追いやられてしまった。

孫三郎は藤内にやさしい言葉をかけて、

「計略は密なるをもって良しとす。敵をはかるには味方をもはかる必要があるのは兵者の常で、貧乏クジに当ったその方にはまことに気の毒であった。いまに良い目に当る折もあるだろう」

と慰めてくれたが、論功行賞にも置いてけぼりをくらった。ただ置いてけぼりくらっただけならまだよろしいが、人々は藤内の手柄をむしろ悪しざまに言う。

というのは、藤内が渡りをつけた最初の密約というのは、大膳と組んで信長を倒し、守護代になるということだ。同じ密約でも主を裏切る密約だ。それがひッくりかえッて、孫三郎は信長と組んで、あべこべに大膳を裏切る企みに変ったが、この裏切りには大義名分があるから、これに参画して功を立てた連中は、最初の渡りをつけてこの開運の元をひらいた藤内を獅子身中の虫のようなことを言って、論功行賞にもれたことを気の毒がるどころか、よくも逐電《ちくてん》もせずにいられるものだ、心のみにくい奴はツラの皮も厚いものよ、なぞと言いはやしている。藤内の胸の中はおさまらない。

林美作はこの藤内に密書を送って、孫三郎を殺害すれば一城の主人にとりたててやるという約束をむすんだ。

どこの城にもトノイというような宿直室が殿様の寝室の隣りにあって警戒厳重をきわめているように考えられているが、特別用心ぶかい殿様の場合でなければ形式だけで、第一昼間は見た目にいかめしい番犬だって寝てしまえばダラシがない。

藤内はたまたま城内の泊り番に当ったから、一同の寝しずまるを見すまして、孫三郎の寝室へ忍びこみ、したたか酩酊《めいてい》して熟睡に及んでいるのを一刺しに殺害した。物音に目をさましたトノイの者が藤内に斬りかかる。ついに逃げ場を失って、藤内も斬り殺されてしまった。

孫三郎が横死したから、敵も味方も喜ばぬ者はない。なぜなら、味方の信長も孫三郎が清洲城を乗ッ取ってくれたから仕方なく那古野城主としたものの、彼に那古野の地を与えたことは満足すべき結果ではなかった。

孫三郎が死んだときくと、四隣にわかに色めきたって、誰もその子に跡をつがせることなど考えた者がないから怖しい。

今度こそは順序として、林佐渡が那古野城主となった。その代り信長も有能な多くの豪傑を那古野城から迎えることができた。

父信秀死してより三年、一族重臣の支持を失いつつ、いつ亡びるかと話の種の大馬鹿少年はフシギや今や尾張きっての名城清洲城の主となり、一番家老の林佐渡に那古野を与えて、父もなし得なかった成功ぶり。信長はその後次第に西上の後々までも、本城として愛着し手放す様子がなかった清洲城はこのように手に入れることができた。

しかしながら、彼の苦難の歴史はこれより深刻に展開する。なぜなら、彼の唯一の背景だった美濃のマムシ殿が長男の六尺五寸殿の宿願なって殺害されるに至ったからである。

マムシ老残

1

道三は冬になると城を降りて山下の私宅で越年する習慣であった。

山下の私宅へ降りるに当って、長井隼人正《はやとのしょう》をよんだ。隼人正は道三の兄であるが、弟のように機敏ではなく、もっぱら道三の番頭役を務めていたのである。

「六尺五寸はどうしているね？」

道三は、それがちょッと心配なのだ。六尺五寸の義龍は一ヵ月前から病気で臥《ふ》せったまま誰にも顔を見せたことがなかった。隼人正だけが、時々見舞がてら様子を見にでかけていた。

「もうじき死ぬね。長いことはないよ」

隼人正はニッコリ笑って答えた。なぜなら、その返事は道三の気に入る筈であったからである。

しかし、道三は甚だ興ざめた顔をした。物事には礼儀タシナミ節度というものがある。いかに道三が毛ギライしている子供にしても、お前の子供がじき死ぬよ、とニッコリ笑って言う奴があるものか。

いかに人におもねるにしても、そういう時にはなんとなく陰気な顔付をして目をくもらせるぐらいにして答えるのがタシナミというもので、利口な人間ならたいがいそうする。よほどのバカでないと、こんな返事をニッコリ笑ってする奴はいない。

自分にとって兄だからバカにしたくはないけれども、一言口をききさえすれば、見くびらずにいられないことばかり言う。

道三が興ざめた顔をしたから、隼人正は仕方なく追従笑《ついしょうわら》い。

「諸行無常、色即是空。人は朝《あした》に生れて、夕《ゆうべ》に白骨となる。これも、やむをえん」

道三は益々苦虫をかみつぶし、

「貴公に留守をまかせて冬ごもりとは、さてさて天下は泰平になったものだ」

「左様。天下は泰平です」

「貴公、ヒョイヒョイと珍しいことをよく喋るが、言葉の内容を御存じか」

「私の言葉は、仏説のようには参らない」

「アッハッハ。大きにその通りだ。さて、留守中の心得をお伝え致しておくが、三男喜平次がこのたび一色右兵衛大輔《いっしきうひょうえのたいふ》となったことでお分りであろうが、当家をつぐ者は三男喜平次であるから、これを心して、何事につけても喜平次を立てるように致されよ。貴公には理解できまいが、とかく世間の評価ほど当にならぬものはない。家中の者は長男義龍を大きに人物と買いかぶっているが、これを鬼面人を驚かすの類いと申すべきであろう。二男孫四郎、三男喜平次の両名は見たところ豪傑そうなところはないが、天下を定めるに足る識見を蔵しておる。六尺五寸はせいぜい山国で赤鬼青鬼の親分がつとまるぐらいであろう。貴公の頭では理解がつくまいが、これは私の命令だ。貴公の一存にかかわらず、この命令を信仰して、三男喜平次を頭にたて、かりそめにも六尺五寸に兄貴風を吹かせないように心がけてもらいたい」

「なるべく、そう致そう」

「絶対にそうしなければいかん」

「ハ。絶対にそう致そう」

こう堅く命じて道三は山下の私宅へ冬ごもりに降りてしまった。

すると隼人正はペロリと赤い舌をだして、ニヤニヤと義龍の病室へ行った。じき死ぬという義龍は、意外にも、起きてピンピンして、書見していた。

「道三が山を降りたよ」

隼人正はここでも追従笑いをした。

2

道三が三男喜平次を一色右兵衛大輔にとりたてて跡目に立てる腹をハッキリさせたから、義龍はいよいよ決戦の時いたると覚悟をきめた。

彼は病気と称して、一室に閉じこもり、外部の者には、日に日に病状悪化して死を待つばかりと思いこませた。こうしなければ殺されるにきまってるから、自分の方からまもなく死ぬフリをして難をさけ、時機の到来を待っていたのである。時機到来とは道三が山下の私宅へ降りることだった。

その日の用意はととのっていた。

義龍は隼人正の報告をきくと、書を閉じて、侍臣たちにかねての手筈を命じ、寝具をしかせて、病人の如くに横たわった。

「では、伯父上。いよいよ臨終と称して、孫四郎と喜平次をこれへ呼びよせて下さい」

「では、そう致そう」

「念のため申し添えますが、臨終の使いですから、陰気な顔をしていただきたい」

「それは十分に心得ている。臨終の使いと税務署へ行く時は沈んだ顔を致す」

バカはバカなりに利口なもの。バカを見くびると失敗する。

バカはバカ扱いにされるのが何より腹にすえかねるもので、弟の道三の番頭にとりたててもらった恩義よりも、バカ扱いをうけた積年の遺恨がつもりつもっている。そこで、いつからとなく、義龍と結ぶようになった。

義龍も彼と同じように兄ながら疎略にされて、弟の喜平次が跡目ときまっている。なんとなく立場の類似に惹《ひ》かれるところへ、道三は悪虐無道でいつ何をされるか見当がつかないが義龍は私行正しく人倫にかなっていて味方につく者を裏切るような心配がない。これが何よりも隼人正を安心させた。

人間通の道三がバカに一杯食うようでは、これも年貢のおさめ時。

隼人正は孫四郎と喜平次のところへやってきた。

「義龍どのが病状悪化、にわかに明日も知れぬ様子になられた。一目会って後事を託したいとのことだから、早々おいであれ」

隼人正は天下国家の識見はない。お人好しで、道三の目から見ればお目出たい人物ではあるが、世間なみのカケヒキではむしろ堂に入ったもの。むろん顔つきで見すかされるようなヘマはやらない。

けれども、孫四郎も喜平次も、かねて義龍とは仲がわるい。義龍が父に陰謀を企んでいるようなことも知れているし、第一、臨終に一目会って、後事を託されるようなイワレもない。

孫四郎はジロジロと伯父を見つめて、

「義龍どのが死ぬ間際に私たちに用がある筈はなさそうだが、用があるなら、伯父上が承わっておいて下さい」

「まさか瀕死《ひんし》の病人が蚊の鳴くような声で弟に会いたいと頼んでいるのに、弟は会いたがらないから、用向きは私が承わっておこうなぞとは申せないよ」

「じゃア放ッとけばよろしいでしょう。たっての用なら、誰かに言い残して死ぬでしょうよ」

「コレ、コレ。いかにふだん不仲とはいえ、相手はいま死ぬという病人のことだから、そう云わずに一目だけ会ってあげなさい。これも功徳《くどく》というもの。兄さんも安心して成仏できるから」

3

孫四郎と喜平次はまさかこのお目出たい老人が敵の一味とは思わないから、

「義龍は仮病を使って私たちをおびきよせるのではありますまいね」

「とんでもない。虫の息の病人がカラクリができるものかね」

「あなたがだまされてるんじゃありませんか。義龍は策略的な人だから、伯父さんの目をだますぐらい、わけはなさそうだ」

「私は昨日今日はじめて義龍の病床を見舞ったわけじゃない。道三どのの代理としてズッと見舞っているのだから、ニセ病人でないことは充分に見てきているし、また義龍の心底もわきまえている。本心は非常に気立のよい、やさしい人だよ」

「伯父さんの見立てに得心するのは山だしのオサンぐらいのものだね。まア、しかし、兄と名のつく人の死目だから、別に用はなさそうだが、一目会うことにしようかね」

孫四郎と喜平次は相談の上、では一しょに参ろうということになった。

隼人正は二人をみちびいて、次の間へくると、腰の刀をそこへ置いた。これを見て、兄弟は目を見合せ、

「義龍の病床を見舞うのに、刀を置くことはなかろう」

「いかにも、そうだ。拙者も今では一色右兵衛大輔だ。無官の義龍を見舞うのに腰の刀をとる必要はあるまい」

「シッ」

隼人正は口に指を当てて制した。

「臨終の病人にむごい言葉をきかせるものではない。いまわの際だから、これまでのことは水に流して、やさしい心で安らかに往生をとげさせてやるようにしなければならない」

隣室に瀕死の病人をおいて、情に厚い言葉であるから、それでもと逆らうわけには行かなくなって、兄弟も刀をとって置かざるを得なくなった。

さて、病室へはいると、義龍は中央にねている。ライ病が顔にあらわれているから、見た目には、化病どころの段ではなく、化け猫の臨終のように凄味がぞくぞくと迫ってくる。義龍は枕頭の侍臣に虫の息でささやいた。

「いまわのお別れ。一献《いっこん》さしあげよ」

「ハ。かしこまりました」

かねて用意の別離の酒盃がはこばれてくる。ライ病で顔のくずれかけた人と別離の一献を交すなぞとは良い気持ではない。風流の奥儀にも、ライ病の兄と別離の盃を交す秘伝という心得はないらしい。武術兵法の心得にも心当りがなさそうだ。孫四郎と喜平次は考えただけでも吐き気を催して、やりきれない気持になってしまった。

「もそッと、これへ」

別離の酒をつぐ役目の隼人正が、目顔で二人の弟たちにもッと前へでるようにと、しきりに合図を送る。

侍臣が左右から、義龍を抱き起して、上半身をささえる。部屋には香がたきこめてあるから、臭気は定かではないけれども、にわかにムッと臭気をかぶったような気持になった。隼人正はまず孫四郎に盃を持たせて、酒をついだ。オレが先か。化け物が先でなくて、まず、助かった、と孫四郎ホッとして盃に酒をうける。

そのとき、すぐ横手にひかえていた作手棒兼常《さくてぼうかねつね》、居合抜の達人、刀をひそかにたぐりよせて、エイッと一声、抜く手も見せず孫四郎の首を落した。返す刀で、喜平次も肩から胸へ斬りさげられていた。

4

道三は山下の私宅へ久々で来てみて、なんとなくホッとした。どうも稲葉城内の生活には落付きがない。

縁へでると、鶴が歩いてきて、素知らぬ顔で通りすぎた。道三も昔はこれぐらい落ちつき払った生活をしたことがあったような気がしたのである。誰に気兼ねもしない生き方をしたことがあったはずだ。

「たしかに、老いたな」

と、道三は思った。義龍の存在が気にかかりはじめてからの生活は、どうにも高邁《こうまい》なところが自覚できない。毒殺暗殺意のままの人間に殺しコボレが有るようになっては、もうだめである。殺しコボレを、大人物のユトリだの、仏心だのと自覚するようでは、尚さらダメなのだ。まして義龍の自然の死期が近づいたので、なんとなくそれを当てにしているようでは、全然ダメと云わなければならない。

堀田道空が挨拶にきた。

「先日、信長公が突然供もつれずに拙宅へ遊びにお見えでした」

「あれも忙しかろう」

「そのようにも見えません。近ごろは能にお凝りで、拙宅でも一舞い舞って行かれましたが、夏の頃は、戦のあいまに百姓と盆踊りをたのしんでいられたようです」

「相変らずバカに見えるか」

「バカと思えば、バカにも見える生活ですな。フンドシ一ツで百姓と相撲の試合を致しておられますからな」

奔放自在。道三はふとそう思う。彼も昔はそうだった。奔放自在に毒殺暗殺したのである。

「信長は偉い奴だ。それにつけても、オレは無念千万だな」

「ハ？　信長公に負けたくないとの仰せですか」

「バカな。信長は信長。オレはオレだ。オレが無念千万なのは、この年になって殺しコボレがあるようでは、オレも案外ダメな奴だったということだ」

「殺しコボレとは？」

「六尺五寸の死期を待つようでは情けないのさ。信長に会った節は伝えておけ。バカッぷりにコボレがあってはもうダメだとな。一生涯大人になるなと云え」

ちょうど二人が庭先でこう話し合っている時であった。取次ぎの者が進みきて、

「ただいま城内の義龍公の使者の方が見えられまして、火急の用と申すことで」

「義龍が死んだか」

「さ。それは伺っておりませんが、義龍公からの火急の用と申すことで」

「道空。お前行って、きいて参れ」

「ハ」

道空が控えの間へおもむいてみると、義龍の使者由利三左衛門が待っていた。

「ヤ、由利どのか」

「これは堀田道空どの。久々に御意を得申したが、御壮健で何よりでござる」

「して、御用件は？」

「本日午前十一時、義龍どのは、孫四郎どの喜平次どの両弟を殺害いたされた。これを報告いたして参れとの命令でござった」

「それは、大事。して、貴殿は敵の使者か、味方の使者か」

「義龍どのの使者でござる」

「ま、そういうことになるでござろう」

「すると、敵だな」

5

瀕死の病人のはずの義龍が二人の弟を殺したという。おまけに殺した当人が特使を派遣して報告したというから、物におどろくことの少い道三もキモをつぶして、とにかく使者の三左衛門を引見した。

ところが義龍は甚だ使者の選び方が巧妙である。二人の弟をおびきよせるにはお人好しの伯父長井隼人正を用いたが、道三のところへ使者にきた由利三左衛門は隼人正に輪をかけたお目出たい人物である。親ゆずりの門地があるから然るべく奉られて飾り物の役には立つけれども、能のないことではまことに確実な人物である。


三左衛門は道三の前に平伏して「これはうるわしき尊顔を拝し……」

「うるわしくないよ。オレが訊いたことにだけ返答すればタクサンだ。義龍は枕も上らぬ病人だというではないか」

「ハ。枕は上りませんが、血色もよく大そうお元気でいらせられます」

「どんな風にして孫四郎と喜平次が殺されたのだえ」

「刀で斬りましてな」

「それは分っとる。刀で斬る前に、そもそも義龍の手の者が攻め寄せるとか、おびきよせるとか、あったであろう」

「そもそもは長井隼人正殿でござる」

「隼人がどういたした？」

「義龍公の命をうけまして、孫四郎さま喜平次さまのもとに参り、御臨終前に一目会いたがっておられるからと申されまして、御案内いたしました。一献別れの盃を差上げまして、そのとき、つまり、刀でござる」

「義龍が斬ったか」

「義龍公は病人のフリをしてねていましたので自ら斬ることはできません。誰かがそのとき斬りましたそうで。拙者はその場に居合しませんために、そこまでは存じません」

「城内の者は義龍の命に服しておるか」

「さっそく問い合せまして」

「城内は平静か」

「わりと賑やかのようでした」

「戦争の支度をしているのか」

「ちょうど昼食の時間で私は昼飯もそこそこに致しましてな。火急使者に行って参れとのことで忙しい思いを致しました」

「よろし、よろし。よく分った。城へ帰って義龍に言うがよい。お前の話がよく分って道三は感服いたしたとな。だが昼飯もそこそこにさせて使いにだすのは、家来の使い方が荒すぎるぞと申し伝えろ。早く帰って昼飯を食い直せ」

「ネンゴロなるお言葉にて、まことにありがたき幸せ」

と三左衛門は無事役目を果して城内へ戻って行った。

道三は居合わした重臣をよび集めて、

「おききのような様子だから、オレはこの場から逃げだすぜ」

「一応城内の動静を調べさせてみましては」

「こういう時は早逃げに限るよ。敵の様子を調べるのは逃げてからでも間に合うが、逃げおくれると間に合わないぜ。不意をくらッたときは孔明でも楠木でも逃げるが勝ときまったものだ。六尺五寸の化病を見損うような目の玉で、落ち付いてみたって仕様がないや。オレもモウロクしたものだ」

道三はボヤきながら、取る物も取らずに一目散に逃げだした。長良川を越えて山奥へ駈けこみ、山県というところで一冬こして、戦備をととのえた。

マムシ敗れたり

1

道三が山県へ逃げたのは十一月二十二日。是非なく寒い山中で越冬して戦備をととのえて決戦のため出陣したのが翌年四月十八日。鶴山という高い山のテッペンに陣取り、国中を見下して威勢を張った。

そもそも道三が山下へ降りた間にまきあげられた稲葉城というものが、相当に高い山のテッペンにあった。

今の岐阜公園の西に金華山というかなりの山がある。これが昔の稲葉山で、このテッペンに本城があったのである。

西北に長良川を自然の堀とし、今の岐阜公園から南方は瑞龍寺にいたるまでの広い山麓を自然の砦とし、稲葉山のテッペンにデンと構えてしまえば、どんなに大将がバカでも攻め落すことが半ば不可能にちかいぐらいの要害であった。おまけに悪智恵では日本一達者な道三先生が半生仕掛を施してイヤが上にも敵が閉口するようにできた城だ。

この城をまきあげられては道三が慌てるのは当り前で、城の上と下とでは利と不利のツリアイを誰よりも心得ている先生が、君子は危きに近よらず、アッという間に逃げだしたのはむしろアッパレというものだ。

寒い山中に無念の戦備五ヵ月。美濃衆といって天下に勇名の高い彼の家来の半分以上が敵となって道三自慢の城へこもっているのだから始末のわるいことおびただしい。

けれども気の強い道三、四月十八日に出陣すると、長良川を距てて、稲葉山よりも一まわり高い鶴山のテッペンに陣をかまえ、ざまア見やがれと溜飲を下げた。しかし、気の強すぎるのもモウロクの一ツ。安定した心にとっては、強いばかりが能ではない。

信長も出陣した。道三にとっては美濃を奪い返すか失うかの分け目の一戦。今まで道三の手を借りつづけで自分の手を貸したことのない信長、大いに張り切って出陣と相成ったが、実は頭痛ハチマキなのである。

信長も今年は二十三になった。ところが去年一ヵ年の苦心サンタンたる歴史を見よ。

まず一月には今川勢が岡崎へ陣をすすめて尾張を荒し小川の水野金吾を孤立させたから、これを助けてレンラク路を恢復する必要にせまられたが、留守中清洲衆が那古野を荒す不安あり、道三に留守をたのむ。

一月二十日、出陣ときまるや、林兄弟文句をつけて参加せず。苦しからずと出陣、敵を破って目的を達したが、味方の死傷数知れず精兵の半《なかば》を失うに至った。

四月十九日、孫三郎は坂井大膳を裏切り清洲城を手に入れて信長に与えたが、信長は那古野城と下郡の半分を孫三郎に与えなければならなかった。

六月二十二日、守山城主孫十郎、信長の弟喜六郎を殺して逐電。佐久間右衛門の計らいで弟喜蔵を守山城主とすることに成功したが、そのために勘十郎、柴田権六、林兄弟、三郎五郎らと不和を深めた。

十一月某日、孫三郎殺され、那古野城は林佐渡のものとなる。

ざっと以上の通り、信長の身内には味方らしきものがなくなって、舅の道三だけが支えとなっているだけだ。その道三が十一月二十二日に山下の私宅へ降りたとたんに山上の城をまきあげられてしまったのだ。

時こそ到れりと身内の敵どもが色めきたち、舅とバカ聟の戦没の日を、鳴りをしずめて待っている。静かなること林の如き毎日なのである。もっと困ったこともある。

2

道三が自慢の城をまき上げられてからというもの、それまでは敵でも味方でもないような当りさわりのない態度をとっていた親類縁者が続々敵の色を明かにしはじめた。

その一番の大物が織田伊勢守。

伊勢守は織田宗家の一つ。岩倉の城主で、名目は上四郡の守護代であった。つまり下四郡の守護代清洲とならぶ織田一族の宗家だったのである。

彼は清洲のように新興勢力に楯つかず、名目だけの守護代に甘んじて、信長の下風につき無事家名を存し、先祖伝来の岩倉城をまもってきた。それというのも、信長の背景の道三が怖しかったからではあるが、旧家らしい諦め心と事なかれ主義が身にしみているせいでもあった。

ところが、信長の実弟勘十郎もそろそろ大人になってきた。家老の柴田権六にひきずりまわされるだけが能ではないと考える様になり、自分の力でバカ兄信長にとって代りたいと考えるようになった。

勘十郎の侍臣に佐々蔵人《さっさくらんど》という目から鼻へぬけるような才子がいた。この男が勘十郎にささやいて、

「柴田権六は信長の重臣林兄弟を味方につけて信長を倒す考えですが、この計略には危険がともなっています。林兄弟は才略にたけているばかりでなく、その貫禄は若い主人に超えるぐらいのものがあって、孫三郎の死後、那古野城を領するに至っても家中に不足をいう者がありません。つまり城の貫禄からいっても、林佐渡が当家よりも一ツ上。それを家中の者が自然に認めているようなものではありませんか。ですから、林兄弟とくんで信長を倒しても、ひょッとすると、信長の後釜《あとがま》はあなたではなく林佐渡かも知れませんよ」

「その不安はオレも気にかかっている」

「そこで私が思いますには、林兄弟とのレンラクはもっぱら権六にまかせておいて、ひそかに岩倉城の伊勢守を手なずけようではありませんか。伊勢守は清洲滅亡後は唯一の織田氏の宗家筋で、これを味方にひき入れれば、信長の後釜はあなただということとの公認を得たようなものですよ。信長は清洲を倒すまでは敵にまわして長らく要らぬ苦労をしましたが、あれは愚の骨頂です。あなたは伊勢守を手なずけて味方にひき入れ、労せずして尾張の主人たる公認を手に入れるに限ります。私にまかせて下されば、ちゃんと筋書通り伊勢守を手なずけてみせます」

「なるほど、それがよかろう。お前にまかせるから、やるがよい」

そこで佐々蔵人がひそかに岩倉城内に働きかけていた。そこへ道三の稲葉山城まきあげられ、という珍事が起ったから、伊勢守も心がうごいた。

信長はバカで、勘十郎は利口者だ、というのが定評であるし、道三という後楯を取り去れば信長は一たまりもないというのも定評である。

佐々蔵人は伊勢守にささやいて、

「失礼ながら、あなたが勘十郎公の味方となって下されば、尾張上郡の守護代という地位を名目だけのものではなく御先祖のころと同じように実力あるものとして上げます。そして勘十郎公は下四郡を領し、両家相扶《あいたす》け合って尾張を安泰にしようではありませんか」

と、うまい話をもちかけた。そこで伊勢守も心がきまって、道三が実力を失うに至れば直ちに勘十郎を推し、信長討伐の兵を起すだろうという風聞が高くなっていた。

3

かように道三が城を失って以来というもの、今まで敵でなかった者まで敵の色をたて、おまけに今度は戦争にでかけるにも道三に留守をまもってもらうわけにいかない。信長直轄の下郡のうちも過半数が敵となることは明瞭であった。

信長は七ツ道具を腰にぶらさげクワイの頭をふりたてて野荒しを日課にしていたころからの侍臣を集めて相談した。それ以外にたよる味方はいないのだ。

誰よりも乱世好きの市橋千九郎が意外にも真ッ先に反対して、

「義理人情の問題じゃないですよ。出陣すれば誰かに城を乗っとられてしまうだけだ。舅と聟と両方そろって敵に城をまきあげられれば似合いでよろしいかも知れないが、次に親子仲よく二ツの城が取り返せるかというと、どうもダメのようですよ。美濃の場合も重臣や兵隊の半分以上が敵に回っていますが、コッちときては尾張の大部分が敵に回るのは目に見えていますよ。城があってこそ、なんとか守りもできますが、城を失えば守ることも困難です。ましてや城を取りもどすことは、とてもできない相談ですね。道三どのの恩儀は忘れられませんが、自滅が目に見えているのに義理を立てるのはバカですな」

大そう利口なことを云った。信長は呵々大笑して、

「まんざら石頭でもなさそうだ」

「年のせいですな。第一、道三どのが信長ごとき小僧ッ子の助力を当てにしてやしませんよ。あのオヤジ殿は偉い人だね。とかく悪いことをする奴は人に義理人情をもとめますが、あのオヤジ殿は自分が義理人情をふみにじったように、人にも義理人情をもとめませんよ。しかも、あなたにだけは義理人情をつくしてくれましたが、そのあなたにも義理人情をもとめていませんよ。あなたが勝手に義理をつくして自滅すれば、このバカヤローめが、と云って怒るでしょうな」

「万千代は、どう思う？」

「拙者も石頭と同じ意見です」

「ほかに意見のある者はいないか」

「…………」

「みんな石頭か」

「アッハッハ。拙者の頭が次第に冴えてきたせいですよ。堀田道空どのが道三公の言葉を伝えてきたでしょうが。毒殺暗殺自由自在の道三に殺しコボレがあるようではもうダメだとね。智に義理人情をつくしてやって満足しているようではもうダメだという意味ですよ。だから、智に義理人情の返礼をもとめるようなチャチなことはしないよ、という意味もあるですな。

マムシは凄味がありますよ」

「オレもその言葉を思いだしていたよ。そこでオレは——」

信長はニヤリと笑って、

「戦争にでかけるよ」

「青大将がマムシの助太刀にでかけても、マムシに笑われるだけですぜ」

「道三どのがこう云ったのを忘れているな。バカはバカコボレがないようにしろとさ。生涯大人になるなとさ。アッハッハ。バカコボレがあっては信長は終りなのだ。戦争にでかけるから、そう心得よ」

「ウム、さすがだ」

と、千九郎は考えたあとで嘆息した。

「やっぱりオレは石頭らしいな」

「さて、オレは本日かぎり隠居するから、その用意をせよ」

一同は呆れて信長を見つめた。

4

「当年五歳の御子息はオヤジ殿よりもマセていられるようですが、二十三で世を諦めるのは早すぎますぜ」

千九郎はまぜッかえした。信長は仕方なしに苦笑をもらした。

「オレが隠居するのは、子供に跡をゆずるためではないのさ。信長は尾張の領守を引退して、本日からは、武衛様が国守であるから、尾張一円津々浦々に布告せよ。清洲城もただちに武衛様に明け渡し、信長は北屋蔵へ隠居いたす。今からは武衛様を国守と崇め奉り、疎略があってはならぬぞ」

いまの武衛様とは斯波岩龍丸義銀。二年前に父義統《よしむね》は彦五郎大膳らに殺されたので、岩龍丸義銀は信長をたよってその居候となった。信長が清洲を占領してからは、城内の北屋蔵に隠居していたのである。今日からはアベコベに、武衛様が国守に復活し、信長が北屋蔵に隠居しようというわけだ。

「なるほど。その深謀遠慮ですか」

と千九郎は舌をまいたが、信長はつまらなそうに首をふって、

「惨また惨。溺《おぼ》れる者ワラをつかむだよ。だが、オレが無力なのだから仕方がない。ちょっとでも役に立ちそうなことを、してみる以外に手がないからだ」

形だけととのえて世間の目をごまかすわけにはいかないから、尾張一円に布告するばかりではなく、今川義元に使者をやって、

「信長は隠居して武衛様を尾張の国守に立てるが、三河の国でも吉良殿を国守と立て、別し

て昵懇《じっこん》を結びたいと思うが、その扱いをしていただけまいか」

と依頼する。三河の吉良家は甚だ衰えているけれども、当時の格式では足利将軍家につぐ日本第二の家柄、今川は三番目であった。

足利将軍家に子供がない時は、吉良家の子が将軍をつぎ、吉良家にも子がなければ今川の子供が将軍をつぐという順になっていた。けれども吉良家は清洲の北屋蔵に隠居中の斯波義銀同様無力になっているから、ひとり盛運の今川義元にとっては吉良家という存在はもはや邪魔になるものではない。吉良を名目上の三河国守に立てたところで今川の威勢は微動もしないが、斯波氏が尾張国守に復活して信長が隠居するということになれば、名目だけのことにしても信長という実力も信用もない小僧ッ子にとってはかなり致命的な問題だ。

そこで吉良殿が三河国守、斯波殿が尾張国守、両家参会して昵懇を願おうということにきまって、格も力も下の尾張方が三河へ出向いて両者参会した。信長は武衛様の介添役として三河へ出張、無事参会の儀を終った。これが四月上旬のことだ。

武衛様に清洲城を明け渡し、国守と崇め奉って、自分は北屋蔵へ隠居する。これで出陣の用意ができた。

武衛様が留守中に信長を裏切り合意の上で誰かを城内に引入れれば、もう信長は締出しをくらって天下無宿となってしまうが、ともかく武衛様の合意がなければ清洲城を乗ッ取る大義名分がなくなった。到って間に合せの睨みのきかない大義名分だが、これだけでも信長精一パイの策。危い綱渡り。むろん最悪の危険も覚悟の上であった。

「ボロのツギハギに苦心サンタンか。やられる時はどうやってみてもやられるのさ」

信長隠居、苦笑をもらす以外に仕方がないが、この隠居の偉大な英気を身に浴びて死にたいような感動を知ったのは濃姫である。そのころ濃姫は肺病で寝つく日が多かった。

5

武衛様に城を明け渡し、亭主は隠居して北屋蔵へ居候の身となったから、濃姫も侍女にまもられながら屋蔵の隅っこへ引越しであった。陽の目を見ることがないような部屋だ。死なないうちにミイラができそうな部屋であった。

それというのも、信長が父道三のために無謀な出陣をするためだから、濃姫はこのまま息絶えてミイラになりたいような嬉しさだ。美濃のマムシと尾張のバカをつないでいる五彩の虹よりも美しい偉大な友情を見ることができただけで満足だ。その虹のカケ橋の何分の一かに自分が役立っていてほしいような俗情すらも思いつく必要がなかった。

なんしろ、いそがしい。男は戦争、女は引越し、世の中にこれ以上ガサツでいそがしいものはない。

信長が武衛様を国守とたて、その介添となって三河へ出張、吉良殿と参会して戻る。それから城の明け渡し。するともうマムシ殿は美濃山中山県の巣から御出陣。四月十八日には鶴山のテッペンに陣どった。信長はそれに間に合わせるだけで汗ダクであった。

「今度ばかりは、オレが討死したときには、お気の毒だが、アンタも自害さ」

信長は濃姫にこう言い残して出陣した。木曾川、飛驒川を越え、大良《おおら》に本陣をかまえた。四月二十日に道三は鶴山を降りて、長良川まで人数をすすめたが、その時はもう、敗死の覚悟をかためていた。

「城ごとそッくりまきあげられては、お手あげだな。こうしてオレの城を眺めると、今さらながら攻める者には大儀な城だよ。あの城の中にはオレの兵隊もオレの兵器もそっくり残してきたのだから、どうにもならないな」

鶴山のテッペンで様子を見たが、城内から出てきて味方につくような動きが一向に起らない。二日様子を見て、内応のキザシが一ツもないから、道三は敗死の覚悟をきめたのである。内応者の有無を見定めるに二日以上もかかるほどモウロクはしていない。

道三は重臣たちをよんで、

「どうやらカモはでてこないな。有勢な武器はそっくり城中に置いてきたから、カモがネギを背負ってこっちへ来てくれないとマトモに戦争できやしないぜ。要するに、ワガハイは命数つきたね。オレは明日最前線へ乗りだして命数を決するから、お前さん方は後の方で見物していて、オレが死んだら、思い思いのことをするがよい。義龍の軍門に降《くだ》って再び美濃の主人をいただくのもよろしいが、よそへ行って主をさがすなら、織田信長の家来になれ。いまに義龍も信長に素ッ首をぬかれる時がくるだろう」

「殿も年をとって気が短くなりましたかな。急いで命数を決するにもおよびますまい」

「お前さん方はロクに悪いこともできないタチだから、命数の訪れを見なれていないのだね。オレは人々に訪れた命数をオレの手ににぎってきたから、オレの命数が人ににぎられたことも分るのさ。まア、明日はお前さん方、悪党の死にっぷりを見物しなさい。よけいな世話や人情はやめにしておくがよいぜ」

しかし道三が少数の手勢をつれて最前線へでるのも、命数を定める最後の賭《かけ》の一ツだ。そこまでやらないと、もうサイコロはうごかないのだ。最後のサイコロがどううごくか。あるいは誰よりも道三自身が無邪気な見物人であったかも知れない。カモがネギを背負ってくる最後のチャンスはそれだけなのだ。

6

四月二十日。道三は鶴山を降りた。そして長良川の川岸へでた。

その日、道三のイデタチはヨロイの上にホロをかぶっていた。これは矢を防ぐためにカブトから布をたらしたもの。左右に人数を侍らせ、道三は岸の前面へ進んで、床木《しょうぎ》にどっかと腰かけた。

義龍のもとへ物見の者が注進した。

「山城入道（道三）どの本陣、対岸最前面に出陣です」

義父と戦う義龍は用心の上にも用心深かった。味方の動勢につぶさに内偵をすすめていたが、義龍を新主人と仰ぐ結束は幸いにも甚だ強固で、もしも裏切る不安があるとすれば竹腰《たけごし》道塵《どうじん》ぐらいのものだ。

この竹腰とても心底の程がよく見極められないというだけのことで、決して怪《け》しからぬ事実があるわけではない。

そこで義龍は重臣を集めて軍評定《いくさひょうじょう》をひらいて、

「山城入道どのは旗本をひきつれて対岸の前面へ出て参られた。狂気の沙汰としか思われないが、入道どののことだから深い計略があるかも知れぬ。だが、入道どのが前面へ出てこられた上は、これぞ決戦の機会であるから、当方も全軍をあげて一気に勝敗を決しよう。この決戦に全軍を一時に打ちこむに当って、二つのことだけ用心しようと思う。一つは大良口の信長の方へ牽制の軍勢をだすこと。これは弓鉄砲の足軽組を豊富にまわすがよい。さて他の一つは全軍が一気に黒雲の如くに渡河して敵陣へ斬りこむ前に、敵の意図をうかがうために一番槍の勇士隊をだしたいと思うが、これには竹腰道塵を命ずる」

義龍は道三が味方に馳せ参じる裏切者の現れを期待しているに相違ないことを考えた。そういう者の現れがあるとすれば竹腰だけであるから、どうせ裏切られるなら戦争前に敵陣へやってしまった方がよい。竹腰一手ぐらいなら知れたものだから、敵陣へついたところで、大局には影響がない。むしろ味方の者はそれを美挙として、志気を振い立たせる役に立つかも知れぬ。またもし竹腰がまっとうに一番槍の役を果して奮戦すれば、裏切りを期待していた道三の落胆はいかばかり。竹腰すらも、と唇をかんでここを最期と思い知り、敵の志気は衰えるであろう。あべこべに味方の志気は百倍するに相違ない。

竹腰道塵は一番槍に選ばれたので、義龍の心を察した。やっぱり疑られていたのかと思った。裏切るのも易いが、むしろここが死に場所だと心をきめた。義龍は義に厚いから、奮戦して斬り死すれば、妻子に憐れみをかけて重く取り立ててくれるであろう。よろしい。立派に死んでみせるぞと思った。

「一番槍とは武門の名誉。かたじけなし」

お礼をのべて、武者ぶるい。

六百の手兵をひきつれ、まんまるいカタマリとなって河を渡り、無二無三に突入した。

竹腰は斬りたて斬りたて、ついに道三の旗本に突入したが、左右から馬を突かれて、どっと落ちた。刀を拾って立とうとすると、落した刀を踏んでいる男がいる。

「オレだよ」

ホロの中の顔が落付いた声をかけた。道三である。

「アッハッハッハ。オレの刀をとらそう」

道三は一足ふみだして斬り下した。竹腰の首が落ちてころがった。道三は床木にもどって腰を下すと、ワッハ、ワッハとホロをゆすって笑い出した。

7

竹腰道塵手の者は火花をちらして斬り結び、無二無三に突き進み、入り乱れて斬り死んでいる。

これを見るより義龍は決戦の機至ると直感し、軍配高く振りあげて進撃命令を下す。待ちかねていた全軍はナダレの如くに押しだした。ために河の水は見えなくなって、兵隊でうずめた黒い流れがどんどん対岸へ打ち寄せてきた。

たった一騎全軍を遠く離して先登《せんとう》に駈けこんでくるのは長屋甚右衛門。彼は義龍の進軍命令が下りないうちに、なにがなんでも進撃あるのみと夢中に駈けこんで来たのである。

甚右衛門が対岸へあがると見るより、オットット、待ちたまえ、と道三の陣からとびだして大手をひろげたのは柴田角内。

夢中で岸へあがった甚右衛門がハッと馬を止めて、邪魔だてするな、いざ一打ちに、と焦りに焦って刀をふりあげるヒマを与えず、すでに一合戦して舌ナメズリに血をたのしむほど落付き払った角内、槍を取り直してチョイと突く。アッと甚右衛門が虚をつかれて落ちるところを、手もなく首をはねて晴がましい完勝ぶり。それだけが一同の見た勝負であった。とたんにドッと一時に全軍押し寄せて、各自各所に孤立してただもう打ち合う、斬り合う、突き合う、組み合う。他の場所で何が起っているか誰にも分らない。

道三身辺の旗本も銘々の敵とここをセンドと渡りあい、自分の敵に手一パイで主人どころの話ではない。

道三も戦い疲れてフラフラしていると、それを見出して斬りかかったのは長井忠左衛門。道三それをガッキと受けとめたけれども、長井が押しつけると、火のような息を吐いて、白目をむいて押し戻している。疲れ切っているなと見てとったから、押しつけ押し倒して生捕りにしてやろうと、長井はとかく猛獣狩りをたのしむダンナが考えたがるようなことを考えた。けれども猛獣狩りのダンナは彼一人ではない。

そのときこの場所へ来合せた小真木源太、道三を一目見るより、長井の苦心も、長井の存在も目につかない。

いきなり走り寄って、道三の脛《すね》を刀でなぎはらった。道三のころがるところを、長井の刀をかいくぐって、チョンと首を落したから長井はおさまらない。

「待て。キサマ一人の手柄じゃないぞ」

「それは心得てる。二人の勝名乗をあげよう」

「この乱戦に名乗をあげたって、誰にきこえるものか。後々の証拠にオレは道三の鼻をもらっておこう」

長井は道三の鼻をそいでフトコロへ入れた。源太は鼻の欠けた首を腰にぶらさげて、それぞれ退いた。

義龍は合戦に勝ったから、首実検をしていると、長井がやってきて、フトコロの鼻をとりだして、山城入道の鼻です、と云う。

「首はいかが致した」

「小真木源太が腰にぶらさげておりますが、大将の首をぶらさげて寄道しているらしいですな」

そこへ源太が首をぶらさげて戻ってきた。鼻を合せてみると、まごう方ない道三であった。これで親の恨みがはらせたと義龍はうちよろこび、信長と大良《おおら》口で戦っている牽制軍の方へ、道三討ち取りの報告かたがた援兵をやった。

8

大良の信長の陣の方でも戦争がはじまっていた。

信長は大河を渡り、大河を背にして河原に陣をしいていた。

義龍の軍兵が攻めてくるとの報告に、信長は鉄砲と弓の足軽組を主力に、河原を三十町も上流へ走らせて、防戦の陣をかまえた。本陣の近くへいきなり敵軍を迎えては、防戦の仕様がなかったからである。

敵の主力も鉄砲と弓の足軽軍であった。両軍河原に対峙《たいじ》して、ドンドン、パラパラと射ち合う。敵も決して大軍ではなかったけれども、信長の方も大軍ではない。道三苦心の鉄砲組だけのことはあって、あなどりがたい訓練と巧妙な戦法でぬかりなく射ちこんできたけれども、その戦法をとり入れ、それを本にして新手を加え、新風をあみだしている信長の目から見ると、決して怖るべき大敵というほどではなかった。

人数に於て有勢な敵ではあったが、射ち合いは信長軍が有勢であった。

数に劣る信長軍からは、間断なく無限のタマがとびだしてきた。義龍軍は進むどころか、後退を辛抱するのが関の山の努力であった。そして彼らは敵の有勢な砲火に驚くばかりで、その秘密をさとることができなかった。

読者諸君は記憶しておられるであろう。少年時代の信長は茶筌マゲにゆいたて腰には猿まわしのように火打ち袋を七ツ八ツもぶらさげて大バカモノよと家来たちにまで笑い者にされていたのだ。

それが、この戦法の秘密であったのである。

否、秘密でも何でもない。つまり信長は少年時代から別に苦心ということもなくこの戦法を自然に自得して、実行していたにすぎなかった。

彼の鉄砲の新戦術は、タマごめの時間をなくして間断なく鉄砲をうちだすことの発明であり、そのために三段構えの鉄砲戦法を創始した。しかし、間断なく鉄砲をうちだすためには多くのタマと火薬がいる。腰に猿まわしのように多くの袋をぶらさげる必要があったのはそのためだ。よその鉄砲組にとっては、鉄砲は無限にタマを射ちだすことのできる兵器ではなかったから、猿まわしのようなイデタチが必要ではなかったのだ。そして自分にその必要がなかったから、信長の必要を理解することができなかっただけの話である。

鶴山の下では、開戦まもなく、もう道三が討死していた。

そして敵の新しい援軍が勝利の万歳を叫びながら押し寄せてきた。

味方の物見からも、道三討死、味方敗走の報告がはいった。

しかし、その最後的な報告がくる前に、予期していた不安が事実となって、他のユーウツな報告も届いていたのである。

例の岩倉の城主、尾張上四郡支配の宗家、織田伊勢守がついに挙兵して、敵の色を明かにしたという報告であった。

まだ勘十郎や、林兄弟とレンラクして本格的に反乱を起した様子はないが、清洲近郊の下の郷という村が伊勢守の軍兵に荒され、放火されつつあるという報告がはいった。

道三が生きて奮戦中ならともかく、すでに討死した以上、もう戦う義理もない。グズグズしていると、道三同様、自分も戻る城がなくなってしまう。

9

道三敗死をきいたときには、信長も張りつめた力がゆるんで、ガックリしたようだった。

しばらく無言のままだったが、やがてハラハラと落涙した。

「美濃の道三も、ついに死んだか。しかし、今日は仕方がないよ。いまにライ病殿の首を討ち落してやる」

信長は気を取り直して、ただちに全軍に退却を命じた。

この退却の様相こそは、信長の真骨頂を表したものであった。

信長は大河を背にひかえて、河原で戦っていたのである。敵軍の包囲環視の中で、大河を渡って逃げなければならないのである。

全軍に退却命令を下したが、信長とその侍臣だけは悠々と河原にふみとどまっていた。

大河は人馬が足で渉《わた》ることができるので、越えてきたときも徒渉であったが、退却も徒渉だ。ただ信長のために一艘《いっそう》の舟が用意されていただけであった。

全軍の渡河を見とどけて、信長とその侍臣は小舟にのりはじめた。

気をのまれて、ただ呆然と見つめていた義龍軍の中から、この時はじめて少数の者が走りでて追ってきた。

馬にのった敵の武者が川ばたまで来かかったとき、信長は河の中程に待たせておいた鉄砲組に発射を命じた。

信長はまだ小舟に足をかけたまま、終始を眺めていたのである。

一せいに火ブタが切られて、敵の武者は射程の外へ退いた。

「アッハッハ」

信長は笑いのこして小舟にのった。そして漕ぎだして、無事対岸へ着いたのである。

これが信長の戦法だった。彼は常に部下に安全の道をとらせ、自分が最悪の道を選んだ。戦場に於てのみならず、日常に於ても、常にこのようであったのである。

この時から四年後、信長が二十七の正月中のことであった。

安食村の又左衛門がアカマ池の堤を歩いてると、顔が四斗ダルほどもある大蛇が堤をこして池の中へはいってゆくのを見た。

信長はこれをきくと、又左衛門を案内にたててアカマ池へでかけて行った。近隣から百姓を何百人とよび集めて各自にツルベをもたせて水をかいだしにかかったが、かなり大きな池だから四時間かかってもヘリメが見えない。

「もう、よろしい。十日つづけても、池の底が見えそうにもないな」

百姓たちの作業をやめさせて、信長はハダカになった。脇差を口にくわえて、いきなり池の中へもぐりこんでしまったのである。

正月中のことだから、水中へとびこむだけでも大変な話である。信長はあちこち水中の深か間をもぐって探してみたが蛇に会わない。

「オレの水練が未熟で深か間へとどかないのかな。鵜左衛門はおらぬか」

「ハ。これにおります」

「キサマ、御苦労だが、一ツもぐって調べてくれ」

そこで水練の達人鵜左衛門がもぐってみたが、やっぱり大蛇に出会わなかった。ヤレヤレと、信長はガッカリして城へ戻ったことがあったのである。

水練の達人を潜らせる前に、まず自分がまっさきに脇差くわえて水中へもぐりこむところが信長なのである。二十七にもなって寒中に大蛇見物とはバカ殿様というなかれ。狐狸妖怪の実在が信じられていた当時のことだ。怖るべき好奇心。怖るべき実証精神というべきではないか。

10

堀田道空は手兵をひきつれて、尾張への山道を歩いていた。タソガレであった。

道空は自分と肩を並べて馬を急がせている三十がらみの武者に話しかけた。

「日本無敵の鉄砲戦術を発明した道三公が、鉄砲なしに戦争をやったのだから、ひとたまりもなく負けるわけさ。当人が負けるつもりでやった事だから仕方がないね。その鉄砲大名の家中で随一の鉄砲戦の名人とゆるされている貴公が、鉄砲なしの負け戦の御相伴とは、お気の毒さね。めぐりあわせという奴は、仕方がないね。ま、しかし、気を落さずに、清洲の信長公にお目にかかってごらん。それは、おどろくべき人物だよ。道三公苦心の鉄砲戦術も、信長公にかかるとダメらしかったぜ。あの意地ッぱりの道三公が舌をまいておられたのだからな。貴公が仕えるに不足のある大将じゃないね」

馬上の武者は土岐十兵衛光秀だ。後日の明智光秀である。

光秀はしばし思いわずらっている様子であったが、ようやく決心がついたらしく、

「私は信長公に仕えるのをヤメにして、やっぱりこれから旅にでることにしますよ」

「なんで旅にでなさるね」

「気持の処理がつかないのです。道三公の呆気《あっけ》ない敗死を見たせいもありますが、兵法に身を投じた者の一念、必勝の法というものを、鉄砲という兵器を土台に考え究め、見究めてみたいのです」

「だからさ。それだから、信長公に仕えなさいと云うのだ。貴公は旧習を破り、常に新たな進歩をもとめている好学の士だが、貴公がその精神を体得したのも、一ツには天下第一の進歩主義者道三公という珍しい人に仕えてその教えをうけたからだよ。こういう珍しい殿様が

ザラに天下にころがってるものではないよ。あるとすれば、信長公だね。手近かにあるものを、手近かの故に軽んじてはいけませんよ。またその年齢の若さや、かんばしくない世評などを鵜呑みにして、自分の目を働かせるのを忘れてはいけないね。信長公のように旧習を破って独得の新風を体得した人は、世に容れられないのが当り前だよ。貴公に分らぬ筈はない。実地に信長公に会ってみれば納得がゆくよ。納得できなかったら、改めて、勝手に旅にでるがよい」

「こう云えば、私の気持の一端の説明になりましょうか。つまり、信長公の人物は、今の私にとって問題ではないのです。広く日本全国を歩き究めて、兵法をたずねてみたい。その結果、どこにも師と立てるべき人物も、学ぶべき新風もないということが納得できたら、よろこんで信長公に仕えましょう。ともかく、ムダであろうとも、全てを究めてみたいのが私の気持なのです」

「まア、ムダだね」

「そうかも知れませんが、この気持にしたがわないと私の心の平静は得られません」

「全然、ムダだな」

「さらば」

光秀は馬をとめた。

夜が落ちようとしている。道空はもうとめなかった。

「ムダが分ったら、戻っておいで」

道空は云いすてると、ふりむいても見なかった。

光秀はふりむいて馬を走らせた。口で云ったほど目的や成算のある旅ではない。ステバチだった。

「いまに、みろ!」

ただ、無性に、そう思うのだ。

マムシの死後

1

信長は大河を越え、飛騨川、木曾川を舟でわたり、寸刻を惜《おし》んで夜道を急いだ。

信長が美濃へ出陣したのはこれが二度目であるが、二度ながら忙しい思いをして、夜道を走って戻っている。

一度目は十五のときだ。父にしたがって美濃へ乱入したのはよかったが、村々へ放火して野荒しをしたというだけで、ちょっとしたイヤガラセにすぎない。乱入とはいうものの実はマトモでは勝てないから、夜陰に乗じて小股すくいのイヤガラセをしてみたような栄《は》えないナグリコミであった。

その天罰テキメン、留守中に清洲衆が自分の城下へ乱入して、アベコベに野荒しをやられ、城下を焼き払われた。見栄《みえ》をはるものではないのである。

そのために、第一回目も夜道をついて尾張へ駈け戻らなければならなかった。

今度のは見栄ではなかった。そして、留守中に自分の城が攻められるかもしれないことは覚悟の上の出陣だった。バカを承知の上のことだ。

だから今度の戻り道が忙しいことになりそうだとは思っていたが、よくよくインネンの道である。

一度目にこの道を走ったときは丹羽万千代はまだ仕えていなかったし、当時から仕えていた少年たちといえばその後の度重なる戦場で死没して、いまだに元気でいるのは石頭の千九郎ぐらいの者であった。

木曾川越えの舟の手筈も都合よくついて、軍兵は殆んど待つ間を要せずに渡河することができそうだ。そして、夜は白々と明け初めてきた。

「この河を越すと尾張という国ですね。たしか私達はその国で生れたように覚えていますが、今では自分の国か、敵の国か、心ぼそい話ですな。冥途の渡しとは、ここの渡しのことですか」

と、千九郎は冗談をいった。

「三ツ河を渡らねばならぬところをみると、ここが三途の川だろう」

「奇妙に徹夜で渡る河ですな。そして、足が宙に浮いていますよ。しかし亡者というものも一晩食べないとやっぱり腹が減るもんですね」

「途中に餅屋がなかったからな」

「清洲へもどって、城から締めだしと分ったときに、腹の始末はどうなるのだろう」

「鉄砲のタマでも食え」

木曾川越えても、休息も、食物もとるヒマを与えなかった。

城から締めだしをくってしまえば、それまでだ。道三戦死の知らせは昨夜のうちに尾張の諸城に届いているかも知れない。その瞬間から、すべてが公然たる敵だ。

しかし幸いなことには、清洲は美濃に近い。敵の大物はみんなそれよりも遠方にいる。知らせにもそれだけの時間がかかるし、攻めるにもそれだけの時間がかかる。

清洲から末盛の距離、那古野の距離、それはわずかでしかない。それは飯を食うヒマに失う怖れがある程の僅《わず》かなものであった。

清洲の町が眼前に見えてきた。焼かれずに残っている。しかし、城内の住者は変っているかも知れない。まだ安心は出来ない。

町家から人々が道へ飛出してきた。うれし涙をうかべて迎えている者がいる。信長はほッとした。間に合った、運命に。信長はこみあげる涙をかくすために努力した。それでも涙がこみあげる。とにかく、今日は、間にあった。今日一日は。

2

道三の死とともに四隣が同盟して一時に総攻撃がはじまるかと予期していたが、そうではなかった。

佐々蔵人のように岩倉の織田伊勢をそそのかして即戦即決を企てる者もあったが、さすがに信長と勘十郎の両者の一の重臣《オトナ》だけあって、林佐渡と柴田権六はなるべく兵火を避けようと寄々相談した。

もっとも、信長をしりぞけることについては両者の意見は一致している。また、勘十郎を立てることについても、両者の意見は一ツであった。ただ、戦争を避けて、なんとか穏かに信長を引退させ、できれば坊主にするなり切腹させるなり、当人や当人の家来の納得ずくで解決したいという腹である。

信長の唯一の背景だった道三が死んでしまえば、誰に気兼ねもいらない。ただまア世間体というものがあるから、穏かに兄から弟へ地位をゆずらせて大義名分というものを立てようという思案で、心配はもうそれだけだ。

信長個人の実力などは誰も問題にしていないから、陰でヒソヒソやるようなこともなく、林と柴田は公然と会談して、信長をしりぞける手段について論じ合っている。むろん、世間にも、信長の耳にも筒ぬけだ。

譜代の重臣たちも寄々凝議《ぎょうぎ》し、それまではどちらの派にも属さなかったものも、林佐渡が勘十郎を立てるなら、それに従おう。とにかく、一本になって外敵から身を守る必要があるという考えが圧倒的で、それまで異心なく信長に従軍していた部将のうちでも、信長をすてて林佐渡に従おうという者が続出するに至ってしまった。

一か八かの総攻撃をうける方がまだマシというものだ。信長は考えた。こうしてジリジリと日を費しているうちに、尾張一円はみんな信長引退の一色にかたまってしまう。そうかといって、信長から戦争をしかければ、これは味方を失う時間を早めるだけのことで、彼の味方をふやすことは考えられない。

ジリ貧とはこのことだ。何かしなければならないけれども、何をする当もない。その実力がたしかにないのだ。何かあるとすれば、自分の一命を弄《もてあそ》んでみることができるだけで、もうコケオドシや策略は放《ほ》うりだして、素ッ裸になって一命を賭けてみることだ。

信長は守山城の安房守喜蔵をよんだ。

喜蔵は人々の推した三郎五郎を排して、信長が守山城を与えてやった関係で、信長の肉親中で唯一の信長派であった。

「キサマ、オレについてこい」

「ハ。どちらへです」

「ちょっと那古野へ遊びに参る」

「ハ。参りましょう。が、どういう用件でしょうか」

「遊びに参ると云ってるじゃないか。オレについてこい」

信長は喜蔵をつれだして、馬にのった。誰にも行く先は知らせない。供は一人もいない。喜蔵は泣きべそをかきそうな顔になってしまった。

「林佐渡はムホンを企んでいるというもっぱらの風聞ですから、供もつれず那古野城に参るのは、殺されに参るようなものではないでしょうか」

「左様なものだな。オレとキサマが殺されると、ほかに邪魔者はいなくなるから、二人が殺されに参ったら、大そう便利でよろしかろう。ムダな手間をはぶくようにしてやるのもホドコシというものだ。ベソをかきそうな顔をすると、オレが先に斬ってしまうぞ」

3

信長と喜蔵が供もつれずに遊びにきたから、那古野城内の者はおどろかぬ者がない。信長はそれを眺めながら、

「別にシサイはない。ただ遊びに参ったと佐渡につたえよ。物心ついたときから去年まで住んでいた城だから、なつかしいな。佐渡は工面がよろしいらしいな。オレが住んでいたころから見ると、大そう立派になった」

なつかしそうに、勝手に城内を見て回っている。

佐渡は信長来訪の知らせをうけると、その真意をはかりかねて、大いに迷った。誰だって迷うのが当り前だが、弟の美作も兄と顔見合せて一思案ののち、

「信長の心なぞは深く考えてみない方がよろしいですよ。これぞ天の与え、信長の運の尽き。要するに、結果としては、それだけの事実が残るだけですね。信長に詰腹《つめばら》をきらせる絶好の機会ですよ」

「バカな。ここで詰腹をきらせては、オレが主殺しの悪名を一手に引きうけることになってしまう。今まで柴田と寄々談じ合って事穏かに運ぶ算段に腐心いたしているのは何よりもその悪名をさけたいからだ。しかるに悪名をオレが一手に引きうけては、他人を喜ばせるだけじゃないか」

「悪名をきるとは限りません。信長は覚悟をきめて自ら切腹するために那古野へ参ったということにしてしまえばよろしいでしょう。むしろ今後の主導権を握ることができるじゃありませんか」

「隠すより現るるはなしで、秘密は自然に現れるよ。キサマとオレの二人だけで信長に詰腹

をきらせることができるなら話は別だが、あの荒《あば》れん坊を取り押えるには百人で取りかこんでも二十人ぐらいの手負いは生れると見なければなるまい。それで覚悟の切腹などとごまかせるものか」

「ですが、この機会は二度と参りませんぜ。たった二十人の手負いで荒れん坊を片づけるなんて、ウソのような機会ですよ。あなたと柴田がいかに額をあつめて知恵をしぼっても、事穏かに信長を引退させることができる筈はありませんよ」

「それでも構わん。いま殺さなくとも、信長を殺すことはいつでもできる。信長がいかにあがいても逃れようのないことは明白だから、いま殺して悪名を一手にきるのはコンリンザイ御免こうむるよ。第一、寝ザメがよろしくない。小さい時からオレが育てた信長だから、信長をしりぞけるにしても殺すにしても、できるだけ他人がよけいそれを欲したという体裁にして、オレはイヤイヤながらも織田家安泰のためにそれに同じたことにしたいね。年のせいか、寝ザメの悪いことは私はイヤだよ」

虫のよいことを考えている。

しかし、美作も屈した。再び機会がないと思えば屈する美作ではないけれども、実際兄の云うように、もうこうなれば信長の運命は定まっている。逃れる術《すべ》がないのである。いまの機会を失っても、ジダンダふんで歯ぎしりしなければならないような状態ではなかったのである。

「そうですか。それじゃア、あなたの勝手にしなさい。もっとも、このまま見逃すんじゃ私の寝ザメがわるいから、私は信長に会いたくありませんね」

「オイ、よせよ。まさか、信長はオレを殺しに来たわけじゃアあるまいな。なにしろ、バカのことだから」

うっかり刺しちがえられても大変だから、大勢の家来をつれて信長と対面した。

4

「腹がへったな。茶づけが食べたい」

信長は佐渡に茶づけを所望した。佐渡は苦りきって、

「御所望ならば用意は致させますが、ただいまは午前十時半、朝食の時刻にも、昼食の時刻にも外れておりますぞ。元服前の子供でも、侍の子供には厳しいシツケがあって、食事には時刻もあれば、作法もござる。ましてあなたはもう一城一国の主人、食事の時刻が保てぬようでは、一城一国はおろか一軒の家も保たれませぬぞ」

「オレも日常の食事の時間は正しいのだが、古巣へ遊びにきたせいか、子供なみに腹がへって仕様がない。子供を叱るような三角目ダマをひっこめて、茶づけを食べさせろ」

「たって御所望ならば、差上げは致します」

「たって所望だ。茶づけの仕度ができるまで、ちと城内を見物いたそう。天守閣へ行ってみたい。オレはあすこから下界を眺めて暮すのが好きであったが、小さい時から見て育った下界の眺めはなつかしいものだな」

信長はさッさと立ち上って、苦りきっている佐渡をうながした。

佐渡はバカの心がはかりかね、渋面つくって腰を上げようとしない。信長は同席の佐渡の家来どもに目を転じ、

「侍には厳しいシツケがあって、朝晩天守閣を見まわって下界を眺めることを怠るようになると、一城一国は保たれないものだ。佐渡は痛風で腰がのびないようだな。キサマたち、佐渡に代って案内いたせ」

佐渡は渋々立って、

「拙者も参らんことはない。天主閣なぞというところは、大名がふだん参るところではござらん。よほどのバカが登るところだ」

「天主へ登って下界を眺めてから茶づけに致すと大そううまいものだ」

信長は佐渡をからかいながら、先登《せんとう》に立って歩いてる。一同はゾロゾロと後からつづく。どっちが案内人だか分らない。

小さな城でも天主へ登るには迷路のような長い階段を登らなければならない。その階段は一人が辛うじて通れるぐらいの幅しかなくて、そこへ追い上げられて、下から槍で突かれれ

ばどんな豪傑も手の施しようがなく、参ってしまう。槍を怖れて下へ降りてこなければ、ヒボシになって死ぬまでのこと。

しかし、信長は先登に立って、平気でずんずん登って行く。

信長につづいて、喜蔵も天主へたどりついた。そのあとから佐渡の家来が首をだして目を光らせる。名題《なだい》のバカが相手だから、何をするか見当がつかない。どうやら何もしないようだから、ゾロゾロつづいてあがってきた。

信長は後からつづく連中のことなど念頭にないらしく、高い窓に犬がのびあがるようにすがりついて、下界を見物している。キュウクツなカッコウでのびあがっての見物だから、タンノウするまで容易じゃない。ようやく手をはなし手のホコリを払いながら、

「オレが居たころは踏み台の用意をしておいたものだが、佐渡は七八尺の大入道を物見に使っていると見えるな」

信長は佐渡の前に立った。豪傑どもが雑然ととりかこんでいる。信長は笑いながら見まわした。そして、云った。

「どうしてオレを斬らないのだ。この窓からは逃げられない。せまい階段もキサマたちに封じられている。オレを斬るなら、今だな」

5

信長は柱を背に腰を下した。

「どうだ。キサマたちも座らないか。ホコリがつもっているが、ホコリをかぶるのも侍の商売のうちだよ。しかし、天守閣にホコリをつもらせるようでは、一国一城は保てない。佐渡はまもなく亡びるな」

ニヤニヤしながら、相手の気を悪くさせるようなことばかりいっている。本気か冗談か見当がつけかねるほどである。

緊張した一同も、なんとなく腰を下す。佐渡も渋々ホコリをはらって座ろうとすると、

「コレ、コレ。ホコリを払うな。これだけつもったホコリは払ったところで払いきれるものではない。静かに座って、座を立ってのちにハカマのホコリを払った方が気がきいているな。これからもあることだから、覚えておけ」

信長には用意も企みもなかった。成算もない。ただ一つ覚悟があるだけだ。死ぬ運命なら、死のう。

信長は佐渡が着席したのを見て云った。

「キサマと権六がしめし合せてオレにムホンを企んでいるというウワサはもはや隠れもない。よもやキサマもそれは否定は致すまい。さて、佐渡よ。オレが喜蔵とたった二人づれで、こうしてキサマの天守閣に座っているが、オレを斬るなら、今だな」

佐渡も落ちつきを取り戻していた。

ムホンの相談が天下に隠れもないことは、もとより承知の上のことだ。信長の耳に当然知れていることも承知の上。

ビクビクしなければならないようなムホンではないのだ。ビクビクしなければならないのは、こうして全ての重臣一族に見放されてしまった信長の方で、できるならばムホンの当日まで隠しておいて信長の心配を少くしてやりたいぐらいのものだ。

そういう配慮や惻隠《そくいん》の情こそあれ、信長におどかされてビクビクするような弱身の持ち合せはないはず。それを知ってか知らずにか、バカというものは怖れを知らないものだと佐渡は益々苦りきって、

「左様。ムホンと申しては語弊がござろうが、重臣一同相会し、織田家万代の計として、信長公ではとうてい家名を保つことができ申さぬから、勘十郎公をお立て致し、あなたには御引退ねがうことに寄々話がきまりかけていることは事実でござる。むろん拙者の一存もすでに定まっているが、これは尾張一国の声と申すもの、まずお二方をのぞいて、尾張一国は申すまでもなく、天下に味方はおりませんな。お耳に知れた以上は仕方がない。お気の毒ながら御引退の覚悟をかためていただかねばなりません」

「キサマも思うことが正直に云えるようになったのは何よりだ。しかし、まだ正確に言葉を発するまでには至らぬようだな。御引退、御引退、と申しているが、冥土のほかにオレの御引退の場所がないことは存じておろう。さすれば、御引退と申さずに、あなたを殺害致すか

ら覚悟をきめなさい、と申さなければならないものだ。人に知られぬこの天守に、信長というカモが喜蔵というネギをしょって来ているから、思うように致してはどうだ」

佐渡は益々苦りきって、

「そんなことは、あなたにサイソクされるまでのことはない。まア、今日はだまって帰りなさるがよい」

「なぜだ？」

信長は佐渡の鼻さきへ首をのばしてカラカラ笑った。

6

このバカは手がつけられないと佐渡は観念したらしく、

「実はな。先程あなたが参られたという知らせがあったときに、美作が拙者に申すには、これぞよき機会であるから殺害いたそうということをすすめたほどでござる。美作に致してみれば、あなたと深い交りがあるわけではござらぬから、この機会に殺してしまえば手数がはぶけてカンタンだとの考えでござろう。手数ということを申せば彼の言葉の通り、いまあなたの首をはねるのは至ってカンタンなことですよ。しかしな。拙者はあなたを手塩にかけて育てたことがあるのだから、そうカンタンに首をはねるわけにも参らん。ちゃんとワケを話した上で、こちらから首をちょうだいに参りますよ。多少の手数はやむを得ん。折よく遊びに来たからというので、ついでに首をはねるのは気がすすまないのですよ。それで、今日は首をちょうだい致しません」

「ちゃんとワケを話したから、今は首をはねてもよさそうだな」

「だから、あなたは人にバカだといわれるのですよ。イノチは一ツしかないのだから、一時間でも長持できるなら、長持ちさせた方が利口というものだ。本日は殺しませんといってるのにサイソクするのは、勇気がある者の所業ではない。それこそバカの所業というものでござるよ」

「いつ殺すのだ?」

「いつということは申されません。重臣一同相談の上のことですから、いずれ相談がきまった上で御挨拶いたしましょうが、こうして私の一存は申上げてしまったのですから、私があなたの敵だということだけは、明日さッそく天下に明かに致しておきましょう。そして一同と相談の上、いずれ戦場でお目にかかると致しましょう。本日は早々御退去された方がよろしゅうござる」

「そうは参らん。これから約束の茶づけを食べて帰ることに致そう。そろそろ茶づけの仕度もできたであろう。おかげで首がつながり、茶づけを食べることもできて、大そうありがたい」

信長は再び先登に立ってクッタクもなげに下へ降り、とうとう茶づけを出させて、舌つづみをうちながら、しこたま食った。

「たいそうゴチソウに相なった」

信長は満腹して立ち上って、ハカマの前後やお尻のあたりを両手で一生ケンメイにバタバタと払って、

「ホコリというものは、こうして最後に立った時にバタバタとやるものだな。それまではそッとしておく方が、一とまとめに、きれいにとれるものだ」

那古野城のホコリを一とまとめにみんな落して、喜蔵と馬を並べて立ち去った。

苦りきっている佐渡のところへ美作がやってきて、

「話をききましたが、せっかくサイソクされながら帰すとはバカバカしい。茶づけのセンベツとは首斬りにあつらえ向きではありませんか」

「よけいなことを云うな。あのバカをひねりつぶすのは、いつでも、できる」

佐渡はその翌日になると、約束の通り信長のところへ正式の使者をやって、自分はもう貴公を主人とは思わないということを天下に明かにした。

7

喜蔵は兄信長にしたがって那古野城の天守閣に登り、足すくみ魂の消えかかる思いをしたが、無事虎口を脱して守山城へ戻ると、すっかり信長に心服するとともに、にわかに気が大きくなって、一パイでは体裁がわるかろうと命ガケの思いで無理にノドを通した二ハイの茶漬を二十パイも食ってきたように考えた。

喜蔵が守山城へ戻る。その翌日には林佐渡が信長へ公然たる敵の色をたて、これによって、清洲周辺の小さな城主たちもそれぞれ旗色を明かにして、みんな佐渡についてしまった。

守山城は反信長の二大張本たる那古野と末盛両城にはさまれ、清洲との道は群小の敵にさえぎられ、この敵だらけの形勢の中で信長にあくまで殉ずる愚を選ぶのはどう考えても利口な業ではない。

城代家老の角田《つのだ》新五は重臣を集めて御前会議をひらいて、

「わが君は信長公にそそのかされてお二人で那古野城へ参られたのは、信長公にはかられたようなもので、おかげで当城の立場は大そう悪くなってしまった。信長公はわが君の兄ではあるが、それはこの際問題ではない。わが君にとっては、信長公同様、勘十郎公も兄君である。また、林どの柴田どののらにとっては、信長公勘十郎公いずれも信秀公の御子息であって、要するに家来にとっては主人としていずれを選ぶかの問題であるし、わが君はじめ御兄弟にとっては、兄として氏の長者としていずれを選ぶかの問題です。失礼ながらわが君はまだ若年であるから、うまうまと信長公にはかられて、おだてられていらっしゃるが、天下の形勢を見れば、信長公の味方なぞは、この近所はおろか、清洲の近所にだって、殆んど見かけることはできやしない。大勢が勘十郎公につくとすれば、それが公論というもので、公論同時に正論でもある。わが君が信長公におだてられてお二人で那古野城へ参られたインネンなぞはサラリと水に流して、勘十郎公につき、末盛、那古野と協同する方がよろしいと思うが、いかがであろうか」

御前会議というものは、重臣たちが論議をつくし、君公が結論を与えるのが自然の筋道であるが、安房守喜蔵はすっかり大人物を気どり、群臣をなめきっているから、臣下の論議などはよけいな回り道と考えている。

彼は角田新五を軽くたしなめて、

「英雄は独り往くと古来から言われているが、その静かな実相がお前ら群小の目には解せられないのだな。英雄の英気の発するところ、数をたのむ群小どもはただ圧倒せられて相撲にならない。お前らは烏合《うごう》の衆の陰で発するカケ声におどってはならない。オレと信長公は那古野城の天守閣へわざと佐渡とその腹心の家来どもを誘いあげて、ここならば逃げも隠れもできないからお前らの思うようにしてみるがよいとホコリの上に静かに坐ってみせたものだが、我々は平静であるから、うずたかいホコリがすこしも乱れない。しかるに彼らがうごくとホコリが舞う。英雄と凡俗の差がまざまざと現れてこれが彼らの目にも明かであったから、兄上が、コレそのようにホコリをたてるなと云われると彼らが思わず雷にうたれたようにすくんでしまったものだ」

「それから茶漬けを二十パイ召上られた話はもう何度もうかがっております」

「左様。それから一時にまとめてそれまでのホコリを払って悠々と帰って参った。信長公とオレが手を組めば、天下に怖れる者はない」

8

角田新五は余りのバカらしさに、思わず色をなして、

「林どのが信長公を帰し参らせたのは、幼少から手塩にかけて育てた信長公を斬るに忍びなかったためと天下周知の事実です。また、いつでも詰腹をきらせることができる故、いったん帰し参らせたにすぎません。悠々と茶漬けを食べたのは結構ですが、バカの胆力というものは物の役には立つものではござらん。せいぜい敵前で茶漬けをかッこむぐらいが関の山でござろう」

理を説かれて喜蔵が語につまっていると、喜蔵の膝もとに控えていた若衆坂井孫平次がハッタと角田新五を睨《にら》まえて、

「角田どのは天下の大勢を公論と仰せられるが、めいめいにはそれぞれの義理がある筈、当城が今日あるのは信長公のおかげで、孫十郎公が喜六郎を斬って逐電のみぎり、すんでに勘十郎公が当城を攻め落すところを、信長公のとりなしで新しくわが君を迎えて角田どのはじめ我々一同も城とともに討死のところを免れ申した。我々の命はひとえに信長公とわが君の与え給うたものでござるぞ。角田どのは孫十郎公以来の御城代でござるが、当城に禄を食《は》んで再生の恩を知らぬ輩《やから》は、とっとと城を去られるがよかろう」

角田新五は城代家老で年輩の長者であるが、これをハッタと睨んできめつけた孫平次は主人の安房守喜蔵よりもモッと若くて、ようやく十六七の少年。

孫平次は二番家老坂井喜左衛門の倅《せがれ》であるが、喜蔵の小姓にとりたてられ、特に寵愛《ちょうあい》されて若衆となり、昼も夜も、寝食を共にして離れない仲である。

喜蔵はありふれた小才子であるが、孫平次はミメ美しいばかりでなく目から鼻へぬける利巧者。はじめのうちは父喜左衛門に意見をうかがって政治向きの進言をしていたが、まもなく一存で進言し、喜蔵はこの進言を入れて、二十前の大名が十六七の子供を一番家老にして、大人に相談なく政治をやろうとする。

うっかりすると知らぬ間に何をやられるか分らないから、角田新五は要心を怠らぬようにしているが、こうして要心して御前会議をひらいても、孫平次という小倅の理屈の達者なこと、角田新五はあおられてしまう始末である。

喜六郎殿殺害事件の折に、守山城があわや勘十郎に攻め亡ぼされようとしたのも事実なら、それを信長のはからいで今日こうなっているのも事実であるから、この事実をとって十六七の小倅にきめつけられると、新五は何も言えなくなった。一座の重臣たちも、孫平次の説くところなんとなく先が危いながらも重々もっともなりとみんな小倅の理屈にあおられている。

相手が小倅でありながらこの有様ではもはや理屈では打開の策がないと角田新五は考えた。他の重臣一同にしたところで、どうも口先の理屈では十六七の小僧にまんまとあおられて尤《もっと》も千万也《なり》と頭を下げてしまうが、その理屈だけが正しいとは考えていない。小僧の理屈にあおられてウロウロしているうちに、巻き添えをくらって信長と心中するバカを見なければならない。そうなっては大変だと内々一同も怖れをなしている。

そこで角田新五は、理屈ぬきの最後の策、大ダンビラを振り払わなければならないと決意した。小僧の理窟にあおられて大ダンビラとは、シラガ頭に申訳がないが、とかく小僧にあおられがちなのは当節だけとは限らないらしい。

9

ちょうど初夏の候で、長雨が降りつづき、守山城の城壁の土がくずれそうになった。角田新五のところへ吹き降りの最中に注進が来たから、出てみると、このまま雨が降りつづくと数間の土が崩れ落ちるところまできている。

新五はなんとかして自分の手兵を城内へ引き入れてクーデタを起したいとの考えであるが、守山城は名城で、また表面的には小僧政治の威令が行き届いているから、城門からも城壁からも自分の手兵をひき入れる手段が見つからない。

ちょうどそこへ、吹き降りの最中に城壁の一角が崩れそうだとの注進であった。

まだそれを発見した数名の者だけが、新五をかこんで、雨の中に立ってるにすぎない。そこで新五は発見者たちに向って、

「これは城内の者にもあまり表向きにしない方がよろしいな。とかく四隣の形勢不穏の折であるから皆の気づかぬうちに修理いたすことにしよう」

数名に口止めしておいて、自分の腹心の人夫をだして、ひそかに城壁を天災の如くに崩させてしまった。

「大変だぞ。雨で塀が崩れたぞ」

というので、ひとまず応急の処置をほどこす。応急の処置は土の崩れどめに主点があって、まだ城壁修理の段階とまでは行かない。

こうしておいて、新五はひそかに自分の兵隊をここから城内へひきいれた。

本丸に乱入して喜蔵と孫平次を取って押え、城内の者や城外の重臣たちに使者をだして、

「我々は本来孫十郎公の家来であって、孫十郎公は目下浪々中であるが決して死亡されているわけではない。いわば留守を預る身である。しかるに、喜蔵と孫平次の小僧政治は当城の存立を危くし、このままでは同族を敵として滅亡するのみの窮地へきている。よって城代家老たるの責任によって火急の処置を施したが、これひとえに当城安泰のためで、貴公らと争うためではなく、ともに手をとって身を守るためである。こいねがわくは協力して当城を守っていただきたい。まず火急崩れた城壁の修理に当って下さればありがたい」

一同も小僧政治に内々不満であったから、誰も新五の処置を難ずる者がない。

「それ。一時も早く城壁を修理して備えを立てろ」

と、各自の手兵をひきつれて登城して、城壁修理に全力をつくす。新五は城壁を崩して兵をひき入れてクーデタを行い、人々の気持を城壁の修理に向けてそらし、うまく崩れた塀を利用して、事を成しとげてしまった。

喜蔵と孫平次は取り押えられて、その場で詰腹きらせられたが、喜蔵がとりみだしたのにひきかえて、孫平次は案外にも落ちつき払ったもの、

「小僧のくせに政治に口を入れて城を危くする不届者、天に代って成敗いたす」

こう罪状を申し渡すと、孫平次はオーヨーにうなずいて、

「年寄りどもはとかく能を失って陰謀に生きがちなのは古来からの習い、それにひきかえて、青年は理につき義について公道を行う。能の足りない角田新五がこの事あるは考えぬでもな

かったが、貴人は下根の者どもの醜い心をおもんぱかることをイサギヨシとしないものだ」

尚も甚だ大きなことをいいそうで、それが一々モットモ千万のようでもあるから、新五は自分の刀をぬいて、急いで孫平次の胸を突き刺した。

最悪の時

1

稲の稔りも定まって、あとはトリイレを待つばかり。農民にとっては豊作不作にかかわらず、やれやれと半年の腰をのばす一時期であるが、これで領主の割当が軽くすんでくれれば肩の重荷も下りようというものだ。

ところがその米に一家中の生計を託している領主の方も、稔りが定まるまで気が気じゃないのは同じことで、検地や割当が終って後はトリイレを待つばかりとなれば、農民同様一息つくのである。

さて末盛城の勘十郎は領地が山寄りの処へ、近頃では非常に兵力が強大となり、柴田権六はじめ臣下にもそれぞれ次第に精兵の属する者が多くなって、経済がおもわしくない状態になってきた。

林美作はこれを見てとったから、佐渡に進言して、

「そろそろ、信長の息の根を止めた方がよろしいようですな。信長が勘十郎と争って自滅するのが何よりですが、今がその時期です。勘十郎は今までの領地から上るものだけでは、家中の賄《まかない》がつかなくなって新しい土地を欲しがっておりますが、信長の領地で末盛に寄った篠木三郷は稔りの好いところで、今年は特に豊作だそうです。この地を勘十郎の自由にして宜しいということを兄上はじめ主だった者が同意を与えれば、差迫った料米不足に悩んでいる勘十郎は天の与えと直ちに田の作物を横領に出掛けることでしょう。一方信長も今年は不作で困っているところですから、これを取られてはたまらない。どうしても戦争になりますよ。地の利からいっても、信長に勝味はありません。われわれが側面から衝《つ》けば、ますます一たまりもありませんよ」

林佐渡はなるべく自分が直接手を下さずに信長を自滅させたいと考えていた。自滅といっても自然消滅するはずはないが、自ら兵を起して倒れてしまうようなのが都合がよい。

目下家中の主だったものの多くは佐渡についているけども、ともかく信長は主人であるから、主人殺しという名はあとになって禍《わざわい》となりかねないものである。世論はそういう浮動性の強いもので、今は自然の勢いが信長と離れて佐渡についているから、信長を倒しても直ちに主殺しと言われないかもしれないが、後日情勢が変化すると、昔の主殺しが生き返って禍

するようになる。

何とかして後日に至っても禍にならないようにと佐渡は石橋をたたいて渡ることばかり考えている。それというのは、信長が倒れたつぎに勘十郎も倒れてしまえば尾張が自然に自分の手中におさまることは確実だからで、野武士や闇屋が家をおこすように無理無体の荒稼ぎをしなくとも穏便の策で間に合いそうな立場にあったからである。

美濃の義龍と義兄弟の三郎五郎を唆かし、義龍をうごかして信長を攻め亡ぼす手もある。しかし、こうなると美濃の手が尾張に伸びてしまう。

勘十郎と信長を戦わせるのも結構だが、勘十郎やとくにその一番家老柴田権六の勢力ののびるのが何より佐渡は心配だった。

家中の人々は、信長と勘十郎を比較して考え、佐渡と権六を並べて考えるからで、佐渡の実質上の敵手は権六だ。

「信長と勘十郎の土地争いが元で信長が亡びてしまうと、信長のものはそっくり勘十郎に移ってしまうじゃないか」

佐渡の顔色は冴えない。

2

「兄上のようなことを云っていたら何もできませんよ。万事好都合に一度に片づく機会なんて、永久にあるものではありません。勘十郎と権六のことは信長が片づいてから考えることです。今は信長を倒すのが目標だということを忘れてはいけません」

佐渡の顔色はその言葉では晴れなかった。彼はむしろ苦りきって、

「まア、お前はあまり多くのことを言うな。オレはお前の言葉をきいていると、こざかしい知恵が鼻について、自然お前がイヤになるよ。お前はそのようにして味方を一人ずつ片づけて、最後にお前ひとり残るつもりであろうが、お前の知恵ぐらいは、オレにも分るし、人にも分っていることを忘れるな」

「疑り深いことですね。それは病的な妄想ですよ」

「よけいな言葉を使うな。お前、権六はじめ、近所の重立った城主を集めよ。勘十郎公の領地のことで相談があると申してな」

「それでは、私の申上げたことを実行なさるのですね」

「実行はするが、オレの思うように実行する。お前はもう使い走りだけして、あとはオレのなすままにまかせよ」

そこで重立った者が参集した。

佐渡は信長滅亡後、勘十郎と権六の勢力がそれにとって代ってはアブハチとらずという不安に憑かれているから、他の重臣の居ならぶ席で権六に釘をさしておきたいのが何よりの狙いであった。

「勘十郎公も次第に世帯が大きくなって今までの御領地だけでは不足がちのところへ、本年の不作ではさぞお困りと察せられる。ついては、篠木三郷が本年は特に豊作で、ここは信長公の御領地ではあるが、末盛の領地に近いところだから、本年はここの作物を借用いたすがよろしかろう。ここを勘十郎公の永代領地と致すかどうかは、信長公とも相談の上でやがて自分がとりきめるが、本年の不足分は一時的にここで間に合わすことを自分の一存で差許す」

もともと佐渡は織田家を差配する総番頭であったから、こういう命令を出しても通る実力はあったが、すでに彼は信長の臣下でないということを公式に宣言している上に、当日参集した重臣たちは、佐渡の宣言を機会に信長の傘下を去って佐渡についた連中が主であるから、佐渡の申渡しは領主の鶴の一声のような重みもあった。

佐渡の考えでは、勘十郎、権六に篠木三郷の押領を許すについても、自分の支配下の小名に料米の処置を差許すのと同じような規格でやりたいということだった。

もとよりその含みが分らぬ権六ではない。

「ヤ。それは千万かたじけない。皆さん方にも御異存はないな？」

まず同座の人々に異存なきことを確めておいて、

「それではお言葉に甘えて、さっそく篠木三郷の田畑を押えると致そう。この地を勘十郎公永代の領地と致すか否かについては、佐渡どののお手をわずらわすまでもない。信長公と勘十郎公御兄弟で将来円満に御了解が成立いたすものと拝察いたす。すでに御兄弟いずれも御成人であるから、余人がクチバシを入れることはない。佐渡殿いかがでござる」

大目玉をむいて、佐渡と弟の美作を睨みつけた。

3

美作は兄の代りに権六に答えた。

「柴田殿の言葉は平地に波瀾《はらん》を起すようなキライがありますね。勘十郎公の御手もとが不足がちでお困りであろうとの兄の配慮ですから、貴公はこれを素直に受けられたらよろしかろうと思う」

「左様。甚だ素直にお受け致しておる。ただ将来ここを勘十郎公永代の領地に致すについては佐渡どのが配慮いたされるまでもないと申しただけだ。御兄弟で談合いたされるであろうから、余人の配慮はいり申さぬ」

そういうわけなら一時的に押領するにも兄弟談合でやればよい。そッちの方だけ佐渡の意志を素直にお受け致すというのは、権六いたって虫が良すぎるというものだ。

けれども、権六にしてみれば、理屈の問題ではなかった。料米不足になやんでいるのは差しせまった問題でノドから手がでるほど米が欲しい。また一方に、林兄弟をのさばらせてその下風に立つのは我慢がならないのだから、理屈で両立しなくとも、気持の上ではギリギリで文句ぬきだ。

美作も相手が悪いと見たから、

「御心底は了解いたしたが、兄佐渡はじめ同席の人々はいずれも信長公と君臣の礼を断っているのだから、それを含みおかれよ。またもし御兄弟不和に相なるような折には、当方より兵をだして充分に応援いたすから、心おきなく篠木三郷へ兵をだして作物を押えられるがよろしかろう」

こう話しがついたから、権六は大喜びである。彼はなんとかして勘十郎を信長に代って尾張の領主にしたいと思っているけれども、できるだけ穏便に、自然の勢でそうさせたいと腐心している。それには人々の了解のもとに領地をジリジリひろげることが何より穏便なことなのだから、これが嬉しくない筈はない。

さっそく篠木三郷に砦をかまえて、兵力で押えようと計画にかかった。

ところが、勘十郎の二番三番家老の佐久間大学、佐久間右衛門は信長についていたから、この計画は信長の耳へ筒ぬけとなった。

信長はかねてこの日の到来をわが運命の日と覚悟をきめて待っていたのだ。

離合集散は世の習いであるが、そう心やすく行かないものは最愛の味方が敵となって戦う時で、このときは再び合するということは考えられない。

信長のようにカニの手足が一本ずつもがれるように味方を失い、また味方に裏切られてきた者にとっては、裏切るべきもの全てに裏切られ、キレイさっぱり孤立して最後の運命を試みたいと思い至るのは自然の情だ。

敵か味方か判然しない兄弟なぞは何より不快な存在で、モヤモヤ不明瞭な姿をつづけるよりはハッキリ敵の姿を見せてくれる方がむしろ好ましい。

ついに勘十郎がハッキリと敵の色をたて、兵をうごかして敵対するということは、信長にとっては最悪の時であるけれども、もはやこれ以上失う物のない時でもある。重臣たちも叔父も兄も弟も一切合切敵になって、もはや余す物がない。

これ以上悪くなることがないというのは、人に平静をもたらしてくれる。そのまま乞食になることも、死ぬこともできる。また、立ち上ることも出来る。その最後の崖に立つことを、信長はむしろ待っていた。

4

信長は佐久間大学をよんだ。

大学は篠木三郷に近いところに領地をもって住んでいる。子供の時から領内の諸方隈《くま》なく遊び場にして暴れ放題に暴れまわった信長には、地形がありありと目に見えた。信長は大学に図を示して、

「権六が兵をだして篠木三郷を押えぬ先に、その方は明朝未明から於多井川を越え、名塚に砦をつくれ。権六が攻めてくるであろうから、その時まで昼も、夜も、雨にも風にも休みなく砦の工事をいそげ」

「その砦に御出陣あそばすのですか」

「その砦に権六や佐渡をひきつけて、その方が戦うのだ。敵が砦を攻めはじめるとオレが出陣する。そして、オレが出陣するまで、砦にこもって戦いぬくのだ。夜を日についで工を急ぎさえすれば、オレが名塚へ駈けつけるまで持ちこたえるだけの砦をつくることができよう。しかし、権六もすでにムホンの心をかためて攻勢にでる用意にかかっているほどだから、その方が砦をかまえているときけば、出撃も早かろう。翌日には出撃いたすであろうから夜間といえども寸刻の休みもなく普請を急ぐのだ」

「出撃してはいけませんか」

「オレが出陣するまでは、一歩も動かず敵を砦にひきつけて守っておれ。全滅するまで砦をはなれるな。オレが出陣して戦いがはじまってからは、思うところへ出撃いたすがよい。オ

レが出陣して後はどこで戦争になるか分らないが、キサマもその場次第、いざ出撃の時は思うようにかかるがよい」

「かしこまりました」

「砦の普請が大切であることを忘れるな。敵が攻めてくるまでの時間は少く、また時間は待たないものだ。普請にかけた時間が、何倍もの敵を防ぎとめる時間になるのだ」

「わかりました」

「いそげ」

そこで佐久間大学は深夜に兵をひきつれて於多井川を越え、名塚に砦の普請にかかった。それが八月二十二日である。

大学は信長の厳命通り、夜も休まず工をつづけていると、翌《あく》る二十三日は未明から豪雨となり、昼には川の水が増して、河原は濁流さかまき低地は出水するほどの増水となった。けれども、大学は信長の厳命を忘れない。彼は豪雨にうたれながら益々普請をいそがせつつ、濁流さかまく河原を見下して、寝不足の頭に、高い感動がわきこもるのであった。

「まるで信長公はこの豪雨を知っておられたようだ。否。偉大な武将というものは、常に万全の心構えがあるのだな。否々。天がその心構えに感応するのかも知れない」

夜になって雨はやんだが、大学は益々工をいそがせた。

翌れば弘治二年八月二十四日。信長が最後の崖に立った運命の日は、前日の豪雨を忘れたように、うららかな朝をむかえたのである。時に信長は二十三歳。

柴田権六は夜明けと共に出陣の用意を完了していた。昨夜、明朝出陣の使者を林佐渡につかわすと佐渡からは折返し、同じく応援に出陣のむね返事があった。

「普請のできないうちに一つぶし。者ども、いそげ」

まさかに、夜も、雨の日も、休みなく普請がすすんでいるとは、権六は知らなかった。

5

権六と佐渡が末盛と那古野からそれぞれ出撃したとの知らせは信長にとどいた。

信長はその年の四月二十日に舅の道三を失って以来、堀田道空はじめ道三の有能な部下の一部を院外団格に従属せしめることができた。しかし、それらの多くも戦勝した義龍からのひそかな誘いに応じて、再び美濃の主人につくもの、また去就に迷う者もあり、信長が力とたのむことができる者は甚しく少なかった。

なんと云っても、世間では義龍の声価は大いに高く、それにひきかえて、信長の声価は大いに低い。そして、一族重臣すべて背き去りつつある信長であるから、道三のツナガリがあるとはいえ、信長を選ばず、義龍につくのが自然だ。義龍は昨日戦った敵ではあるが、美濃の正統な主人でもあり、そこに復帰することは戦国の道義においてもソシリをまねくことではなかった。むしろ一応の義理にひきずられて大タワケにズルズルベッタリ従属する方が世間の笑い者になろうというものだ。

信長は誰の助けも頼むつもりがなかった。

溺れる者はワラもつかむという。しかし、ワラをつかんだところで、どうなりもしない。人が最後の崖に立ったとき、他に助けを求め、奇蹟を求める時は、必ず滅びる時である。自分の全てをつくすことだけが奇蹟をも生みうるのだ。もしもそれを奇蹟とよびうるならば。

信長のようにケンカ早くて、少年期にそれに身を入れた人間は、ケンカの原理で人生の原理をも会得しうるのであった。ケンカには腕力のほかにあらゆる奇策、あらゆるずるさが必要だ。しかし、ギリギリの時には奇策もずるさも有り得ない。奇策やずるさは平時の用意であって、いざ決戦の場に於ては平時の訓練を全的に投入する以外に奇策も奇蹟も待望し得ないのである。もしも待望する人は、それを待望するという至らなさによって敗れるだけのことである。

溺れてワラをつかむ人は助からない。息の絶ゆるまで、手足の動く限り、陸に向って泳ぐことに投入することだけが助かる道だ。陸に人の姿を認めて救援をもとめる努力をするだけでも身を亡す原因になるだけだ。ギリギリの場は、いつもそういうものである。

天下の大バカ少年とうたわれて生長した信長は、そのために自らを最後の崖に立たせるハメにおとしいれた代り、それに正しく対処する方法をも身につけた。

否、そればかりではなかった。その崖をキッカケに新しい人生をひらく諸々の要素をも身につけていたと云えるかも知れない。つまり彼の過去に於ける諸々の偶然が、あたかも今日を予期して行った注意深い捨て石であったように生き返ってくる。そして過去の偶然を必然のもののように生き返らせる力は、それを才能というのかも知れない。

野荒しにうちこんだ放埒《ほうらつ》の果てが、いま目ざましい実力となって生き返っていた。信長はこれから出陣して最後の運命を決する戦争の場所を手にとるように目に描くことができるのだ。藪の中の窪地《くぼち》も、松の木の枝ぶりすらも目に描くことができる。

死のうは一定《いちじょう》。思いのこしなく、戦ってやるぞ。信長は武者ぶるいする。そして、太々《ふてぶて》しく、笑う。

「出陣の用意！」

リンリンと叫んだ。二十四日、午前六時。

6

信長は悠々と兵をすすめた。人数わずかに六百五十。たのみの旗本はこれだけだ。

しかし、信長はいささかも焦らなかった。

すでにサイコロは投じられている。佐久間大学にきずかせた名塚の砦が、信長の思うように働いているか、いないか、それはもう、どうにもならない運命だ。彼は自分の定まった進路を歩くだけのことである。

稲生の村はずれの藪の陰に兵隊をとめた。藪陰をまがって、道は南と東に通じていた。

「ここが今日のオレの陣だ。そして、どこで戦争になるか、まだ神様にも分からない」

信長はカラカラ笑った。二十四日、午前十一時であった。

一方、柴田権六は朝の八時ごろから名塚の砦を攻めにかかった。

形ばかりの普請であろうと思いのほか、意外にも、見たところ甚だ形がととのっている。たぶん、自然の地形のせいだと権六は思った。したがって、普請は見た目ほど行きとどいていないはずだ。彼は家来をかえりみて呵々大笑。

「大学という奴は、ちょッと小才がきくだけのボンクラだが、あの普請を見よ。いかにも大学らしいじゃないか。応急に山をけずり、木を倒し、また木を組んで見たところ豪勢な砦らしく築いているが、紙で塀をはりつけて人目をだましているようなもので、一押しで崩れる普請だ。よけいな策を構えることはない。正面から一押しにつぶしてしまえ」

権六は大学をなめていた。長年ともに勘十郎に仕えて親しい仲であったから、その人物も、能も、兵力も知りぬいている。小才はきくが、大したことのできる男じゃない。

権六は千余の兵をまとめて、砦の正面に勢ぞろいし、刀をぬき、槍をかまえて一時にどッとナダレの如くに押し寄せた。

権六はじめ騎馬の将兵、矢ダマをくぐって砦の下にとりついてみたが、押して崩れるような砦ではない。一足かけた馬は逆立してひっくり返り、よじのぼる者はヨチヨチつかまってるうちに上から射たれたり突き落されたりで、第一回目の総攻撃は案に相違の散々のてい。一同ダラシなく追い返されてしまった。

権六はまだ己れの軽率な見込ちがいをさとらない。ただカンカンに怒ってしまった。

そこへ林美作が、兄の名代で七百の兵をつれて応援にやってきた。

権六は那古野から応援のあることは知っていたが、儀礼的に応援をうけるというだけで、実際には何らの助力もかりる必要のないことをトクと目に見せてやるつもりだ。そして、その応援の現れる前に軽く一つぶしと、ハデな総攻撃をやったのはそのせいもあった。

ところへ、あにはからんや、散々のところへ折悪しく美作がやってきた。

権六は美作への応援お礼の挨拶にも怒りを隠しきれず、

「あまりにも大学をあなどって失敗いたした。奴めの能を知りすぎているので、どうも要心を怠りすぎたが、ナニ、軽く一ひねり致すから、ゆっくり御見物あれ」

「お言葉ですが、兄の名代で、その言いつけもござるから、御助力いたそう。拙者は背面から攻めることに致す」

「勝手にされよ」

権六はモシャクシャしながらもはや美作などには振向きもせず、二回目の総攻撃の用意にかかる。とりいそいでの軽率な用意。おくれてならじと美作もいそいで攻撃の用意にかかった。

7

二回目の総攻撃が大失敗に終ったのは云うまでもない。

権六ははじめて敵の備えの容易ならぬことをさとった。

「これは大学の智恵ではないな。よほどの覚悟と計画がなくては、短時間にこれだけの砦はつくれない。見れば砦の中は大学の手の者だけであるが、信長の本陣から軍師が来ているのかも知れぬ。ハテ、その軍師は何者かな？　だが、砦にこの備えがあるということは、敵に容易ならぬ奇襲の用意があることを語っているようなものだ。信長の大バカ小僧めを甘く見ると、一パイ食ってしまうぞ」

と、ようやく気がついた。

そこで権六は美作の方へ使者をだして、警戒の必要があるから、ウカツに砦に手をだすな。敵の背後からの奇襲に備えて、しばらく兵を休息させ、様子を見ようと言い送ったが、美作は策師ではあるが、兵法は知らない。砦の備えは容易ならぬものがあると云ったところで、わずかにまる二日間の昼夜兼行の作品にすぎない。敵の人数も多くはない。

その上、守山城からは角田新五が新に手兵をつれて加わったり、信長に恨みをもつ清洲衆の浪人などが急をきいて一人二人と馳せ参じたりして、味方は威勢がついている。

「なんだと？　柴田どのはこんな砦に手を焼いておられるとな。先ほどは大そうな大言壮語であったが、虎が猫になったのか。柴田どのに云ってくれ。ゆっくり休息して御見物あれとな。オレが一押しに押しつぶすから」

さっそく次の攻撃の用意をはじめた。

使者が戻って、これを権六に伝えたから、権六も休息して見物しているわけにはいかない。美作が独力で砦を落したとなっては、せっかく信長を倒しても、代りに林兄弟の勢威を強くするだけで終ってしまう。

「者ども、具足をつけよ。馬に水を使わせている者は早く戻れと伝えよ。攻撃用意！」

処々にちらばって、すっかりくつろいでいる者を慌てて呼び集めているうちに、もう向うでは美作の攻撃がはじまり、

「オーウ！」

「ワーッ！」

という叫びがあがり、馬の音、鉄砲の音、人馬のかきみだす絶叫がガアガアと舞いあがった。

兵より早く用意ができて馬上でイライラしていた権六は、たまりかねて、兵に七分通りの

用意のできたのを見て、

「それ！」

と出撃を発令する。

昨日の豪雨で存分に水を吸った砦の土や木材は重なる攻撃に益々滑る一方で、馬が逆立ちして横倒しとなるのを食い止めることができるのが最上の出来、大半は馬からころがり落ちて泥の中へ顔をつっこむていたらく。敵の矢ダマよりも、味方の人馬がころがり落ちてくる方が危い。おまけに、用意がマチマチで、おくればせに、ある者はカブトを忘れ、ある者は自分の槍持仲間を見失って呼び交している有様で、とうとう一戦も交えずボンヤリ立っていたのが少くない。

戦ってしくじった連中が顔も手も泥んこになって何者だか見分けがつかない様子になって戻ってくるから、自分もそッと泥を顔や手足に塗って、みんなと一しょにひきあげ、

「イヤ、どうも、すべるわ、すべるわ」

一同ぼやきながら、第三回目も失敗。

8

権六は、自分の不手際をさとった。もう意地ずくや義理で兵をうごかすべきではない。美

ならない。

作が独力で砦をとるなら、とるがよい。まず兵隊に休息を与えて、備えを立て直さなければならない。

そこで権六は泥だらけの人馬全員に河原で休息させ、顔や手足を洗わせる。昨日の濁流がまだひき残っていて今日も水カサが多いので、みんな水際でヨタヨタしながら芋を洗うように水を使っている。

こういう戦争のたびに田畑を荒し放題荒されて泣き寝入りの百姓ぐらい弱いものはないが、それだけにこれぐらい生活力のたくましいものもない。

女子供まで河原の土手へでて、権六の失敗ぶりを見物し、遠慮なく批評している。

「あのヒゲ大将、見たところ強そうだが、ダメだな。いまに織田信長が攻めてくると、いっぺんにやられてしまうな」

「信長は強いからな。信長も家来もみんな馬もうまいし、相撲も強いぞ。あんな砦は一またぎで馬で登るぞ」

「そうだ、そうだ。ヒゲの家来も大将も、みんなダメだ」

わざと近くへ寄って、きこえよがしに云う。別に信長がヒイキのわけではないが、サムライに痛めつけられているから、意地が悪いだけの話である。外国人とちがって、言葉が分るだけ始末がわるい。

「この野郎ども！」

と追っ払っても、すぐまた集ってきて、だんだんひどい悪評をほざきあう。氏も名もない者は強い。匿名批評先生のようなものだ。

そのとき幸いにも、流れの向うの方に、美作の兵隊も降りてきて、泥んこの身体を洗いだしたから、権六はじめその家来の者もほッとした。

「アハハ。奴らも、やっとる。やっとる。アハハ。裸になって、やっとるぜ。着物をセンタクしてるのが、だいぶ、いるな。アッハッハ。ウチよりも、手ひどくやられとる」

同盟軍のサンタンたる敗北ぶりに大喜びで気をよくしている。

そこへ物見の者からの第一報がとどいた。

「信長公、村はずれの藪ぎわに着陣いたされました」

という。

権六は物見の者をよんで、

「信長公の兵力は？」

「総数七百名足らず。半数以上は弓鉄砲の足軽組です」

「ほかに後続の兵力はないのか」

「まだ分りませんが、今のところ、それだけです」

そう云っているところへ、河原の土手にいる見物の百姓たちが、

「ヤ、きた、きた。信長だぞ。戦争がはじまるぞ。オーイ、五作ヤーイ、権八ヤーイ。早う、

こッちへ戻ってこいヤーイ。そこの兵隊と一しょにミナ殺しにされてしまうぞ」

穏やかならぬ叫び声。

権六は待機の足軽組に向って、

「戦闘準備いたせ。物見をだせ」

そう急がせているうちに、土手の百姓たちはワーとみんな逃げ散ってしまった。

「それ、出撃！」

と足軽組に川を渡らせ、侍組は人馬をまとめて、大急ぎで仕度のうちに、ドテをはさんでパンパン射ち合いがはじまった。

9

ドテの上まで進んで有利な地勢で敵をむかえた権六方の足軽組も、たちまちのうちに敵の矢ダマに射立てられ、後援つづかず、浮足だって逃げ腰になる。

権六はいきりたって、ようやく俄《にわ》か支度の部下をつれて、駈けつけて、

「コラッ。逃げるな。矢ダマはあるぞ。敵は低いぞ。一歩も退くな」

幸いにも、権六の方は浮足立ったところで食い止めることができたが、美作の方は散々のてい。足軽組までフンドシ一ツになってセンタク中のところをやられたからたまらない。し

かし、逃げ足が早いし、逃げさえすれば濁流の川を一ツ距てているから死傷は殆んどでないが、その代りハダカで避難という見事な図である。

矢だまの音がきこえなくなったから、権六がドテから首をだしてみると、敵は鼻唄うたいながら引きあげて行くところだ。

攻めて来たのは敵の足軽組だけで、侍の姿は見えない。その数ざっと二百ばかり。弓鉄砲をかついで、笑いながら帰って行く。そして姿が見えなくなった。

権六は歯ギシリして口惜しがったが、仕方がない。全然敵に先手をとられてしまったから、味方の出陣用意ができあがっても、どの道をとって、どう進んでよいか分らない。

「敵は近道を押え、足軽組の伏兵をふせているようだが、物見の者はまだ帰らぬか」

「ハ。どうやら敵の伏兵にやられたようです」

「広い道はあるか」

「ここから川をのぼり、西向きに行く道と、川をくだって、南田方から北向きにのぼる道と二ツあります」

「どちらが近いか」

「川をのぼって西向きに攻める道がはるかに近うございます」

そこで権六は美作と打合せ、

「拙者は川を上って西向きに攻めるから、貴公は川を下り、南田方から北向けに攻めていただこう」

「心得申した」

「では、それがし先発つかまつる」

と権六は川を上って出かけてしまった。

残された美作は、

「用意のできた者から、川の方と、砦の方の見張りを交替しろ」

裸の足軽が弓や鉄砲や槍を持ってふるえながら見張りについていたが、順次に用意のできた者と交替して、どうやら無事に出陣準備をととのえることができた。

砦の上から佐久間大学の兵隊がこれを見物しながら、

「ヤーイ。支度ができたら、もう一っぺん攻めてこい。なんべんでもセンタクさせてやるぞ」

「恐しくって――もう、かかれまいが」

と、ワーワー笑いたてて、からかう。

美作や角田新五の兵隊はくさりきってしまった。

「信長をやっつけてから、今度はキサマたちを泥の中でナマスきざみにしてやるから、待ってろ」

「アッハッハ。信長公と戦う時には後の方に油断するな。後足をひきずり倒して、三枚におろしてやるから」

美作と新五の兵隊は大学の兵隊のからから声を後にして、川をぶらぶら下りはじめた。相当遠い回り道をするのである。

10

信長は権六が上流から迂回の道をとったという知らせを得ると、美作の方はうっちゃらかして、全兵力で権六と戦う備えをたてた。全員七百に足らない兵力を二分する愚はない。敵が二手にわかれて上下別々に進んでくるのは天の与えであった。

「バカは自然にバカの道を選んでくれる」

信長はほくそえんだ。

信長は鉄砲組や弓組の者にも飛道具をすてて刀槍を握らせ、

「全員一丸となって突っこむのだ。敵が崩れたら深追いせずに集れ。まだ南からくる美作がいる。敵はすでに疲れているから、息をつがせず攻め立てよ」

伏兵も置かなければ、前進もしない。ここと定めた藪際に居陣して悠々と権六の迫るのを待っている。

権六は上流へまわって河を渡ると、もう気が気ではない。諸方に物見をだしては馬をすすめる。信長という血気のバカ者が元の場所に悠々と待っているとは思わないからだ。

ここぞと思う丘や藪の繁みにも敵の姿を見ることができない。伏兵どころか物見の者の気配すらもないから、さすがの権六も半信半疑。

「さては信長め、美作の兵力を少しと見て、そっちへ回ったらしいな。美作に功をとられては一大事」

あせる気持になった。せっかく過半の道を大事をとって進みながら、信長の居陣する近くへきてから、かえってソワソワと道を急ぎはじめたのである。

それでも一応要心して、丘について曲った道をでてくると、その向うが信長の藪だ。

先頭がアッと思ったときには、縦列をつくった信長軍がまッしぐらに突っこんでくる。

先頭は忽《たちま》ちくずれた。そして、それからはもう、あッちも、こッちも、ただ思い思いの叩き合い、斬り合いだ。

権六勢は不意をつかれて崩れかけたが、数では倍にちかい優勢だから、盛り返して押してくる。

せっかく突っこんだ信長勢が次第に押し返されてくるから、後尾で、四十人の槍組をつれて戦況を見ていた信長は、いきなり馬を躍らせて崩れかけた味方の中へとびこみ、

「押し返せ。突き戻せ。突き破れ。一歩も退くな」

近づく敵を蹴ちらし、刀をふるって敵味方を睨んで大音声。赤鬼のように、たけりたつ。怒りは全身にみなぎり、彼をつつむ四囲の空気ははりさけるばかりのすさまじさ。

敵味方は気勢にのまれてアッとひるむ間もなく、親衛の槍組四十本ムチャクチャに突ッこみ、かきまわす。

味方は勇気百倍して、

「ソレッ！　一歩も退くな。突ッこめ！」

とわれ先きにと新たにシャニムニ突進をはじめる。

権六勢はどッと崩れかける。権六は崩れる味方の真ン中に仁王立ち、

「退るな。戻せ、突ッこめ！」

これも血をあびて悪鬼の如く、荒れ叫んでいる。

その姿を認めて、わき目もふらずに馬を寄せた山田次郎左衛門。

「ヤア、権六。戦場にては初対面。この次郎左衛門の刀をくらえ」

大刀をふりあげて、駈け寄りざまに、あせりにあせって振り下す。権六は腰をひねってかわしたから、刀は流れたが、切ッ先で肩をやられた。

11

権六は猪のような荒れ武者だから、肩を斬られて血をあびると、まったくの手負い猪。怒りに目がくらみ、

「オノレ！」

と走り去る次郎左衛門を追って一太刀あびせる。馬と馬とがぶつかった。馬の方は器用だから、ぶつかるところでヒョイとそれて二匹の馬が並ぶ。あッちも、こッちも敵味方だらけの戦場だから、馬も思うように走りぬけたり、道をそれたりするわけにいかない。

一太刀あびた次郎左衛門が馬をとめてふりかえると、すぐその背中に血をあびたダルマのように目玉を光らせている権六の顔と睨み合いになった。

近すぎて、どっちも刀がふれない。

次郎左衛門が腰をひねり腕をまわして権六につかみかかる気勢を見せたとたん、

「これをくらえ」

権六は頭を沈めて次郎左衛門の胸へ猛烈な頭突きの一撃をくらわせた。次郎左衛門が馬から落ちかけると、近所にいた権六の部下が二、三人足をひきずりおろし、肩を押えつけて首をはねた。とたんに、気がつくと、味方はくずれて敵は一かたまりに三、四間のところまで突き進み、突ッこんでくる。

権六は夢中に頭突きをくれたときから、どうも自分の身体のグアイが変だ。思うように身体がうごかない。

「首の骨が折れたかな」

右手を左の肩にふれてみると、血がベットリ。そして、さかんにふきだしている。左の手が全く動かないのだ。これでは手綱もとれない。このまま戦うと馬から落ちてしまう。仕方がないから、右で手綱をとって、

「者ども、退け！」

さすが猪の権六も、涙をのんで後退を命じてしまったのである。

権六が後退して、ついてきた味方を見ると、たいがい傷を負っている。おまけにかなり人数が減っていた。

「まだ退かずに戦っている者がいるのじゃないか。敵の追ってこないのもフシギだ。見て参れ」

物見の者をだしてみると、物見は浮かない顔をして戻ってきた。

「もう誰も戦っている者はおりません。敵の姿はどこへ行ったか、見えなくなっています。一面に死んだ武者がちらばっているだけです」

権六は思わずハダ寒むさを感じて、あたりをぬすみ見た。まるでウソのようにしか思われない。

「こんなにやられたのはフシギではないか。別に不意をつかれたという程でもない。当り前に衝突して、槍を合せて戦ったはずだ。そうではないか」

「左様です。それぞれ存分に戦いました」

「信長方の討死も多かろう」

「そう思われます」

「すると寡兵の信長は美作を待たずに逃げたであろう。奴めが逃げてくれればよいが、ここまでオレが追いつめながら、奴の首を美作の手にわたしては浮かばれないな。見て参れ」

物見をだし、兵には休息を与え、それぞれ傷の手当などして、待っていると、あまり時間のかからぬうちに物見が急いで戻ってきた。

「信長公は美作殿と合戦して大勝。美作殿の首は信長公直々討ちとられました。その他角田新五殿はじめ大将の討死数知れません」

権六はギョッとして、肩の傷が千斤《きん》の石のように重くなるのを感じた。

星の誕生

1

権六は末盛城の籠城から、すでに自分たちを見放してしまったような城外の風物を眺めていた。

城外には町の姿はもうなかった。

焼け残った一本の柱すらも見ることができない。その町が燃えているときは凄かった。火の中を荒れ狂う信長の軍兵が、否、信長その人の姿がすさまじかった。その武者が信長であるということは、彼がどこを駈け抜けていても一目でわかった。彼が停止している瞬間においても、手向うものすべてを倒さずんばやまぬ怒りが発し起っているのだ。

城門を開いて打って出れば、敵を追い落すに十分な何倍もの兵力があるのに、たとえどれだけの兵力が立ち向っても、一人の信長に全てが斬り伏せられてしまうような気がしたのである。

「そんなバカなことが……」

と、権六はいらだった。肩に受けた傷のために気が弱くなったのか。

一度怖《お》じ気《け》がついたために敵が大きく見えるだけだ。と、権六は自分にいい聞かしてみたが、現実に見る信長の姿は決して小さくはならなかった。権六とちがって別に臆するものを持つはずのない雑兵たちまでが、自然に信長の姿だけを目で追っていた。

「あれが信長だ」

「こんどはあすこにいるぞ」

「まるで平地を行くように火の中を通っている」

「火が自然に道を開けるのだ」

「信長が止まれば、火も止まるようだな」

彼等は信長の姿に魅入られているようであった。

権六はそれを見て見ぬふりをして、わき上るあぶら汗に目をしばたたきながら歯を食いしばっていたのである。

信長は末盛を焼いたように、那古野も、守山も、その他の敵将の城下をも、一夜に焼き払い、魔風のように走ったという。すべての城が門を鎖《とざ》してただ茫然とそれを見送るのみであったそうだ。それらの城の幾つかは、昼の戦いで城の大将が死んでいた。そしてそのうちの幾つかは門を開いて降参したのもあったそうだ。

権六は天を仰いで嘆息する。

「図に乗って多くの敵城に火をかけまわる信長のバカ。おれが清洲に近ければ、その留守に清洲城を奪っていることができたのに」

しかし、思えばその自分も、少数の信長勢に城下を焼き払われながら、なすこともなく見送った一人ではないか。

なるほど、末盛から清洲までは遠いけれども、信長の率いていた人数は清洲の留守兵と変らぬぐらい少数であったはずだ。

「すると末盛の雑兵までが信長の姿に見とれていたように、他の城の人々も信長の姿に見とれたのだな」

権六はこう気がつくと、新たな恐れが湧き起ってくるのであった。

敗戦の翌日から、大将を失ったものや、また昨日まで敵だった大将までが、続々信長に降伏し、清洲街道は帰順する負け武者の通行で賑っているという。

「一つ、様子を見て来よう」

と、権六は心をきめた。

2

権六は肩の傷を隠すことができないので、落ち武者らしい風態でブラブラ歩いた。

しかし、自分の領内をでないうちに、もうよその形勢をしらべる必要もないようなことを見てしまった。

路上で子供たちが戦《いくさ》ごっこをしていた。

一人の子供が左右に太刀をふりながら進むと、敵は左右に草をなぐようにバタバタ倒れて、無人の野を行くようである。

最後の一人がそれを迎えて床机《しょうぎ》を立つヒマもなく、

「オノレ美作！」

と大喝一声、ただの一太刀でその一人も倒されてしまう。全てがただの一太刀だった。

権六はその大将によびかけた。

「お前が信長か」

「そうだ」

「大そう強いな」

子供は権六の肩の傷をジロジロ見て、弱い負武者の中でも特に能なしの末輩と侮った。

「お前の肩に斬りつけたのは信長の家来だろう」

「どうして分る」

「信長にやられた者は一太刀で殺されてしまうのだ」

「信長はお前のようにバタバタ敵を斬ったのか」

「そうだとも。戦争がはじまったとき、信長と美作は百間もはなれていたのだ。信長は憎い美作を探して真一文字に敵の中にとびこんだのだ。信長が左右に刀をふるたびに、信長の前に立つ者は斬られる順を待っているように殺されたのだ。一太刀も手向うことができないのだ。美作の前まで道が順々にひらいていった」

「キサマ、見ていたのか」

「誰だってそれを知らない者はない。なア」

「そうよ。信長に斬られた者はカブトもヨロイも無いもののように、一太刀で唐竹割になっていたのだ」

「なるほど。信長は強いな」

「強いとも。お前も降参に行くのだろう」

「そうだ。ハッハ」

権六は笑って子供に別れた。

しかし、多く歩かぬうちに、またも路上で同じような戦争ごッこに出会った。

信長がバッタバッタとただ一太刀で敵を斬り伏せて進む様は同じであったが、最後の一人になったとき、

「美作！　覚悟！」

すると美作は両手を合せてウロウロしながら拝むところを一刀両断にされるのである。拝みながら目を閉じて死んでしまった。

しかし、ホンモノの美作はこうだらしなく殺されたわけではなかったのである。

彼は織田家中でも豪勇で知られた黒田半平と激しく渡り合い、黒田の左腕を斬り落した。そこで斬り合いは物別れとなり、疲れた美作は床机に腰かけて休息していると、信長が真一文字に迫ってきた。それを認めて慌てて立ち上ると、信長よりも一足先に近づいたグチウ杉若という小者が、いきなり美作の腰を蹴った。美作は不意をつかれて信長の方へトントンと泳いで出るところ一突きに胸を芋ざしにされたのであった。

しかし、権六にとっては、真実は問題ではなかった。恐らく尾張のあらゆる子供が同じ様

式の戦争ごっこに興じているのであろう。これほど切実なことはない。

「オレは負けた！　否。信長は勝った！」

血を吐くような叫びを権六は発せざるを得なかったのである。

3

権六は帰城すると、ひそかに一室にこもった。そしていろいろ考えた。

結局、自分の見込み違いと結論せざるを得なかったのである。

以前から、彼はしばしば信長に従軍して、彼が天下のバカ者だという定評を訂正すべき機会に出会っていた。何かにつけて権六とは気質的に血縁の信長で、その抜群の勇略は誰よりも先に権六が理解しなければならない性質のものであった。

然るに、権六はまた下根の意地ッ張りで、ムヤミに主人ビイキでもあったから、勘十郎さまヨ、勘十郎さまヨと事あるごとにカラ念仏を唱えて眼を閉じる癖があり、ために信長のえらさを感じるよりも否定するのに急であり、多忙であったのである。

信長のえらさをハッキリ見直す最後の機会において、ついに権六はためらわなかった。

彼は侍臣を呼んで
「どこぞ寺を回ってオレのからだに合うような墨染めの衣を手に入れて来い」

「ハハア、お経を上げるあのコロモですか」

「それだ」

「ヘイ……」

そこで家来が近所の禅寺を回って大入道の着ていた黒いコロモを一着はがして持参してみると、権六はそのヒマに頭を丸めて待っていた。青々と大きな頭に諸々のキズが出来て血をふいている。

「オ、お見事、だが惜しい」

「ナンダ……」

「額に眼玉が一つ足りない、坊主よりも化け物に見られております」異様な坊主が出来上った。


さて、権六は坊主姿にいで立って、奥に参る。

末盛城には信長と勘十郎の実母がおった。人々はこのお方を「オフクロさま」と呼んでおる。昔の人は尊貴の人を敬って、なるべく実名を敬遠して用いないようにしている。実名を呼ぶのは、たとえ様づけにしても不敬だというような考え方があったものだ。そこで実名のわからない人がある。信長の母の名がその例である。


青入道に姿を変えた権六はオフクロさまの前に出た。

「大そう可愛い姿になられた」

「ハ、まことにザンキに堪えませぬ」

「オヤ、頭を丸めると寒いと見える。眼から鼻ミズが垂れるよ」

「これは涙でござる」

「それはお見それいたしました」

「このたび権六の到らざるによって兄上信長公に敵対いたし、勘十郎公はじめオフクロさま、その他家中一統に迷惑をおかけいたしまして、まことに申しわけもございません、つきましては、当家の安泰はもはや不肖権六の力では、到底及び申さぬ。あとはただオフクロさまのお取りなしにお縋りいたすばかり。ナニトゾ、信長公に詫びを入れて勘十郎さまをお助けしていただきとうございます」

「それへ気がつかれて私は満足です。今度だけは私からお取りなしいたしますが、再びこのようなことのないように」

「権六もつくづく眼が覚めました。これからは勘十郎公をモリ出すとともに、信長公に犬馬の労をつくし、ヒタスラに織田家の隆盛に粉骨砕身いたす所存です」

「ではサッソク信長公にお詫びの使者を出させましょう」

　そこでオフクロさまが乗り出すことになった。

4

オフクロ様はまず清洲へ個人的な使いを出して、自分が一存でお願い致したいことがあるが然るべきものを差し向けて下さらないかと頼んだ。

そこで清洲から村井長門、島田所之助の両名がオフクロ様の御用を伺いに末盛城へやって来た。

オフクロ様は権六の心底をつたえ、なにとぞ信長公にとりなしてほしいと頼んだ。長門と所之助はギョッと目を見合わせて、

「あの権六が坊主になりましたか」

「ハイ。それればかりではありません。涙というものを、間違いなく眼からこぼしていました」

いくら権六でも耳から涙はこぼさない。両名も驚いて、立ち帰って、逐一信長に報告した。

信長は憎い敵は戦場であくまで追い詰めて殺しはしたが、戦場以外では殺したことがない。敵といえば四囲の全てが敵ではないか。一々殺していたらキリがない。美作のように不倶戴天ともいうべき敵はあくまで追いつめて一か八かを決しもしよう。そのほかの敵はただ成行きによってそうなっただけだ。

何よりも、まず信長は希望に生きる青年だった。青年の心は、きびしくもあるが、また、広い。信長の心は、一時の成行きによる敵を永遠の敵のごとくに憎むほど偏狭ではなかった

のである。

むしろ荒武者の権六には、ひそかに権六がそうであるように、信長もまた愛情を持っていた。権六が勘十郎を代表して彼に従軍した戦場では常に異心も邪念もない戦さ一筋の荒武者であった。

権六が勘十郎一辺倒なのは、勘十郎を愛するよりも、むしろ権六自身を愛しているセイなのだ。彼が信長を認めたくないのは、彼と同格にあたる信長の従臣たちを認めたくないのだ。その下風につきたくないからなのである。信長は権六の気質を理解していた。

権六が頭を丸めたのは、完全なる敗北の自認以外に邪念がないということを信長は理解した。信長は長門と所之助の復命を聞くと、うなずいて、

「オフクロ様のおとりなしであるから今回は許してつかわす。権六の青い頭も見たいから、毛の生えないうちに出頭いたせと伝えよ」

「ありがたき幸せにござります」

「勘十郎ならびに佐々蔵人も出頭して詫びを申せといってやれ」

「ハ」

信長のことばが末盛城へ伝えられたから、生きた心持もなかった勘十郎は思わず大きな溜息をもらして安心したが、驚いたのは佐々蔵人であった。

勘十郎と権六は総大将だから出頭を命ぜられるのが当り前だが、佐々蔵人はそれまでは主

として陰の人物で、表立って信長の敵となったことはない。もっとも、裏では信長はじめ権六まで敵と見て、別口の陰謀は企んでいたが、さてはそれが悟られたかと蒼くなった。

もっとも、ただ蒼ざめて、テンドウしてしまうような気の小さな奴ではない。

「信長のお名ざしとは恐れ入ったが、まさかオレだけ殺しはすまい。これを機会に顔を売って、権六に代る勢力を占めてやろう。むしろ、よい機会だ」

と考えた。

5

佐々蔵人は手を回して権六と同じように墨染の衣を二ツ手に入れて、勘十郎に拝謁して、

「明日はいよいよ清洲へ参る当日ですが、なにとぞこれをお召し遊ばして、頭をまるめられるように」

「頭をまるめて何と致す」

「ホレ、拙者の頭をごらんなさい」

蔵人は手を頭へやって自分のマゲをひっぱると、マゲがとれて、青々とツヤのよいデコボコ頭が現れた。

「キサマ、坊主になったのか」

「人間の頭というものはマゲを落してみると唐ナスと同じぐらいデコボコのものでござる。デコボコを隠すために毛が生えているのかも知れませんな。権六が坊主になって墨染の衣を着ているそうですから、拙者らもそれに負けてはいられません。ナニ、一時坊主になるぐらい、なんでもありませんよ。しかし、決して権六のマネをして坊主になったなぞと仰有ってはいけませんよ。出家遁世して異心なきことを表明いたしますといってサンザン涙を流しなさい。権六が坊主になっても大したことはありませんが、あなたや私のような色男が坊主になったといえば、第一世間の人が同情して、ほッておきません。立派なことだ、気の毒なことだ、いじらしいことだ、といって大そう同情してくれます。さすれば信長だって、むごいことはできますまい」

「なるほど、よいところへ気がついた。しからば、オレも坊主になろう」

「これで衣を着れば案外ひきたつかも知れません」

「負けるが勝というように、つまずいた時は負けたようなフリをするのも兵法のうちだ。この心はあのバカ兄には分るまい」

「そうですとも。しかし、さとられてはいけませんから、せいぜい工夫してドッと泣きくれるような深刻な気持でいなければいけませんよ」

蔵人は世間知らずの勘十郎をおだてながら坊主頭にしてしまった。

「さ、これで形ができましたが、敵は信長一人でなく、権六も、オフクロ様も敵のうちと心得て、この城内を出かける前からしおらしい坊主の心にならなければいけませんよ」

「それは心得てる」

「アハハ。案外、あなたの坊主ッぷりを見て、腰元どもが気を入れかえるかも知れませんや」

佐々蔵人は図太い奴。誰も知らないうちに主従二人坊主になって、翌日はちゃんと墨染の衣をまとうて、何食わぬ顔で現れて、

「ヤヤ、わが君には、いつから坊主になられたか」

自分が坊主にしておいて、そんなことをいっている。

「ヤ、これはフシギ。柴田どのも坊主になられたか。どうも、フシギなもの。虫の知らせと申すのか、人間は同じ時には同じような心を持つものでござるな」

オフクロ様は何も知らないから、涙を流されて、

「本当にフシギなものです。しかし、お前たちがその気持なら信長公もいたわりをよせて快く許して下さろう。ありがたいことです」

オフクロ様を先頭に三名の坊主は刑場へひかれる如くに陰々と清洲城へ出頭した。

6

四名が清洲の町口までかかると、そこに待っていた警護の者がばらばらと走り出て、

「待て」

駕籠の中を改めて首実検をする。

「勘十郎公ならびにオフクロ様であるぞ」

と、言って威勢を見せても、まるで三途の川の番人が亡者の首を改めるように無情で、今までの身分などは何のききめもないらしい。

「その駕籠だけは真直ぐ城内へ」

オフクロ様だけ別にして、警護の者が一人ついて城内の方へ連れていってしまった。

残ったのは三人の墨染の衣。

「こっちへおいで」

と賑やかな町とは反対の寂しい方へ連れて行かれる。間もなく森がある。その向うは大川の土堤らしい。警護の者は三人を森の中へ連れこんだ。お寺であった。

佐々蔵人は堪りかねて、

「これこれ、その方等は間違っていないか。これにおられるは信長公の舎弟勘十郎公であらせられるぞ」

「上意である。黙って、ついてこい」

警護の者はギロリと火を吹くような恐しい目をむいて叱りつけた。信長公はあっても、その御舎弟などというものはすでに鐚銭《びたせん》の値打すらも無いらしい。いまや彼等三名がおうているものは、その犯した罪だけなのだ。罪人として扱かわれているにすぎないことがはっきりと分った。

「これに控えろ」

と本堂に三名を残して警護の者は去ってしまった。三名は顔を見合せて、脂汗を顔にしたたらせた。

警護の者を叩き斬って逃げたくとも、坊主姿の丸腰ときている。頭なんど丸めるんじゃなかったな。まことに悪い前兆だ。

「柴田殿。いよいよ、チョンでしょうか」

蔵人は片手で首を斬られる型を見せて、そっと権六の袖を引く。

「仕方がない。衣を着て来たのも仏の導きかも知れないな。お経でも唱えよう」

今さら仕方が無いから、三名は精一杯の気持で無駄口を叩きながらも、顔面蒼白。絶望のどん底に沈んでいる。

そのとき
「シッ……」

という声が起って、襖《ふすま》があいたから、三名はガバと平伏する。

「オモテを上げよ」

三名がオモテを上げて上座の人を見ると、それは信長公よりもまだ若いが、信長その人ではない。

「信長公御上意によって取調べる。信長公所領と知りながら篠木三郷へ兵を出したのは、如何なる理由であるか。申し開きがあらば致してみよ」

御舎弟勘十郎、筆頭重臣柴田権六もあったものじゃない。権六は玉の汗をかきながら、

「林佐渡殿の許可を得てやりました」

「篠木三郷は佐渡の所領か」

権六は返す言葉がない。都合よく言葉の代りに涙がどっと溢れ出たのも、よほど身に沁みて切ないからで
「申訳もござらん。ひとえに権六の到らざるによってでござる。何卒拙者奴《め》を御成敗ありたい」

「誰の罪かこれより調べる。まだ何も調べておらぬ。あわただしい事を申す奴だ」

若者に冷たく叱りつけられて、権六は涙もふっとんだ。

御舎弟勘十郎公や重臣権六を裁く者はいかなる老臣かと思いきや、二十そこそこの若者だ。しかも十分に裁く貫禄を備えている。時代は変った。すべてに新しい星が現れている。権六は舌を巻いた。

若者の名は丹羽万千代。二十一歳。

7

三名は万千代に散々に油をしぼられた。彼らがひそかに企てていた陰謀の数々は全て手にとるように調べあげられていて、一々トコトンまで追求する。

中には佐々蔵人と勘十郎だけの企みで、権六が今まで知らなかったことまである。岩倉の織田氏や犬山の織田氏なぞと秘密外交をやって起請《きしょう》を交しているようなのは、権六が知らなかったことだ。

ソラ涙でうまくごまかしてやろうと考えていた勘十郎と蔵人は、万千代の追求が理づめで、証拠ずくで、シンラツきわまるものだから、大当てちがいで、ソラ涙の代りに全身一パイの冷汗である。

万千代は調べ終って、

「上に御報告いたして参るから、何分の沙汰があるまで、休息を差許す。しかし、堂の外へでることは、まかりならぬ」

こう申渡して、去った。

三人も覚悟をきめた。墨染の衣をきて出たのも虫の知らせという奴で、もう助命の見込はない。権六は長大息。

「のう、蔵人。オレや貴公が勘十郎公に仕えて一パシ巧者ぶっているうちに、時代が変っていたのだな。どうだ、今の若者のすばらしさは。今の今まで、オレは目算ちがいをしていたのだ。信長公の家中にこの権六を裁くだけの貫禄ある者がいる筈はないとうぬぼれていたのだ。しかるに、あの若者はすでに対座した瞬間から、オレを圧伏していた。言葉を重ねるにしたがって、オレの理はつまる一方だ。どうにも太刀打ちができやしない。あれはたしか先年までチゴマゲを結っていた御小姓の丹羽万千代に相違ないが、オレや貴公が馬齢を重ねて徒《いたず》らに巧者を誇っているうちに、新しい星が生れていたのだな。怖れることを知らなかったのが、はずかしい。死ぬ前に信長公にせめて一目お目にかかって、その本当の御威光を拝みたいものだ」

権六は鼻ッ柱を叩き折られて目がさめたが、佐々蔵人と勘十郎は、権六め、歳のせいでもろい奴だと思っている。

「あの万千代がそんなに偉いかね」

「偉いとも。すくなくとも二三年前までは、この権六が目玉をむいてハッタと睨めば、織田の家中でまともに物の云える者はいなかったはず」

「アッハッハ。失礼ながら、この佐々蔵人も柴田どのに目玉をむかれてノドがつかえるであろうかな」

蔵人の目には深い蔑みがこもっていた。

もう助かる見込みがない。この場で一生の終りであるというときに人が各々本音をあらわしたとすれば、それは抜き差しならぬものをこめているであろう。これから死ぬ身のことだから、もう何事も訂正する必要はない。ウソをつく必要もない。

その時に至ってもまだウソをつきあうのもやりきれないかも知れないが、ハッキリと抜き差しならぬ軽蔑を見せられても、またやりきれるものではない。

権六がギョッとして勘十郎に目を転じると、これもまた蔵人と全く同じ軽蔑を冷めたく顔にきざんでいる。

「シマッタ！」

権六はとっさに気がついた。自分が手放しで万千代をほめ、信長にあこがれたのが、いけなかったのだ。たぶん、それが、この反発を生んだのだろうと考えた。

しかし、万千代や信長の偉さが分らないとは、よくよくバカな二人だと権六は腹を立てた。

8

三名はやがて城内へみちびかれて、信長の前へひきだされたが、意外にも、信長自身からはきつい言葉がなく、

「母の願いによってこのたびは許してつかわす」

という鶴の一声があっただけである。その鶴の一声すらもシカとは耳につかなかったほど、

墨染の衣の三名は全くウワの空であったのである。

林佐渡も清洲へ出頭を命じられた。

本来ならば一刀両断にすべきであるが、過日信長が覚悟の上で那古野城へ遊びに赴いた折に、美作がしきりに信長成敗を進言したにもかかわらず当日は殺さずに生かして帰した。その気持を汲んで、死を許し、元のまま仕えることも許したのである。

つまり信長は戦場において阿修羅の如くシャニムニ林美作に突進して直々その首を叩き落したほかには、誰も成敗しなかった。あらゆる敵を許した。その生命のみならず、領地すらも、元のまま許した。

その結果として、昨日までの敵の中から、新しい多くの味方が現れた。

その最も強力なのが柴田権六であった。秀吉や光秀らが後日出世するまで、これから当分のうち信長の最も傑出した家来は丹羽万千代と柴田権六の両名だ。

木下藤吉郎が立身して羽柴秀吉と名を変えたのも、丹羽と柴田にあやかりたいというので、一字ずつ借用して羽柴と名乗ったのである。その秀吉は、まだこの時は下郎に仕えてもいない。

権六は命を助けてもらって、その晩は清洲城内に泊めてもらい、旧友の佐久間大学、右衛門らと酒をのんだ。

すでにぞっこん信長に心服しきった権六は、信長の腹心としては一日の長者である大学らと打とけて酔えるのがこの上もなく満足で、彼らが曾《かつ》ての後輩であったことなどが少しもワダカマリにならないのだった。

権六は大学に云った。

「貴公の守った名塚の砦であれほど難儀しようとは思わなかったが、かりに信長公の出馬がなく、あの砦に日暮れまでかかっていたら、落ちたであろうな」

「むろん落ちてる。そもそも貴公がはじめから慎重に攻めれば、信長公の出馬の前に落ちていたのだ。軽く一つぶしと考えたから、落ちないのさ。ジリジリと攻められれば一タマリもない」

「貴公はそれを知っていたのか」

「オレが知っていたわけじゃない。信長公が先刻御存じだったのだ。貴公が猪のような鼻息で突ッかかってくる一方だということを御存じの上で、特別の工事を命じられたのだ。まさに貴公は図星の如くに猪以外の何物でもなかったな」

権六があんまり本当のことをいわれて気色を悪くしていると、信長が家来もつれずに酒席へ遊びにきて、

「権六入道、まだ兵法にくらいな。日夜兼行いかに手をつくしても一夜づくりの城だ。ジリジリ攻めれば一タマリもない。キサマはそれをアベコベに一つぶしと気負って失敗したあげく、オレの本陣を攻めるのは今度は遠まわりしたじゃないか。あの時こそはオレの伏兵を怖

れずにシャニムニ近道を突ッ込むものだ。オレはそれが怖いから、鉄砲組を出して伏兵がいるようなフリをしたのさ」

権六はこの殿様にはとても勝てないということをキモに銘じてさとった。

見損じた人々

1

美濃の斎藤義龍は孤立無援の信長が一族重臣の離反によって遠からず自滅するものとタカをくくっていた。

林美作の存命中に、義龍は信長挟撃の相談をうけていた。

信長の妾腹の兄三郎五郎は義龍夫人の実兄でもあるが、信長を倒して三郎五郎を清洲の主人にしようじゃないかという相談だ。

この計略は非常に安直に成功する見込みがあった。

孤立無援の信長は、四隣の敵に野荒しをやられることがヒンパンだ。清洲はみのり豊かな穀倉地帯であるから、その弱体を見すかされたとなると野荒しを受けることが多くなる。むろん信長はみすみす田畑の荒されるのを見すごしてはいない。

そういう時に信長は非常に気軽に自らとびだしてゆく。野荒しとはいえ、敵もたいがい兵力の全部にちかいものをくりだして野荒しに来ているから、野荒しも戦争も同じことなのだ。敵の城まで追いつめて戦うような深追いはしないが、だいたい当時は四隣に敵味方入りみだれているから、遺恨の会戦でも一人の敵を深追いしているヒマはないのだ。

信長は野荒しのたびに直々主力を率いてくりだす習慣であるが、そのとき城の留守をまもるのは、佐脇藤右衛門という老人と若干の兵隊にすぎない。

三郎五郎は妾腹の兄とはいえ、ちっとも兄らしい顔はせず、むしろ自分が妾腹ながらも長兄であるために、非常に遠慮気兼ねして自ら小さくちぢこまって信長を立てよう立てようと一意誠意をつくしている小心な律儀者であった。

だから、それ野荒しだ、信長公が出陣したと聞くと、いつも救援にかけつける。

救援に行く道順として清洲城下を通るようなことがあると、佐脇藤右衛門がでてきて、

「これは御苦労千万でござる。敵は小敵、信長公直々の御出馬であるから、戦さの方は心配はいり申さぬ。心配なのは、城の守備で、留守兵が甚しく手薄であるから、信長公御帰城まで城にとどまって御守備ねごう。信長公が左様申し残されての御出陣でござる」

信長は三郎五郎が律儀で邪念の少い人であることを信じていたから、自分の留守に三郎五郎が兵隊をつれて清洲を通ることがあれば、必ず彼を城内によびこんで留守をまもらせるの

が習慣になっていたのである。

美濃の者が河をこえて野荒しにくると、救援にかけつける三郎五郎はどうしても清洲城下を通ることになる。

さすれば佐脇が迎えに出て、どうか城内に入って留守をお願い致す、ということになるのは火を見るよりもあきらかだ。

そこで、美作は義龍の手を通して、三郎五郎をひそかに説得して、美濃から野荒しをやる、三郎五郎が救援におもむく途中清洲城へよびこまれて留守をまもった時に、佐脇を殺して、城を乗っとる。

清洲城という要害あっての信長で、この要害を失えばたった六七百の兵隊がつきしたがっているにすぎない。信長は全然無力の放浪児にすぎなくなり、しかも彼を助けてくれる者は一人もないから、ヤケクソの戦争を挑んで自滅するか、山中へ逃げこんで自然消滅するか、二ツに一ツしかない。

三郎五郎が清洲城主となれば、それに地つづきの美濃は妹の嫁入り先きで、尾張と美濃を結ぶカケ橋ともなり、天下泰平となるであろうというのが美作の言葉であった。

2

しかし、義龍は要心深い男だ。決して美作の口車をそのまま信用するようなことはしなかった。

なるほど三郎五郎という人は、もしもこれを味方にひき入れれば信頼できる律儀者ではあるけれども、そういう正直者であるだけに、この人自身には謀略を防ぐ力がない。

たしかに美作の云うように、美濃が野荒しをやる、信長が例の如く兵をひきいて軽々と出陣する、三郎五郎が救援のため清洲を通る、佐脇が迎えにでて留守番をたのむということになって城内へよびこまれる。そこまではいつもの習慣だからマチガイなく今度もそうなることができるであろう。

そこまで行けば、佐脇配下の留守兵は甚だ少数のことだから、三郎五郎が佐脇を殺して清洲城を乗ッ取るのもワケはない。そこまでは手筈通りに運ぶであろう。

ところが、その直後に林佐渡なり美作なりがやってきて、

「三郎五郎どの、どうです、御首尾は？」

といって清洲城の門を叩けば、お人好しの三郎五郎のことだから地獄に仏とよろこんで、

「よく来てくれました。どうやら首尾よく佐脇を殺して城を乗ッ取りはしたが、実にどうも、なんとなく心苦しく、甚だ心細い思いをしていたところです」

というようなことを云って、林兄弟を城内へ引き入れ、そのとたんに三郎五郎は林兄弟に殺されて、清洲城はまんまと林兄弟の手におちてしまう。こういうことが十分に考えられるのである。

三郎五郎にそれとなく要心するよう暗示めいたものを与えてみたところで、権謀術数ただならぬ林兄弟が手をかえ品をかえての策に予測のできる筈はなく、お人好しの三郎五郎が絶対にそれにひッかからない要心を予定することは不可能だ。

やがて自滅しそうな信長の代りに、信長の勢力を自然に奪ってしまった林兄弟を隣りの清洲にむかえては、かえって始末のわるいことになってしまう。

義龍は美作の腹の底を見ぬいているから、決してその口車にのろうとしなかった。

ところが、意外にも、柴田権六と林兄弟という尾張の二大勢力の聯合《れんごう》したものが、少数の信長勢に叩き破られて、名ある侍だけでも討死四百五十、足軽どもの討死を加えれば千人もの死体をのこして、殆ど全員傷だらけになって逃げ帰ったという思いがけない結果になってしまった。

その一日を境にして、尾張の形勢はガラリと一変し、林兄弟についていた信長の旧臣は続々三拝九拝して信長のもとに復帰する。柴田権六まで信長の股肱《ここう》となってしまった。生き残った林佐渡はにわかに影のうすいタダの小名となって、全く力を失ってしまった。

信長が自滅したあとの尾張は、柴田と林の二大勢力の対立となって、兄たりがたく弟たりがたく、この争いの結末は甚大の出血なくしてはオサマリがつかず、また出血のない両者の妥協というものも考えられない形勢にあった。

つまり信長自滅後の尾張というものは、両虎各々大出血の本格的な争いとなり、隣国の義龍にとってはまことに楽しみのあるものであった。

ところが、負ける筈の信長が勝ったとたんに、一虎は消え、一虎は信長の股肱となり、尾張はおのずから平定の形となった。肥沃な尾張平野が一人の大将のもとに平定しては、その兵力がどれぐらい延びるか分りやしない。義龍は大いに驚いた。

3

義龍は機を見るに敏であるから、もう躊躇はできないと判断した。

信長の勢力が強大にならないうちに片づけてしまわなければならない。

しかも信長を片づけるのは、今の方が前よりも一そう確実だ。なぜなら、林美作が死んでしまい、林佐渡も霞んだ存在となってしまったから、三郎五郎が清洲城を乗っ取った後に横取りされる心配がない。

美濃の兵隊が野荒しに行きさえすれば、信長が城をカラにして飛びだしてくるのも確実なら、救援の三郎五郎が清洲城下を通りかかれば佐脇がでてきて城内へ呼びこむのも確実だ。

三郎五郎が佐脇を殺して清洲城を乗っ取るまでの段ドリはまことに安直で確実で、殆ど狂いというものが考えられない程であるから、林美作が死んでしまった今日に至っては、一日も早く実行するに限る。

そこで義龍は三郎五郎に密使を差しむけて手筈をととのえ、野荒しの兵隊をだした。季節はまさにミノリの秋である。野荒しには誂《あつら》え向きのシーズンであった。

美濃の兵隊が河を越えて野荒しにでてきたという報告は、もちろん直ちに信長のところへもたらされた。

しかし、義龍はまだ信長を見損じていたのである。

美濃の兵隊は野荒しが目的ではなく、今日こそは信長を打ちとる決戦の日と心に期しての出陣であるから、すでに野荒しとは威勢がちがう。人数もちがう。

幾手にも分れて堂々と河を渡り、ちょっと野荒しをやるようなフリをしているが、フリをしているというだけで、実は勢揃いをしているようなものだ。

兵隊どもはこれからの大戦さを胸に描いているから、ゲタゲタ、ワハワハと、いやに浮き浮きとしている。自然にとりとめもなく、ゲタゲタワハワハしてしまうのである。

百姓のフリをしてその様子を見ていた信長の密偵は、むろんそれを見逃さない。

戦国のことであるから、兵隊は誰しも合戦には多くの経験がある。そして、合戦のとき、また合戦の時機を待つ間、兵隊たちがどんな心理になるかということぐらいは、どんな雑兵でも大がい身に覚えがあって知っている。

そこで野良の密偵から信長のもとへ、

「野荒しの連中は幾手にもわかれた大部隊であるばかりでなく、野荒しは上の空に、なんとなく、ゲタゲタワハワハと陽気にハシャイでおります」

という重要な報告がもたらされた。

「それは妙だな」

信長は考えこんだ。

「美濃勢は明らかにオレに戦争をしかける腹であるらしいが、あの仁義礼智信の義龍先生が本当にオレに戦争をしかけるとすれば、全兵力で真ッ向から押してくるはずだ。しかるに野荒しのフリをしているというのは、云うまでもなくオレをおびきだす算段だな」

しかも相当の大部隊とは言うものの、強国美濃の全兵力からみれば極めて一部分の兵力にすぎない。さすれば、信長をおびき出して戦うにしても、その戦い自体に主たる重味はかかっていないようだ。

「ハハア。すると、内通者がいるな。オレを城外へおびきだして、留守に城を乗ッ取る手筈ができているに相違ない」

信長は義龍の計略をアッサリ見破ってしまった。

4

裏切者がいるとすれば第一番に考えられるのは美濃と姻戚関係の三郎五郎であるが、そのセンサクは後のこと、要するに敵の誘いにひッかかりさえしなければよろしいのだ。

「六尺五寸の癩者どのも小器用な細工を弄しおる。裏をかいて城外へでないのが何よりの分別ではあるが、せっかく川を越えて遊山においでの美濃衆になんのモテナシもなくお返しするのも悪るかろう。オレはちょッと一合戦致して参るから、用意せよ」

さて、信長は留守番の佐脇をよんで、

「オレの留守中にこの城を乗ッ取りにくる奴がいよう。はじめから敵の色をたてて攻めてくるかも知れないが、あるいは味方のフリをして開門させ、戦わずに城を乗ッ取る算段かも知れない。オレの留守中は何者が参っても城を開けてはならぬ。外出中の者が急をきいて帰城したのでも、オレが戻るまでは断じて中へ入れるな。また、城下の町人にも各々店をとじて家に閉じこもりみだりに外出する者のないようにフレをだしておけ」

厳命を下しておいて、兵をひきつれ、野荒しの美濃衆と一合戦にハイヨーととびだしてしまった。

一方、三郎五郎は美濃の義龍からかねての手筈通りいよいよ事を起すという報知があったから、前夜から眠ることができない。

信長が四面楚歌の時ならまだしも、美作は信長に討ち取られ、権六は信長に心服し、他の旧臣も続々信長の傘下に復帰を願っている今日このごろになって、信長を裏切るとは危い話だ。

律儀者の三郎五郎は、この裏切りの発頭人の美作が最大の危険人物だとは気がつかない。自分にいったん清洲城を乗っ取らせて、実は次に自分を殺して清洲城をわが手にせしめる裏の裏の企みがあるとは察することができないのだ。

だから、発頭人の美作が死んだ後になってこの計画を実行に移す義龍の心をはかりかね、心細くて仕様がない。今日に至っては形勢逆転、孤立無援なのは信長ではなくて、自分ではないか。しかるに他国者の義龍とはかって兵を起し、いったん清洲城を乗ッ取ることに成功しても、城をとられた信長は昨日とちがって浮浪児ではない。むしろ城を盗んだ自分の方が、尾張全体を敵にして孤立するだけのことじゃないか。

翌日、いよいよ美濃衆が木曾川を渡ったという知らせがきても、三郎五郎はいまだに心が定まらず、為す術を失っている。

重臣どもはかねてこの挙の相談にあずかっているから、

「殿、そろそろ出陣の用意をあそばしては」

「急ぐこともない」

「信長公はいつもの如くに電光石火の出陣でござろう」

「左様であろうな。そろそろ支度いたせ」

三郎五郎は至って腰が重い。なんとなく動く力がぬけてしまう。

信長が野荒しと一合して帰城したころになって駈けつければ、留守番の用命をうける心配もないし、また美濃の義龍にも出陣したということでなんとなく義理はすむだろうなぞと考えながら、しきりにノロノロと手を休めるけれども、ヨロイを着るのにそう時間がかかる筈もなく、こういう時に限ってヒモがもつれることもなく妙に器用に結ばれたりするものだ。

仕方なしに三郎五郎は兵を率いて出発した。

5

いよいよ清洲の城下へ入ると、町家は一様に戸をとざして、往来には人の姿を見ることができない。まるで死んだ町を歩いているようなものだ。

「信長公出陣のあとは、いつも、こんなだったかな」

「いえ、今まで城下の様子に異変のあったことはございません」

「どういうワケだろうか」

「分りかねますな」

スネに傷もつ連中のことだから、ふだんに変る城下の様子に、すでに怖気づいて薄水をふむ思いである。

城門の前までくると、いつもなら、城門があいていて、すでに佐脇が迎えにでているのが例である。

しかるに、城門はとじている。あたりには誰の姿も見えない。

「妙だな。どうしたものだろう」

「仕方がありません。門を叩いて、開門をせまりましょう」

気の強い者が一名、門を叩いて、

「織田三郎五郎、参ってござる。御開門ねがいたい」

すると城内から番兵の返事があって、

「開門はでき申さぬ。お手伝いにおいでならば、戦場へ直行されたがよろしかろう」

「いつも留守番の御用を承るから、本日もそのつもりで声をかけ申したが」

「いつものことは知り申さぬが、本日はそのような御用命はござらぬぞ。信長公御帰城までは、どなたも中へ入れてはならぬときつい御命令でござる。御加勢の方は遠慮なく戦場へ参られたがよろしかろう」

「一度佐脇どのの御意見を得たいが」

「信長公直々の御厳命であるから、佐脇どのの御意を得るまでのことはござらぬ。せっかくの御加勢ならば、戦さの時を失いまするぞ。早く御出陣あれ」

城内の要心甚しく堅固なことが分った。

この問答をきいていた三郎五郎はじめ家来の面々、一様に、ぶるぶると次第に身ぶるいが高くなった。

三郎五郎はすでに信長に一太刀あびせられたような気持になって、歯がガタガタふるえている。

「いかが致しましょうか。城内の者があのように申しますから、戦場へ参りましょうか」

「戦場へ参って、どっちに加勢致すのか」

「どっちに加勢いたしましょうか」

「美濃の者は自分の加勢だと思うであろうが、信長公も敵とは思うまい」

「両方立てるわけには参りませんな」

「いっそ、帰ろう」

「加勢にきて、城内へ入れてもらえないから帰るというのは、裏切りの証拠を見せるようなものでござろう」

「裏切りの証拠はあがっているにきまっている。悪アガキせず、いったん戻って、籠城いたそう」

「籠城して敵の色をたてるぐらいなら、これから戦場へ参って、信長公をハサミ討ちに致した方がよろしゅうござろう」

「籠城して、切腹いたす」

「いきなり、切腹ですか」

「とにかく、籠城して、考える」

「では、そう致しましょ」

三郎五郎とその兵隊はトボトボと戻って行く。城内の者はこれを見ておどろいた。

「アレ。アレ。加勢に来た奴が戻って行くぜ。さてはあの先生が謀反人《むほんにん》か」

6

清洲城内へ入ることができず、三郎五郎がむなしく帰城したという知らせが戦場にとどいたから、美濃勢はあきらめて逃げ戻った。

信長も後を追わずに帰城した。

三郎五郎は自分の城へ戻ると、いつ信長が攻めて来るか分らないから、その晩はせッせと籠城の用意にかかり、一晩ねずに指図して回ったが、太陽があがってうららかな朝をむかえると、夜中の怖れがいくらか薄れて、平常の思惟《しい》も若干もどってきた。

信長は悔い改める者を罰したことがない。あれほど強力な謀反人だった林佐渡も勘十郎も柴田権六もカンベンしてもらえたのだから、自分もすすんで降参し、今後の忠誠を誓えば許してくれるかもしれぬ。

そこで家来たちに相談してみると、だれも強硬に抗戦を叫ぶ者はいない。

「それでは、さっそくこれより清洲へ降参に参ると致す」

「私共はどう致しましょ」

「オレが信長公のお許しを得られず命を召されることになっても、謀反したオレが悪いのだから仕方がない。お前たちはオレに義理を立てて信長公に敵対し籠城するようなことはつつしむがよい。信長公はオレの主人だから、お前たちにも主人である。オレの死後は信長公の指図にしたがい、信長公に忠誠をつくせ」

「そう致しましょ」

そこで三郎五郎は自ら清洲へ出頭し、罪を白状して裁きを乞うた。

信長は三郎五郎が自発的に謀反を企てるような人物でないことを知っている。人にそそのかされて謀反に加担するにしても、しょッちゅう人にそそのかされるような危い人物でもない。いわば、世間でよく云うように魔がさしたとでも云うのであろう。

しかも、いったん謀反の約束を結んでしまえば、情勢が変化して謀反が不利の場合になっても、一応約束に引きずられてバカのように義理を果そうとする人物でもある。

今度の場合もその義理堅さを見てやるべきで、いったん悔い改めて忠誠を誓う以上は、もはや二心の心配はない。

もともと城の留守番をたのむぐらい信頼していた三郎五郎であるから、信長は彼が改めて忠誠を誓う以上、形式的に叱責の言葉を与えることも不要だと思った。

そこでトボトボと降参に参上した三郎五郎をいたわらせて、ひそかに自分の部屋へ通させ、

「今度のことは仕方のないことだ。オレはすこしも気にかけていないから、お前も忘れるがよい」

「ありがとうござる」

「だが、お前の妹も気の毒だ」

「ハ？」

しかし、信長が切実に考えているのは、濃姫のことであった。

気の毒なのは、濃姫だ。濃姫は肺病で寝たきりだった。父も兄弟も、義理の兄に殺され、亭主の信長には妻の愛情をうけたこともなく、いまは寝たきりで死を待つばかりである。信長の一生がともかく今日の如くでありうるのは、濃姫のせいと云えなくとも、濃姫を通して、その父道三のせいではあろう。

濃姫が気の毒であるように、それにやや似た境遇の三郎五郎の妹も、そして三郎五郎も、妙に信長はなつかしい気がした。

信長がそんな親愛を感じるのは珍しいことであったが、三郎五郎も妙に信長にハラワタからの深い愛情を覚えたのだった。

7

柴田権六同様、青坊主になった佐々蔵人は、もとより折角《せっかく》の頭髪を剃《そ》り落すからには、利息をつけて元をとり返すことを始めから予算に入れている。

彼は元来勘十郎側近の若衆で、才覚があって目から鼻へ抜けたところがあるから、主人の覚えめでたく、政治向のことでも彼の発言がだんだん重くなった。

とはいえ、筆頭家老柴田権六の勢力に太刀打できるはずはない。

権六は勘十郎幼少からのお付家老で、政治上の発言力では主人以上の重さがあった。勘十郎にはこれが不満である。なんとかして権六の発言力を抑え、主人らしく振舞いたいと思っていた。その気持を焚付けるのが蔵人だ。

そこへ権六が信長と戦って大敗北を喫したから、むしろ内心に機会到来と喜んだのは勘十郎と蔵人であった。

特に蔵人は権六同様信長に呼出されて叱責を受けた。側近に侍して勢力を振うとはいえ、家老でもなく、特別の家柄でもなく、家中の席次では末輩の蔵人、これぞ絶好の機と目星を付けた。

わざと権六同様頭を丸めたのも、この機を捉えた機転の策で、全体に亘《わた》って権六同様の箔《はく》を付けようとの算段。

大衆というものは形式から内容を判断するものであるから、蔵人は自分も頭を丸めることによって、受難の深さが権六同様だということを家中に印象づけようとの考えだ。

清洲へ出頭し、叱られて戻って来ると、

「今度の事はすべて権六の失敗で、勘十郎公や俺に責任があるわけではない。篠木三郷の料米を押えるというのは林兄弟と権六だけの相談で、勘十郎公やオレは内談に預かったこともない。権六が林に唆かされて、勝手に意気込んでやったことだ。しかるに、この俺が呼び出されて叱られたというのは、実は信長がこの俺が怖しくて仕様がないのだな。俺がかねて岩倉の織田伊勢守をつついて、勘十郎公を尾張下郡の守護代に立てさせようとしている。この企みが恐くて仕様がない。俺は権六の様な荒武者ではなく刀や槍を振り廻すのは得手ではないが、信長や権六には無い智恵がある。信長は腕自慢だが、智恵が足らないから、オレの様な智者が目の敵だ。なんしろオレのハカリゴトでは、信長の知らないうちに足元に穴をあけて奴をポッカリ地底へ落してしまうというのだから、奴は俺の智恵を考えると、恐しくて眠ることも出来ないわけだ。そこで今度の事では俺に罪も科《とが》もないのに、権六と俺を呼び出したのは、何とかして、俺のキゲンをとって、自分の側に付けたいという考えだ。つまり、我々を呼び出したのは、叱る為ではなく、ゴキゲンを取って、自分の側に付けたいという下心さ。そして、諸君が見られる通り、権六は信長に丸めこまれて、すっかり信長派になってしまったじゃないか。荒武者と云う奴は、齢は取っても、ダラシが無い者だ。智略にかけてはメクラ同然で、先が読めないのさ。しかしこの佐々蔵人や勘十郎公は、信長なんぞに丸められやしない。頭をちょいとまるめて、信長の目をだまして、無罪放免というわけさ」

当るべからざる気焰《きえん》。これがどっと家中の人気に投じた。

8

権六は敗戦の責任者だから割がわるかった。その敗戦も自分の方が敵の倍以上も優勢な兵力を持ちながらの敗戦だから言い訳の仕様がない。

ところが、権六は敗戦の責を感じて頭をまるめた上に、すッかり信長に心服してしまったから、敗戦の言い訳を信長の偉さのせいに見せかける狡猾《こうかつ》な策のように考えられた。

「権六も見カケ倒シじゃないか。もっと骨のある奴だと思ったが、これじゃア戦死した者が浮かばれやしない」

「我々は誰の為に戦ったのだ。勘十郎公こそは信長というバカな兄貴に代って尾張の総大将たるべきお方であり、そのお方の天下をもたらすために一命を捧げて戦う考えでいるのだ。しかるに権六の奴は、戦争に負けたのはこれはまだしも仕方がない。勝敗は兵家の常、時の運で許しもできるが、敗戦の責任を信長の偉さに持って行って、それでごまかして尚も家中をひきずる考えとは言語道断の奴だ。卑怯とも、狡猾とも、話の外だ。こんな奴とも知らずに、今まで筆頭家老と敬って、万事奴めの指図通りに動いていたのはバカバカしい話だ。奴めの指図通りに動いていては、我々は信長の下風について、バカ信長のそのまたタダの弟の家来で終らなければならぬ。勘十郎公ともあろう名君もこの家老があっては生涯芽がでない」

「そうだとも。権六は見下げ果てた奴だが、若年ながら、佐々蔵人は偉いな。立派な男だ。信長の奴も、佐々蔵人の存在が怖しくて仕方がないらしいな。同じ坊主頭になるにしても、坊主頭をタタミにすりつけて命ばかりはお助け下さいという権六と、赤い舌をペロリとだして信長をだまして何食わぬ顔の佐々蔵人とは、偉さも品位も雲泥の距りじゃないか」

時の勢いというものは怖しいものだ。今まで家中でさしたる存在ではなかった佐々蔵人がいっぺんに重きを加えて、権六にとって代る一大勢力となってしまった。

それにひきかえ、柴田権六の発言は、事々に家中の者の嘲笑をかうだけで、正しい言葉もマトモに相手にする者がない。

佐々蔵人はかねて権六には秘密に、岩倉の織田伊勢をそそのかして、勘十郎を尾張下郡の守護代に立てようと計画していたが、いよいよそれを公式に、大々的にやることにきめた。

岩倉の織田伊勢は上郡の守護代であるが、そのまた主人に当る本当の守護職は斯波岩龍丸義銀で、これは目下、清洲城内に信長と同居している。

信長は四面楚歌の時に、敵の鋒先《ほこさき》をさける策として、斯波岩龍丸を尾張の総大将とし清洲城の主人と立てて、自分は城内の片隅に隠居して世をごまかしたことがあった。

その時には、斯波氏と並んでそれ以上の名家である三河の吉良氏をも道具に用いて、この没落の二名家に対面の盛儀をあげさせ、三河の吉良は今川の後楯《うしろだて》で、尾張の斯波は信長の後楯で、これを各々名目上三河尾張の総大将と認めるような公式の儀式をやった。

信長の策は当って、これでどうやら一時は世間をごまかすこともできたのだから、古い家柄というものは怖しい。

むろん一時をごまかす策であるから、三河の吉良も、尾張の斯波も、その後はそれらしい取扱いは受けておらず、内々甚だ面白くない思いをしている。

佐々蔵人はこれに目をつけて、信長のやったことを横取りして、斯波や吉良を味方にひき入れ、尾張や近隣の名家の総意として、勘十郎を信長に代る守護代に立てさせようと考えた。

9

信長はとッさの急場に斯波岩龍丸を利用して尾張の大将と立て、自分は隠居して一時をごまかすことに成功したけれども、それは信長が恵まれた立場にいたからだ。

うまいことに、斯波岩龍丸が信長の居候となって清洲城内に居たから、信長はこれを易々と利用することができた。

ところが、勘十郎の場合はそうはいかない。岩龍丸は今も清洲城内にいる。たとえ信長に不満をいだいているとはいえ、信長のもとに保護されている人物に、信長を裏切る片棒を担がせようというのだから仕事は決して楽ではない。

柴田権六はこのハカリゴトを知ったから、大いに驚いて、勘十郎の前へでて、

「せっかく今回オフクロ様の御取りなしで信長公と御和解ができましたのに、兄上への御忠誠の代りに、裏切りをお考えとは以ての外でござる。今や信長公の御名声はあがり、近隣は次第になびき順《したが》うような有りがたい情勢に向っております。この時に当って、共々心をくだいて家名を興すべき弟君が、事もあろうに裏切りをたくらむとは何事ですか」

「アッハッハ。キサマの言いたいことはそれか。待て、待て。その言葉はオレが一人できくだけではモッタイない。キサマ、暫時《ざんじ》そこに控えておれ」

勘十郎は侍臣に命じて、佐々蔵人はじめ、一味同腹の重臣どもを至急呼びあつめた。

さて、一同の居流れる前に権六を坐らせて、

「皆の者、火急呼び集めたのは余の儀ではない。権六がオレに諫《いさ》める言葉があるそうな。オレが一人できくだけではモッタイないから、皆の者にも集ってもらったが、兄信長に大敗北を喫して深く心服するに至った織田の功臣柴田権六の忠義の言葉をよく聞くがよい」

皮肉タップリの勘十郎の言葉に、権六は胸をさすって怒りを押え、黙念とうつむいている。

「どうしたか。権六。早く云え」

「殿は権六をナブリモノに遊ばすか」

「ナブリモノに致しはせぬ。その方の忠義の言葉を家中の者にも聞かせようというのだ」

「忠義の言葉をききたいとあれば、申しましょう。今や信長公の御名声はあがり、昔日の御父信秀公の時代にもまさり、尾張は自然に信長公に靡《なび》き順って次第に統一に向いつつあります。この時こそは御兄弟心を合せて共々家名をあげるべき時運でござる。しかるに、弟君が裏切りをたくらむとは言語道断。この企みは忘れなさい」

そのとき、佐々蔵人が皆に代って、

「失礼ながら、柴田どのはどなたの御家来でござるか」

「権六は亡き信秀公の御命令で勘十郎公の筆頭家老を仰せつけられた者だ。即ち権六は信秀公の家来、即ち織田の家来だ」

「柴田どのは先ごろ自ら兵をだし信長公と合戦致されて多数の討死をだされたが、あの討死は勘十郎公家来の面々でござったような」

「…………」

「柴田どのの御返事がないが、柴田どのは一存で勘十郎公御家来をひきつれて信長公と戦い、多数の戦死者をだされたはず。その柴田どのが勘十郎公の御家来でなければ、不肖佐々蔵人のような末輩でも、すておきがたい思いが致す」

返答次第で、タダではすまされぬという含み笑い。

10

近来、発言のたびに嘲笑をもって迎えられるようになってはいたが、今回はもう沙汰のかぎり。しかし権六はなおも怒りをおさえて、

「斯波公、吉良公、岩倉の織田伊勢どのと申しても、民がその名に服したのは昔のことだ。当世は実力の時代で、昔の虚名だけでは通らない。天下の将軍、足利公方《くぼう》様の証文ですらも、天下を動かすことが全然出来ない時勢ではないか。なるほど前に信長公が窮余の一策として斯波公を尾張の守護とあがめご自分は隠居して一時敵の攻撃をそらして成功された例はある。だが、これとても、斯波公の証文がモノを云ったのではなく、そのアベコベに、実力ある信長公の証文だから、民が服して斯波公を国主とあがめたのだ。斯波公の実力と云えば、信長公の居候にすぎないことを民はよく心得ている。信長公の威勢あっての斯波公にすぎない。しかるに、その斯波公や、それと同類の吉良公や岩倉の織田殿などが、手前一人ぎめの証文を何百枚重ねたところで、三文の値打もない。その証文をふりかざした者が世の笑いものとなるだけだ。まして信長公は近来威名とみに上り、四隣自《おのず》から靡き服しつつあるときである。まさにカマキリがオケラの助勢で竜車にはむかうようなものだ」

「信長公が竜車で、勘十郎公はカマキリと仰せられたな」

「如何にも、そうだ。この権六と林兄弟は当国の二大兵力であろう。その同盟軍すらも軽く

一ひねりにひねりつぶされたのだから、信長公は竜車であろう」

「勘十郎公はカマキリでござるか」

「左様。信長公に対してはカマキリだ。その実力といい、識見といい、せいぜい尾張一国の四半分の一を守るのが精一ぱいのところであろう。早い話が、斯波公や吉良公の証文で世渡りしようの根性がそうではないか」

主をカマキリというからにはタダではおかぬといわぬばかりの佐々蔵人をにらまえて、斬るなら斬れと、権六の大音声。

佐々蔵人はじめ一味の者どもが権六をなめて云うのは、彼が主人大事と勘十郎にかしずいて、かりそめにも背く恐れのない律儀者のせいだ。したがって、主人の威光に便乗すれば、踏んだり蹴ったり存分に権六をなぶりものにしても大丈夫と心得てのことである。

その権六がはっきりと勘十郎を突き放して、斬れるものなら斬ってみろとの大見得を切ったから、彼のように腹の据らぬ一座の面々、足元をすくわれて困惑のてい。

勘十郎は勘十郎で、衆をたのみ、主の威光をたのんで権六をなぶるつもりが、衆の威勢も、主の威勢も上らない。上らぬ威勢で見直せば、家中においては今もなお一巨人たるを失わぬ権六である。

頼みにならない衆の前で、自分一人マトモに権六を相手にしてどうする分別もつきかねた勘十郎は、蒼ざめて立あがり物もいわずに奥へひっこむ。

権六も座を立って我が家へ戻ったが、まだ脈はある、何とかして勘十郎を説得したいものとの考えは棄てなかった。

ところが、これを機に陰謀は急速に実行に移され、諸所に刺客が放たれて、信長を見付け次第暗殺する手はずが出来ているのを知って、権六は驚いた。

もうこうなれば仕方がない。信長を失うよりも勘十郎を失うのが当り前と考えて、陰謀の情勢をつぶさに信長に内報した。

11

諸所に刺客が待ち伏せていては、うっかり外出も出来ない。そうかと云って、外出ずきの信長がにわかに外出しなくなれば、さては陰謀ロケンしたかと勘十郎にさとられてしまう。刺客を怖れて多くの供を連れ歩いても、同じ結果であるし、また信長には性に合わないことでもあった。

そこで信長は病気と称して一室にとじこもることにした。末盛城の柱石ともいうべき柴田権六が信長方についたにしても、兄弟が表立って戦うとあれば、一応尾張を二分した戦争となり、勝っても損害は大きい。

ここまで来ては勘十郎を生かしておくわけにいかないから、戦わずに討ちとる方法として、信長は重病のフリをすることになった。いったん事を企てれば、ふだんの野放図なのに似もやらず甚だ細心周到な信長のことで、堅く一室にとじこもって近侍以外に顔を見せないから、信長公重体という噂はまぎれもない真実として語り伝えられた。

オフクロ様はこれを聞いて、清洲へ見舞いに参るようにと勘十郎にすすめる。権六も熱心にすすめた。

勘十郎と佐々蔵人はひそかに探ってみると、信長の重病は疑う余地がないようだ。権六が熱心にすすめるから、

「まさか仮病でもあるまいな」

「そのようなことはありませぬ」

「たとえまことに重病でも、薄々陰謀が知れている様子もあるから、オレを捕えて閉じこめるようなことがありはせぬか」

「とんでもないことです。信長公再起不能の今日では、清洲にとっても勘十郎公が唯一のたのみ。殿なくては信秀公以来の織田家は主を失って離散し他国の餌食《えじき》となるばかりです。やがておのずから尾張一国は殿の物ですが、兄君の生前に礼をつくしておかれたならば清洲の信望を博し、兄君の死後、尾張の統治も楽でござろう」

まさに権六の説く通りだ。兄弟不和のまま信長が死んでしまえば信長には幼児もあるから、おとなしく勘十郎を後釜に選んでくれるとは限らない。

尾張の国情は複雑で、ヨチヨチ歩きができる程度の幼主では信長のあとを守りぬく見込みは薄いが、他にカケガエがなければ、家来は幼主を守るであろうし、勘十郎に不満の場合も意地ずくで幼主を守るだろう。

そうなっては事メンドウであるから、生前に病気見舞に行って兄弟の不和を解消し、清洲の人々の信望を博しうるなら、これぐらい安直で便利なことはない。

こういう計算については人の何倍も明るい佐々蔵人のことであるから、信長の病気に偽りなしと見込みがつけば、病気見舞いに反対の筈はない。

「では柴田どのが責任をもって殿のお供を致して下さるか」

「むろんのことだ。権六の命にかけても、殿をおまもり致す」

山ダシの律儀者のように見えても肚《はら》のできている権六は、覚悟をきめれば、悪達者な連中の手なれた演技よりも、真にせまった演技をする。

「それでは、よろしくお願い致す」

と、ころんでもタダは起きない佐々蔵人のことで、勘十郎に万一のことがあっても自分が巻き添えを食わないように、うまいことをいってお供の役を権六にまかせた。

12

勘十郎は安心して清洲城に到着する。この上もない用心棒と安心して連れてきた荒武者権六が、敵方であるばかりか、筋書の作者ときては、話の外だ。

侍臣を供部屋に残し、権六につきそわれて奥へくる。途中に一団の若侍が四方から立ち現れて行手をさえぎった。

勘十郎は権六に目くばせしたが、権六は目の玉をクルクルさせて、首をふった。イエ、なんでもないんです、という意味か、もうダメです、という意味か見当もつかない。勘十郎がボンヤリしているうちに、デク人形をあしらうように、武装解除されてしまう。

「権六……」

勘十郎がようやく叫んだときには、彼と権六の間には人々が立ちはだかって、さえぎられており、権六の顔を選りわけることもできない。

「いざ、こちらへ」

と薄暗い廊下をめぐって、北矢蔵へみちびかれ、人の顔も見えないような暗がりに立たされて、

「どうぞ上へおあがり下さい」

と前の暗い階段をやたらに上へ押し上げられる。一ツ登ると、そのまた次にも、また次にも、階段が現れてくる。否応なく、それをどんどん押し上げられた。

登りつめたところは、北矢蔵の天守閣だ。その次の間へみちびかれた。

そこへ一人の立派な侍が現れて、ピタリと着席、挨拶する。

「拙者、河尻青貝でござる。御見知りおかれたい」

「兄君の病気見舞いに参ったのに、余を捕えて、なんと致す」

「陰謀ロケンにつき、これにて御生害《ごしょうがい》致されるよう、信長公御諚《ごじょう》でござる。河尻青貝、見届けに参った。御心静かに御生害あれ」

御心静かに急にそんなことができるものではない。

勘十郎がただ茫然と顔色を失ってうなだれていると、

「ミレンでござるぞ。サムライは日常の覚悟がなければならない。まして大将というものは、生れた時から覚悟の中で育たなければならないものだ。あなたの兄君なぞは生れたてから一人ぎめの覚悟の中で育ちすぎて、イヤもう私たちはとんだ迷惑したものだ」

青貝はブツブツぼやきながら人々に仕度を急がせて、とうとう勘十郎を御心静かに腹を切らせてしまった。

権六はこれより早く自分の軍兵をつれて末盛城へ乗りこみ、難なくこれを占領する。もともと彼は城代。この城も、この軍兵も、ほとんど彼が手塩にかけて育て上げたようなもの。もうこうなれば彼の重みは千鈞《せんきん》で、佐々蔵人やその一味なぞは、うごめくこともできない。

権六は佐々蔵人だけ成敗し、他の者に向っては、

「信長公の御諚によって、当城は権六が宰領するが、昔のことは忘れてとらせ、誰の処分も

致しはせぬ。しかし、居づらい者、不服の者はただ今かぎり勝手に城を立去れ」

わずかに数名の者が立ち去っただけで、他の一味の者共は、手のひらを返すように信長の威勢に服した。

こうして、信長の身内の中から敵は完全に除かれてしまった。

ニセ手紙

1

清洲城の北矢蔵、信長の側近以外は近づくことのできない特殊区域の一隅に、根阿弥一斎という老人がモグラのような生活を送っていた。

信長の放浪癖は、長ずるに及んで区域がのびた。彼の家来たちも知らないうちに、少数の近臣をつれて風のように馬を走らせ、京都見物にでかけたりした。この実証家は自分の耳目で確めたもので判断の基本を育てる。そして彼の好奇心は強かった。判断の基本を育てるためには、天地無限に目当ての場所がごろごろしているようなものだ。彼の馬は休息のヒマが少なかった。

そのような家来も知らない旅先で、信長が拾ってきたのが、この根阿弥一斎であった。清洲の人々は城内にこんなモグラが棲んでいるのを知らない者が多かったが、知ってる者も、モグラの生国や素性はもとより、何をしている人間だか、誰も知らなかった。諸芸にタシナミの必要な大名の居候に、妙な老人が一人二人いたところでフシギがられることもない。老いたるモグラは便所に立つとき以外には全く自分の一室から出たがりもしなかった。彼は終日机に向って手習いをしていた。この仕事は彼の天性のものであった。

時々、信長が遊びにきた。モグラは信長がきても手を休めなかったが、信長もモグラの手習いに別に興味もなさそうだ。壁にもたれて、両足を投げだして、ボートにのって日向《ひなた》ボッコしてるようなダラシのないカッコウをしながら、モグラの作業を遠目に見ている。

「まだ、ダメか」

「まだです」

モグラはうるさがって手習いのお手本を突きつけて、

「ここんとこは、一朝一夕で捉えられる癖ではござらん。こういう仕事は、急いでも、ダメだ」

「分っているが、こっちも急ぐ仕事だから、せっせとたのむ。この前のは上出来だ。まだ一枚も敵に怪しまれたことがない」

「当り前さね」

老いぼれモグラは自信マンマンである。彼は偽筆の大家であった。

今川義元は他日の上洛にそなえ、尾張の諸所をきりくずして、着々堅陣をかためている。放っておけば、他日一気に尾張を馬蹄《ばてい》にかける用意ができあがってしまう。

山口左馬助をはじめとし、坂井大膳、林佐渡ら、信長にそむいて敗れた者が頼る先はすべて今川義元で、他日尾張も今川の物と先物買いをしているのである。

非力の信長はマトモに今川と戦うことができないばかりか、彼に背いて今川についた尾張の出城をつぶす力もない。

そこで思いついたのが、偽筆で敵をくずすことだ。

今川義元は苦労知らずに成人したお坊ちゃんで、貴族風の潔癖をもっている。飼犬に手を噛まれると、容赦ができない。いったん人を疑ると、再び容れるということができがたいほど、無邪気な潔癖家であった。

そこで信長は山口左馬助はじめ自分に背いて今川についた大将たちの筆跡を探し集め、モグラを探しだして偽筆の製作をはじめた。今川に頼ると見せて信長と通謀している手紙を偽作し、これを隠密に運ばせ、わざと捕えられてニセ手紙が今川の手に渡るという計略を立てたのである。

2

今の名古屋市の南端を流れる川を天白川という。当時は熱田川と呼んでいた。

鳴海城の山口左馬助はその後大高、沓掛の両城を手におさめ、その中間の丸根、鷲津等の小城はいずれもおのずから左馬助に服して、天白川以南の地は全く今川の勢力下に入ってしまった。

天白川を挟んで、鳴海の対岸を笠寺という。この城主は戸部新左衛門であった。対岸一円の地がゼンゼン今川の勢力に服してしまったから、今や笠寺が信長領の最前線、戦術上の最要点でもあったが、そこを護る戸部新左衛門の身になると、駿河から三河を越えて尾張まで、小さな川の対岸までヒタヒタと押しつめている今川勢を一身に受けてはやりきれない。

自分のウシロの尾張ときては内紛つづきで、遅かれ早かれ今川が尾張一帯を手に入れるに相違ないと考えたから、彼もひそかに今川にヨシミを通じ信長方の最前線笠寺はクルリと一回転して、今川方の最前線となってしまった。

笠寺が敵の最前線となると、敵は天白川を渡って、尾張の心臓部へクサビを打ち込んだことになってしまった。

ところが戸部新左衛門は非常に筆マメな男で、尾張の情勢を家来に探らせこれをコクコク自ら手紙にしたためて毎日のように情報を今川義元のもとに送っている。

　笠寺の城と天白川の中間に大蛇岳という山がある。今川義元は岡部五郎兵衛に命じてここに小さな砦を築かせ、ここを連絡所とすると共に、それとなく戸部新左衛門の動向に監視の眼をも光らせていた。

　笠寺城に足軽奉公している半田小助という信長の諜者《ちょうじゃ》がひそかにこのことを伝えてきたから、信長は小助を呼んで、

「大蛇岳の砦の者が笠寺城を監視するとは、どんなふうにやってるのか」

「さればです。街道筋は誓願寺はじめ戸部村の諸所に監視所があって往還の者を改めておりますが、笠寺城と大蛇岳の間、桜村を通って天白川上流を迂回する抜道があるのです。わざとこの抜道を放置して、尾張と笠寺をひそかに連絡する者の有無を監視しているのです」

「城内の者は監視を知っているのか」

「知っておりますが、あやしまれさえしなければ通行は出来ます」

　信長はこれを知って喜んだ。

　すでに戸部新左衛門の筆蹟は一年半も前からモグラの老人が偽筆の練習を重ねて、どうやら偽物の見分けがつけられぬところまで到達したところであった。

　信長は千九郎を呼び寄せて
「キサマ変装して夜のうちに桜村から笠寺城の近所へもぐりこみ、翌日、抜道を通って尾張

へもどって来い。キサマが前日街道を通らなかったことは監視の者にわかるだろうから、あやしまれたら敵を倒し荷物を棄てて逃げて来い。もしも逃げることが出来ずに捕えられたら、知らぬ存ぜぬとシラを切って死んでもらわねばならぬ」

「どうも、困ったな。オレはケンカも強いが逃げる足も早いのでネ。駿河者がオレをつかまえる前にオレの足が勝手にスタスタ走り過ぎてしまった時には、また戻りましょうか」

「見破られないようにしろ」

「大丈夫です」

千九郎は大喜びで支度にかかった。

3

千九郎は商人に変装した。

夜陰に乗じて笠寺の付近に忍びこみ、小さなホコラの中で夜をあかし、翌朝持参の握り飯三四人前ある奴をゆっくり平らげる。逃げて帰らなくちゃならないから、戦闘準備の第一は満腹。千九郎流兵法の極意である。

スタスタと商人らしい足どりで桜村から天白川上流の方へ抜けて行こうとすると、森陰から三人の足軽風の者がでてきた。

「これ、待て」

千九郎はそれ出て来たと内心大喜び。出てくれなくちゃ役目がつとまらない。

「ヘエ。どうも、本日は結構なお天気で」

「いずこへ参る」

「私はね、この川向うの鳴海の商人でござんすが、この上の八幸村というところがオフクロの里でござんして、このオフクロのオフクロに当るババアが大病でござんす。使いをうけて三、四日になりますから、もうお目出たくなったかも知れませんが、ウチのオフクロの申すには、お前が商用にでるならツイデにオレのオフクロをお見舞いしてこいとこう申しまして、三百文くれました。どうもアリガトウとフトコロへ入れましたら、それはあッちのオフクロの見舞いだそうで、私はタダです」

「ベラベラよく喋るな。商用はどちらへ参る」

「商用はミヤコでござんす。私はネ、長スネ勘次と申しまして、飯を五人前食った時には一日に二十里歩く。六人前が二十三里、七人前が二十六里、八人前が三十里、十人前なら大マケに一晩でミヤコまで行っちまうよ。だから方々の商店が相談して、五軒の店で十人前ふるまって、私を京都へ旅立たせようという算段です。知りませんかね。海道名題《なだい》のハヤテ足、その名も高き長スネの勘次」

「知らねえな。お前の荷物を改めるから、中を開けろ」

「中なんぞ改めたって仕様がないよ。中なるものは私の下帯、センタクは行き届いております。そのほかには商用の注文状、飯が二人前ずつ合せて五本ございんす。改めたって仕様がない。およしなさいよ」

「早く開けろ」

「もしも、あなた、そのヒマに八幸村のババアが息をひきとったら、私はね、ここへ死骸を背負ってきて化けさせるよ。カンカンノーを踊らせてやるから」

「怪しい奴だ」

「怪しかアないよ。怪しいと思ったら鳴海へ行って訊くがいいや。ここは鳴海の川向うだ。鳴海の川向うの人間が、その名も高き長スネ勘次を知らねえとは、おどろいたね」

「よし、よし、キサマの注文通り、鳴海へ問い合せてやるから、ゆっくり待ってろ」

「待つわけにはいかないよ。戻り道でまたお目にかかるから、それまでに問い合せておいてくれ。長スネ勘次は足が早いよ。ヤッヤッヤッーと五百数えるうちに一里歩いてしまうから」

「オーイ。怪しい奴をひッとらえたぞ」

森の奥へ向って叫ぶと、一人の侍が四人の足軽をつれて出てきた。四人のうち、二人は鉄砲を持っている。

侍はジロジロと千九郎を上下に見て、

「ウム。一曲《ひとくせ》ありげな奴だ」

「当り前ですよ。海道筋にその名も高い長スネ勘次。日本一の足早やだ」

鉄砲の足軽は火縄に火をつけている。これはどうも要心のいい奴らだと、千九郎は内々戦闘準備にかかる。

4

敵は多勢であるから、武器も持たない千九郎、勝味のないことは分っている。足軽なぞとバカにしてかかると大マチガイで、腰に武者ぶりつかれでもすれば、逃げることもならず生け捕りの運命となる。ケンカには場数をふんだ千九郎のことだから、諸般の条件から割り出して、機にのぞみ変に応じる備えを立て、間一髪のところまでわざと深入りする。

「所持品を取り調べる。中をあけろ」

侍が命じた。足軽の一人が千九郎の振分け荷物をとりあげて中を改めようとする。他の足軽どもは千九郎が抵抗すれば躍りかかる身構えであるが、千九郎は全然クッタクのない様子。ちょッとてれて苦笑しながら、

「そのヒモの結びは長スネ勘次極意の結び。あんた方には解けないよ。どれ、かしてごらん。仕様がねえな。中を開けてみたって着替えの下帯と注文状だけさ。つまらねえ手間をかけさせる人たちだ」

とヒモをとく。振分け荷物が二ツに分離したから、みんなの心がゆるんだ。

そのとき荷物の一ツを素早く拾い上げた千九郎、いきなり鉄砲足軽を左右に倒して逃げだした。とたんにバッタリ荷物を落したから、

「シマッタ！」

逃げかけた足をふみとめて、ふりむきざまに、近づく奴を右に左にめッた打ち、落した荷物の方へ近づこうとあせった。

その時、立ち直った敵が一時にどッと襲いかかったから、もうダメだ。危く腰や手にすがりつこうとする敵をかいくぐって、一目散に逃げだした。その逃げ足の速いこと。みるみるグングンひきはなして、姿が消え失せてしまった。

「音にきこえた長スネ勘次か。まったく足の速い奴だ」

「奴め、こっちの荷物をヤに大事にしてやがったな。あけてみろやい。ヤ。ゲゲッ！　本当に下帯だ」

「さては奴は怪しい奴じゃなかったかな。姓は長スネ、名は勘次か。なんだって下帯の包みを大事に抱えて逃げやがったのかな」

と足軽どもがふざけて下帯をふりまわすと、ヒラヒラと空にういた六尺の旗からポロリと何か落ちてきた。

侍がこれを手にとってみると、奉書に包んだ書状。上書に、織田上総介《かずさのすけ》殿へ、戸部新左衛

門とある。

侍はこれを読むより、何食わぬ顔、フトコロへ入れて、

「勘次とやらを見かけ次第ひッ捕えよ。本日のことは口外いたすな」

さっそく岡部五郎兵衛のもとに参り、逐一報告して書状を提出した。

この書状を読んでみると、次のような意味のことが書かれている。

昨今、今川義元は内政多事でにわかに西上の大軍を起すとも思われないが、なるべく早期に西上をうながすように努力する。それまでは尾張も内政多事を装い、敵の出城を攻めて小《こ》競合《ぜりあい》を起すようなことは慎まれたい。今川義元が全軍をあげて西上の折は、鳴海、笠寺まで黙って引き入れ、山口左馬助と呼応して大軍を袋の鼠とし一時に全滅せしめるの計、すでに山口とも着々打合せ御諚の如く進捗しつつあり云々。

心胆を寒からしめる裏切り状。岡部五郎兵衛はおどろいて、大至急、駿河の今川義元にこれを提出し報告した。

5

この年に今川義元は山家三方《やまがさんぽう》の叛乱で内政多事多端であった。山家三方とは田峰の菅沼氏、長篠の菅沼氏、作手《つくで》の奥平氏のこと。いずれも有勢の豪族で、一族多く、これが叛乱を起し

てはフトコロに火がついたようなものだ。

この叛乱にも、どこか糸をひく者の陰謀があるのではないかと今川義元は疑っている。隣国の武田、北条、いずれも表面は親戚関係であるが、戦国時代の親戚とは敵デモアリマスという表札のようなもの。

そこへ、戸部新左衛門の裏切りだ。書面によると山口左馬助も同類で、ともに陰謀を企んでいることが分る。

ところが、信長はその時までにモグラ先生の偽筆によって山口左馬助のニセ手紙をつくり、手段を弄してこれを今川義元につかませていた。祐筆によって鑑定させると、まごう方ない左馬助の直筆である。しかし、山家三方の叛乱で多事多端であるから、義元はソッちの方まで手がまわらなかった。

山家三方の方がどうやら八分通り片づいて国内の山家旋風も下火になった折からに、戸部新左衛門の裏切り。合せて山口左馬助もだ。

戸部新左衛門は筆マメで、義元のところに三日にあげず情報を送ってくるから、手紙の一山がある。それと筆蹟をくらべてみると、まごう方ない直筆。疑う余地がない。

義元は烈火の如く憤り、

「さっそく戸部を駿河へよんで首をはねてしまえ」

そこで笠寺へ使者がきて、義元が対面したいというから来てくれという。戸部はよろこん

で出かけると、烈火の怒りに燃え狂っている義元は、

「駿河まで近づけるに及ばぬ。途中で首をはねて持ってこい」

途中、吉田で首をはねてしまった。

ついで、山口左馬助のところへ、岡部五郎兵衛は武者をひきつれて公式の使者にたち、山口父子に対面。

「このたび笠寺の戸部新左衛門は信長と通謀して我が君をはかったので誅《ちゅう》を加えましたが、それにひきかえ貴殿は数年にわたって変らぬ忠義の数々、織田の攻撃をよく守るのみならず、大高、沓掛等を打ちふせて味方につけた勲功、屋形様のお喜びは一入《ひとしお》でござる。貴殿父子を駿河に招じて労をねぎらいたいと申せられる。御不在中は拙者が城代となって留守番いたすから、特に美々しく行列をねって駿河へ参向いたされたい」

「これは千万かたじけない。なんとも身にあまる御諚でござる」

山口父子は大喜びで仕度にかかる。これまで尽した忠義の数々、ようやく報われる時がきたとただもう感動している。

美々しい行列を見て街道筋の人々も、

「鳴海の山口が多年の勲功によって駿河へ召され感状をいただくそうだ。笠寺の領地も山口がいただくそうな」

などとささやいている。それが山口父子の耳にも入るから、すっかりよい心持。

ところが、駿河へ到着。敬々《うやうや》しく挨拶にのぼると、どんな御馳走が出るやらと思いのほか、いきなり搦《から》めとられて、義元の対面にも及ばず、また申開きにも及ばずと、その場で切腹させられてしまった。

山口父子、旧主にそむいて孤軍奮闘、数年にわたって今川に尽した忠義の報いは有無を云わさぬ切腹だった。信長の計略は怖しいほど図星に当ってしまった。

6

信長が今川に対して始めて多少の攻勢に出ることが出来たのはそれからだった。丁度その頃、尾張半国がともかく信長一本に統一される気運に向った。そこで幾らか攻勢に出ることが出来るようになったのである。

攻勢といっても敵地深く攻めこむことはとても出来ない。鳴海や笠寺を取戻すことも出来ない。それでも付近の鷲津、丸根の二つの砦は取戻せたし、また鳴海と沓掛の中間に丹下、善照寺、中島の三つの砦を造って、敵が尾張へ討込んだ楔《くさび》に対する押えとした。これらの砦にはそれぞれ有能老練な武将を派して守らせた。例えば丸根は佐久間大学、鷲津は織田玄蕃《げんば》、飯尾山城守といったような顔ぶれだった。

今川義元はあせらなかった。

天下の将軍をねらっている義元にとっては尾張の半分をようやく統一しかけた程度の信長なぞは眼中にない存在だった。

信長の父信秀には義元も苦戦したが、その頃信秀は破竹の勢であり、義元は若年でもあったし、まだ兵力も弱かった。

いまは違う。今川氏本貫の駿河、遠江のみならず三河も今は彼のものだ。そこで勢力のあった松平氏は勢いを失い、嗣子《しし》家康は彼の人質として育ってようやく一人前になりかけたばかり、もっぱら義元の馬前に忠勤を励んでいる大層律儀な忠犬にすぎなかった。

義元が尾張に向って動く時は同時に京の都に向って動くときだ。その万全の準備のために義元はあせらず時を待ち計画をねっていた。そして、その準備の出来たとき信長がひとたまりもあろうはずがないではないか。

義元は自分が生れながらの貴人であることを誇っていたから、自ら手を下して槍剣弓馬の技法を会得しようとは考えなかった。

生れながらにして人の将たる貴族にはそれに相応したタシナミがある。槍剣弓馬の技法は、またそれを会得すべき者が生れながらに定まっていて、それらの者にかしずかれるのが生れながらの貴人なのだ。

彼は胴が馬鹿長くて、脚が大層短かかった。その長短の甚だしさは殆どカタワとよんでよい程だった。ところが義元は、それすらも天が選ばれた貴人にあたえた特別の恩寵でこれが貴人の証拠だと考える程のウヌボレ屋であった。彼は自分がやがて京の都へ上って天下の将軍となることを信じていたから、自分に必要なのは、貴人の物にふさわしい軍隊で、それは軍律が正しいことと、忠誠一途であることがその本質だという風にカンタンに虫の良いことを考えていた。そして部下に忠誠を強要し、また厳格な軍律を定め、それを自分で楽しんでいた。

彼は信長の謀略によって忠誠一途に励んでいた山口父子と戸部新左衛門を殺し、そのお陰で、鳴海の周辺において失うところがあったが、それを意に介しなかった。

「事実がそうではないにしろ、敵の謀略が差込むような立場のものはむしろ失われた方がうれいがない。そのために多少の損をしても、おれはそれを一まとめに取返す力がある」

彼は落着きはらっていた。やがて準備が出来上った。

永禄三年五月一日駿河、遠江、三河、三国の諸将に出陣のフレをだす。十二日、本隊出発。その軍勢四万五千。十七日は先鋒《せんぽう》すでに尾張に来て野荒しを始めた。信長の運命の日は来たのである。時に今川義元四十五歳、織田信長二十七歳。

桶狭間

1

今川義元の本隊は十六日岡崎、十七日知立《ちりゅう》をすぎて、十八日尾張に入り、沓掛に本営を進めた。いよいよ明日からは敵地を通ることになるが、敵の出方はまだわからない。

先軍五千は途中敵の砦の周囲を焼き払い丸ハダカにしつつ鳴海を過ぎ、すでに笠寺に至っていた。

義元の本隊もつぎにはここまで陣を進めるのであるが、沓掛から鳴海、笠寺に至るには三ツの道があり、最短の直走路も、次の本街道も中島、善照寺、丹下の砦を通らなければならず、また山間の小径《こみち》だから、大部隊は細々と長い行列をする必要があって、威風堂々大河のごとく通過するには適しない。

丹下の砦は水野帯刀《たてわき》、柘植《つげ》玄蕃、山口海老《えび》之丞《のじょう》ら、善照寺は佐久間右衛門、弟左京亮《さきょうのすけ》ら、中島は梶川一秀らが守っている。今川の尾張侵入がここを通過することを想定して、特に近年構築した要害であった。

ケタの違う今川の大軍から見るとこれらの砦を踏みにじるのは難事とは思われないが義元は第三の最大迂回路を選んだ。桶狭間から大高をまわり半円を画いて鳴海に至る大回りの道だが、この方が山地が少く、大軍が敵地を通るには適している。

義元にとっては、戦争は先鋒たる派出兵団のすることで、自分の本隊は無難な道をゆっくり進めば事は足りるという考えであった。

桶狭間から大高に至る間には、鷲津と丸根に敵の砦があった。この二ツには織田玄蕃、佐久間大学らが籠っていて相当の抵抗は予期しなければならないが、たかが敵の出城にすぎないから大敵ではない。

ところが大高の守将鵜殿長助から知らせが来て、大高城には味方の大部隊を迎えるほどの兵糧《ひょうろう》が無いから入城するなら兵糧を入れてくれとのことであった。そこで入城の前日兵糧を入れることになり、この役目が徳川家康（当時は松平元康といった）に下されたのである。

家康は当時十九歳。二千五百の三河武士を率いての出陣であったが、さて大高城に兵糧を入れるには、すぐ近所の鷲津、丸根の砦の前を通り、敵の目の前で兵糧入れの仕事をやらなければならない。

しかし、杉浦勝吉が偵察して、敵に出撃の意思なしとみてとり、思い切って砦の前を荷駄をつませて通ったところ、果して敵の出撃なく楽々兵糧を入れることができた。

鷲津、丸根の砦は出撃どころではなかったのだ。二千五百の三河武士が買いかぶったほどの勢力はその砦の中にはいなかった。うち続く内乱で尾張の兵力は衰えている上に、今川の進出によって尾張の田畑半分を占められてしまったからミイリが少くて存分の兵力も養えない。したがって、尾張から今川の勢力を追出さないと信長はこれ以上やって行けないところまで来ていたのであった。

大高の兵糧入れがうまく行ったから、義元は家康の手柄を賞し、明日はいよいよ大高まわり鳴海入り。それに先立って、道をさまたげている鷲津と丸根を落さなければならない。その丸根攻撃の役がまた家康に回った。鷲津の方は朝比奈泰能と三浦備後守の五千名の兵力が当ることになった。

早暁から攻撃にかかり、義元の本隊が沓掛をたって到着する時刻までに攻略しておかなければならない。

明くれば十九日。すでに丸根、鷲津では明けやらぬうちから攻撃が始まった。

2

十八日夕刻、鷲津丸根の佐久間大学、織田玄蕃より急報あり、

「敵は大高城に兵糧を入れつつあり。義元本隊の進路、この道と定まれり。鷲津丸根の防備この大軍を防ぎがたいから、明朝の満潮前に砦を引払い、清洲の籠城軍に参加致したく……」

と注進してきた。

清洲籠城ということは、軍議があって決定したわけではなかったけれども、重臣の大多数が常識としてそれが当然と考えていた。

敵は四万五千、味方は諸方の砦や留守番まで、何から何まで合せても五千ぐらいしかない。野戦を選べば、諸方の砦の兵力や留守番は動員するわけにいかないから、三千ぐらいの兵力になってしまう。たったそれだけで敵の大軍に突入したって軽く全滅あるのみだ。

諸将はすべてこう考えて、軍議を待たず、当然信長が説服されて籠城策をとるものと考えていた。五月一日に今川義元が出陣のフレを出し動員令を下して以来十八日、尾張の諸将は往来を重ねて戦備のかたわら私設軍議をこらし、自然にそれが尾張全軍の意見のような公然たる形をとっていたのだ。

そこで大学と玄蕃は、今川の進路がこっちときまった以上、長居は無用、砦を引払って清洲籠城軍に合流したい旨、注進して来たのである。最前線の砦の守将は数日前から敵の先鋒が侵入して防戦に忙しく、本営の軍議にはずっと参加していないから、なおさら清洲籠城ということに当然軍議決定するものと独断的に想定していたのである。

豈《あに》計らんや。清洲では、本尊の信長が全然その評議には気乗りが薄くて、何とも返事をしないのだった。

十八日には前線の守将以外は全部の将軍が清洲城につめかけて、軍議の最後の決定を待っていた。

「敵の進路がまだ分らないから、殿は最後の軍議を延していられるのだろう」

「バカバカしい。敵がどっちの道をとるにしても、それと清洲籠城と関係あるものか。敵が目の前まで来てから俄かに籠城するような不手際なことで、優勢な大敵に抵抗し得るものではない」

多くの武将は甚だしく不満な思いで、刻々の前線からの注進を迎えている。

そこへ、大高兵糧入れ、という大学と玄蕃からの急報だった。

「大学と玄蕃は明朝の満潮前に砦を引払うといってるそうだ」

「それが当然だ。この際、籠城して敵を迎える以外に策があるはずがなかろう」

「しかし、敵が大高へ兵糧を入れたあとで、こっちがようやく籠城にとりかかるとは、まるで手回しがアベコベじゃないか」

「あす一日で籠城とは忙しいことだ。まるで敵が目の前に来るまでの十八日間ムダに暮したようなものだな」

それでも、まさかに信長が野戦を選ぶとは一同は考えていなかった。幸い大学と玄蕃から明朝砦を引払うと注進して来たのは何よりのキッカケ。それに対して信長が意思表示することによって、自然に軍議は一決に至るものと思っていた。

ところが、信長は大学と玄蕃に、守れとも引払えとも返事をやらない。

それどころか、敵が目の先に攻め寄せているのに、そんなことは聞いたこともない様子で、夕食後ノンビリとヨモヤマ話をし始めたのである。

3

ヨモヤマ話の最中にも、ひっきりなく急報がとんできた。

大高城の兵糧入れ完了。明朝敵の攻撃必至。丸根攻撃軍は徳川家康二千五百。鷲津攻撃は朝比奈泰能二千、三浦備後守三千の兵力の如し等々。

しかも先軍五千はすでに笠寺へ入城している。この先軍が夜陰に乗じて動きはじめ、諸所に火をかけて回るだけでも、将軍連の留守城はテンヤワンヤになってしまう。

しかし、信長はどこ吹く風。とうとう深更に至るまでバカ話に打ち興じ、一言も軍議にふれなかった。信長はふと気がついて、

「ウム。真夜中を過ぎてしまった。おそいから、一同帰宅いたせ」

鶴の一声。鶴にもピンからキリまであるらしい。三文サーカスのトウマル籠に飼われている痩せッぽちの羽のはげた鶴でも、それ相当の一声だけは張りあげることを忘れないらしいな。

鶴が一声をのこしてスッと奥へ消えたから、大将連それぞれ帰り仕度にとりかかる。

「運の末には智恵の鏡も曇るというが、いよいよ清洲落城、織田滅亡か」

「いまさら曇る智恵の鏡かよ。もともと曇りだらけのデコボコ鏡だ」

「いったい、敵がお膝元までやって来るという明日は、どうすりゃいいんだ」

「デコボコ鏡にまかせておけ。その鏡に何かがうつると鏡の考えが浮ぶであろうさ」

思い思いに信長を嘲弄しつつ重臣連はひきとった。

翌る十九日の払暁。丸根と鷲津にはすでに総攻撃がはじまった。


そのころ沓掛城の今川義元もキゲンうるわしく目をさまして、朝のお化粧に余念がない。そのころのサムライはマゲというものがあるから、お化粧がいる。サムライでもそうだから、生れつき貴族の義元は尚更のことである。

彼の頭は特に総髪であったし、口にはオハグロをつけなければならない。これは京の都のやんごとない種族、オクゲサマという人種の風俗なのだ。義元の見解によれば、武将にして、かつまた貴族の風俗をよくしうる特殊階級の人間は自分以外に存在しないのであった。

お化粧を終った義元は、朝食をしたため、少憩した。朝の爽やかな満腹。軍馬のイナナキが起っている。思わず一首でそうな、やや緊張した快い詩情。

「そろそろ御出立の時刻です」

「具足に香をたきこめておいたか」

「御念には及びませぬ」

「どうも具足というものは重いな。貴人の用うるものではない。下には馬がうごく。上からは具足が押しつける。中なる貴人はキュウクツだ。呪うべき奴め。だが、そのキュウクツを忍ぶことによって、天下の鬼神、チミモウリョウ、みんな足下にふみくだいてしまう」

ノンキなことを云いながら、具足をつける。義元は胴が長くて足が短い。それに合せたヨロイだから、ひきずるように長くて重い。

「ドッコイショ」

家来に尻を押し上げてもらって馬に乗ろうとするが、特別の短い足で思うにまかせぬ。もう大丈夫と家来が手を放したら、持った手綱がのびて、ズデンドウと落ちてしまった。義元は怒りもせずに、もう一度押上げてもらい、

「貴人は落馬する。サムライのように器用には参らぬ。これもチミモウリョウをふみくだくためだ。ちと痛いが、貴人はさして意に介さぬ」

長い胴をふりながら悠長に出立した。

4

十九日早暁、家康は、石川備後守、酒井左右衛門らを先鋒にして進んだ。

丸根の砦は濠をめぐらしているけれども、東西南北いずれも二十間に足りないおもちゃのような砦で守備も見た目には多いように見せかけても、実は甚だ少いのだ。

守将佐久間大学は、砦を棄てて清洲の籠城に賛同する所存。当然信長から許可の返事が来

るものと思っていたのに返事がない。返事がないということは、勝手に死ねということだ。二千五百の敵を相手に守って見たってしようがない。死ぬなら花々しく一思いに突撃して死んでやれと、先方の攻撃をまって城門を開きいきなりどっと打って出た。

砦というものは、どんなに小さくとも守って戦うために、築いたものだ。しかるに一合も応戦せずに、まってましたと城門を開いて、大将大学を先頭に城をからにして飛出してきたから驚いたのは三河武士。家康はこれを見て、

「敵は死ぬ覚悟のきちがいだ。まともにお相手になるな。矢軍で包囲してせんめつせよ」

しかし、矢軍に包囲されるのをゆっくりまっているはずはない。大学はじめ散々に暴れた挙句、大学は弓に射貫かれて死んだ。丸根の砦はあっさり落ちてしまった。

丸根に比べると鷲津の方は、もうちょっと大きい。やっぱり小さな濠をめぐらし、東西は十八間くらいだが南北は三十八間、守備兵はやや多かった。

こっちの砦は朝比奈軍が風上から火を放ち、煙攻めにして急撃し、守将の一人飯尾近江守はじめ、大半討死。織田玄蕃と生残りは河を渡って逃げた。

いよいよ砦が落ちたのは、午前十時ごろだった。

清洲城では一晩ばか話をして、武将連を帰宅させたあとで、信長だけはまだ起きていた。間もなく敵の攻撃がはじまるはずだ。敵は天下の今川、自分はただの信長。差当ってこれほ

どの敵は天下にないが、それだけに信長は、今までのどの戦いよりも、落着払うことができた。

どんなに軍議をこらし作戦を練りに練って見たところで敵は四万五千。理詰めにおして勝つ作戦など考案の余地がない。籠城に当っては、万が一に負けない作戦であるかも知れぬが、勝つことのない作戦だから、かれが一顧も与えないのは当り前だ。

よそから援軍が来るわけではないのに、籠城して細々と城を保っても、どうにもならないではないか。

いかにして今川と戦うかということは十年前から考え続けていたことだった。信長が父のあとを継いで以来、今川の侵略に悩み続けている。やがては今川と自分の存亡をかけた決戦をしなければならないことは、そのときから決っていたことである。しかし、今川とのいろいろな決戦の場合を、考えるだけ考え尽していた。今更軍評定をまつことはなかった。かねて覚悟の日が来ただけのことである。信長は多くの燭台を立て並べ、侍女たちを集めて、まだばか話に興じていた。

もう死期をまつばかりの濃姫は起きてその席に侍することができないので、夫の門出を見送るために薄化粧して、寝床に横たわっていた。信長は思い残すことがなかった。今となっては不安すらもない。

爽快なほど無心に心が満ち足りているのだ。

5

夜が明け始めた。まもなく第一報が届いた。

「敵軍、丸根、鷲津攻撃開始」

信長はうなずいただけだった。そしてまた侍女たちを相手に馬鹿話を始めた。

信長が待っているのは丸根、鷲津の戦況ではなかったのである。

敵の先鋒は丸根、鷲津を通りこしてすでに前日から笠寺に達している。その兵力とても五千。それは織田全軍の総兵力。

そこから半日行程の沓掛には今川の本隊がいる。笠寺の先鋒五千とシンガリの本隊がどういう動きを起すか。

信長が待っているのはそれである。

丸根の佐久間大学と鷲津の織田玄蕃から、砦を撤退して籠城に参加したいということを昨夕申し送ってきた。信長は見て見ぬふりをしてそれに返事をしなかったが、それは彼が籠城を考えていなかったというばかりでなく、二つの砦を見殺しにすることをハッキリ考えていたからだった。

この二つだけではなく、丹下、善照寺、中島の砦も敵がもしもそれを攻めるならば見殺しにするつもりだった。

この決戦においては部下を助けることを考えるヒマはなかったのである。間の悪いものは死ぬより他にしかたがないのだ。兵力が段チガイなのだから敵の攻撃をうけた砦は間が悪いのだ。

その役割を果して死する以外にしかたがない。

砦の役割は砦に任せきって、信長ら自身は敵の本隊に突入しいちかばちかの体当りにすべてをかける以外に見込がない。

「そして、その体当りに最善の時と場所をきめるためには、敵の全軍の動きを把握してシサイに観察することが必要だ」

すべてはそれに応じてのことであり、領内の地理については藪の中の木の根のことまで知りつくしている信長にとっては、前日の軍評定などは全然無用のことであった。この日のために用意した組織的諜報は、櫛《くし》の歯をひくが如くに届き始めた。

笠寺の先鋒は動かない。

鳴海城にも特別の動きはない。

丸根、鷲津の砦に向って敵の兵力は全力をあげて攻撃を続けている。

丹下、善照寺、中島の砦に向って攻撃を加えるものはなく、やがて攻撃を加えるような動きも見ることができない。

夜が明けた。

信長は静かに侍臣に言った。

「出陣の用意にかかれ」

そして、立って侍女たちに
「夜明の舞を見せてとらそう」

二十すぎまでクワイの頭を振り立てて育ったこの腕白坊主は、大人のマネを始めてから、恐しくオシャレであった。

日頃タシナミに意を用い、日常の服装などは飾り窓の紳士人形もねをあげるくらいキチンとしたものであった。

肩衣《かたぎぬ》に長袴《ながばかま》、痩身の信長がすっくと立つ。ほれぼれする男ぶり。虚空をにらんで、静かにきまると、朗々と歌い、舞い始めた。

「人生五十年、下天の内を較ぶれば夢まぼろしの如く也。一度生を得て滅せぬ者のあるべきか」

信長十八番の敦盛の舞。先生について修業を重ね、歌も舞もたしかなものだ。また痩身に拘わらず、甚だ声量があって、よく通る声であった。

6

信長は舞いながら云った。

「ホラをならせ」

舞いながら肩衣をはずしはじめる。

「具足よこせ」

具足をうけとって、また一舞い。舞いながら一部分ずつ平服を脱ぎすてては、具足につけかえる。

男が着物を脱ぐという行動はとかく風情を欠いた粗雑なものに見えやすいが、謡いかつ舞いながらこれをやっている信長の手ぶり足ぶり、また着物の脱ぎ方、具足のつけ方には八サン熊サンが銭湯で演じるような荒っぽいところがミジンもない。優にして雅、またいささか艶なる風さえあった。

「食事をもて」

侍女が食膳をささげてくると、具足をつけ終った信長は、その膳を下へおかせず、立ちながら食事を終る。

「腹もできた」

信長はニッコリ。

「カブトは?」

「これにあります」

侍臣のささげるカブトを受けとってかぶり、自分でヒモをシッカとむすぶ。

「さて、参るぞ」

侍臣に声をかけると、事もなげにスタスタと部屋をでた。

濃姫も侍女たちも、決死の人をそれらしく見送るヒマがなかった。動より動に、休止のヒマなく動きつづけて、しかも事もなくスルスルと出かけてしまったのだ。

従う者は小姓五名。岩室長門守。長谷川橋介。佐脇藤八。山口飛騨守。賀藤弥三郎。

突然ホラの音に夢を破られた兵士たち、まだ出動準備にてんやわんやの騒ぎをしている。

信長はそれに軽く一ベツ。

「馬をひけ」

信長は馬にまたがり、

「参るぞ」

と小姓に一言、とっとと駈けだした。小姓は慌てて後を追う。主従合計六騎である。

熱田まで三里の道を休まずに走った。信長は宮前に馬をつなぎ、願文を納めて戦勝を祈った。午前八時であった。

おいおい後を追って集る者があり、馬上六騎、雑兵二百ばかりの数になった。

源太夫の宮の前から東を望むと、丸根鷲津は落城したらしく、黒煙の立ちのぼるのが見える。

折から満潮の時刻であった。丸根鷲津はここからの最短距離だが、川に潮がのぼると渡れない。

「満潮の時刻は？」

「ただいまが満潮です」

「しからば回り道を致さねばならぬ」

なに満潮のときを見て出てきたのだ。丸根鷲津を助ける気持は初めからない。丸根鷲津を攻めている敵の支隊と戦うのは無意味だ。

しかし、敵に迫る最短距離の道をすて、丸根鷲津も助けずに他の方向へ走りだすと、味方の兵に疑念が起り、士気が衰えてしまう。

「上道を廻るぞ。いそげ」

井戸田をすぎて山崎に来たとき、

「佐久間大学、飯尾近江、ただいま戦死」

と知らせがきた。信長は血を吐く一言。

「オレよりも一足先に殺したか」

小姓に持たせておいた銀の大数珠《じゅず》をとって肩にかけ、兵隊の方を見返して大音声。

「今日こそはお前らの命をオレにくれよ」

馬の首をめぐらして、走りだした。

7

信長は戸部へ出た。さらにいったん桜村へ出て、古鳴海へ迂回した。謀略的な順路であった。

戸部から桜村にいたる道は笠寺城にこもる敵の勢力範囲である。信長は馬上六騎雑兵二百あまりで、そこをかすめて走ったのである。

敵の諜者はこれを見て、

「信長ならびにその兵約三百、桜村を経て古鳴海の方へ迂回しました」

と笠寺へ報告する。笠寺からはただちに鳴海城へ報告を送る。古鳴海と鳴海とはかなり離れている。古鳴海は信長の勢力範囲だ。信長はいったん敵に姿を見せておいて、自分の領域の山中へ消え込んでしまった。

信長にずっとおくれて出陣準備の出来た諸将たちが信長のあとを追って急いで熱田の方へ通りかかると、道に千九郎が突っ立っている。

「おっとっと。まったり。まったり。あんた達は熱田の方を通っちゃならぬ。山手を迂回して、善照寺の東、朝日山の麓に集れ。敵になるべく知れないように注意してくれ」

この通路には信長がかねて用意の諜者たちがはりめぐらされて、敵の情報網を遮断している。

「それ急げ。十時前に朝日山に集合しないと、今日の決戦におくれてしまうぞ」

千九郎は通りかかる将兵にいちいち指図をあたえる。

信長は古鳴海から丹下の砦と善照寺の砦のさらに外側を迂回した。はなはだ用心がいい。味方の砦のまた外側を迂回したのだ。

信長は型の如くに熱田神宮に参拝して願をかけたり、わざわざ敵の勢力範囲を横ぎったりして道草をくったから、彼が善照寺の東、朝日山麓の集合地点へついた時には、すでに先着して待ちかまえていた将兵も少くなかった。おくれた者も見る見る全員集合して、その総数は三千余名となった。

信長は簗田《やなだ》出羽守を呼んだ。

「義元はどうしているか?」

「沓掛を出発、桶狭間の道をとっております。おいおい情報が参りましょう」

「このあたりに敵の諜者はいまいな」

「大丈夫です。太刀ガ根からここまで、敵の諜者は侵入出来ません。味方の諜者が完全にはりめぐらしてあります」

簗田出羽守、もとの名は弥次右衛門、清洲衆だ。御記憶の読者もあろう。信長が少年の頃、この簗田と那古野弥五郎の手引きで、彼と彼のとりまきの少年だけで清洲城を乗っとりに出かけて失敗したことがあった。その時の弥次右衛門、今は簗田出羽守だ。

簗田は本日の決戦に最大の重責を負うていた。沓掛からこっちの道に味方の情報網をはりめぐらし、かつ敵の諜者をしめ出すという重大な任務であった。

ケタの違う小人数で勝つためには、この情報網の成功が頼みの綱であったのだ。

「沓掛、桶狭間方面の山中の道には敵の諜者はいないものと信じていいな」

「簗田出羽、殿の信頼は裏切りませぬ」

「よろし。キサマの言を信用しよう」

「むしろ、清洲からここまでの道に敵の諜者もまぎれ込んでおりましたろう。その方を御用心遊ばせ」

「さもあろう」

信長はうなずいた。彼自身もそう考えていた。敵の諜者はむしろ清洲に近い方に余計はりめぐらされているはずだ。

8

信長はまず三百の兵をさいた。佐々成政の兄、佐々隼人正、千秋四郎らが大将だった。その中には前田利家が加わっていた。

「その方らは鳴海城を攻撃せよ。そのヒマに味方の本隊が善照寺の砦に入るから、本隊が入城するまで攻めに攻めて敵に息をつかせるな」

そこで三百名はどっと鳴海城めがけてうってでる。ここにも敵の先鋒の大軍がこもっているから、少数で砦を攻めても所詮勝つことはムリの話。

大将の佐々隼人も千秋四郎も岩室長門守も討死した。総計戦死五十余。

そのヒマに、信長は残った三千名のうちから、千名をさいた。その千名に大将の旗をはじめ、旗サシモノ全部もたせた。

「その方らは善照寺の砦に入城し、気勢をあげよ。その方らの中には、大将信長も、その他の部将も、全員が揃っているのだ。ほかのところに信長がいると思ってはならぬぞ。尾張の全軍が集合して、意気とみにあがっている如くふるまうことを忘れてはならぬ」

そこで千名は旗サシモノの類を全部持って善照寺の砦に入り、これを賑やかに押し立てて、ワーワーと気勢をあげる。

信長の本隊は残りわずかに二千名。山中に姿をひそめて情報を待った。

「千人塚、通過」

「落合村にかかる」

つづいて、

「桶狭間に向う」

いよいよ今川義元の目的地はハッキリした。やっぱり、直接鳴海ではなくて、大高へ向うのだ。

正午にちかい時だった。

「敵の本隊、田楽狭間にて休憩、中食をとるものの如し」

さすがに貴族の兵隊は戦争最中とも思われないぐらいノンビリしている。山にかこまれた小さな平地へ全軍座りこんで、ノンビリ昼メシを食おうというのだ。

出陣前の朝メシを立ったまま食ってきた信長にくらべると、大変な相違。悠々カンカンたるピクニックの様子であった。

「落付きはらったものですな」

簗田が笑ってつぶやいた。

「どうやらこっちの思うように運んだらしいな。さて、義元の昼メシが終らぬうちに、急いで参ろう」

「残念ながら、敵の御馳走は分捕れますまい」

信長は部下の将兵に前進の命を下した。

「途中は無言。全員声をだしてはならぬぞ。常に木の陰、草の陰に身を隠すようにし、音を殺して前進せよ」

信長は道を急いだ。山また山の間を縫い、太刀ガ根にでる。

いよいよ田楽狭間は近い。ここに身をひそめて、勢ぞろい。斥候《せっこう》をだす。敵はまだ田楽狭間にいる。まだ立ち上る様子がない。

そのとき、みるみる黒雲が空をおおうた。稲妻がピカピカ光り出す。ゴロゴロ鳴りだした。信長は山中を縫っていたから、雷雨の近づいているのも気がつかなかった。

とつぜん大雷雨になってしまった。

「天の助けだ」

信長は高らかに笑う余裕を得た。この大雷雨では、敵は雨宿りに大騒ぎだろう。雨がはれて、ぬれネズミの敵が勢ぞろいする時こそはチャンスである。

9

今川義元の本隊が桶狭間の山際の道を通っていると、家康の使いの松平上野介がかけつけて、

「ただいま丸根入城。敵将佐久間大学を討ちとりました」

と報じた。一足ちがいに朝比奈泰能の使者もきて、

「鷲津落城。敵将飯尾近江討取り」

と報告する。

馬上の今川義元は目を細くして、

「ウム。ウム」

と、ただうなずいた。まもなく、にわかに胸をはって変な声をだしたので、使者たちは落城にヒマをかけすぎて怒られたのかと思った。

よくきいていると謡であった。義元はよそには見向きもせずに謡をうたう。とうとう、つづけさまに三番うたった。

道がひらけて山峡の広場へでた。義元はピタリと謡をやめて侍臣をふりむいた。

「ここは、どこだ」

「田楽狭間と申します」

「ここに馬をとめて、全員休憩だ。丸根鷲津は落城。敵の大将、佐久間大学、飯尾近江討死。全員に報告。中食をとらせよ」

田楽狭間はちょうど後楽園や神宮の野球場ぐらいの広さであった。そして四囲がスタンドの代りに山でかこまれていた。

強敵ならば要心もいるが、織田信長ぐらいの小僧を相手に、ビクビクしながら弁当をつかう必要はない。

鳴海城から報告がきた。

「信長の先陣、鳴海攻撃。信長の本隊、善照寺に入城。人馬旗サシモノにて砦の中はごった返しております」

「鳴海の敵は？」

「ただちに撃退。大将首はあれに持参いたしております。御食事の後にて――」

「イヤ。かまわん。かまわん」

義元は軽く家来を制した。箸をおいて立ち上り、

「貴人は自ら剣はとらぬが、敵の首、敵の血は賞味いたすぞ。これへもて」

「ハッ。敵の大将、佐々隼人正」

「佐々隼人？　ウム。然るべき顔である」

「同じく、千秋四郎」

「次は？」

「岩室重休、以上でございます。ほかに敵の討死五十余名」

「よし。よし。盃をこれへ。酒をつげ」

盃に酒をみたし、高々と天にささげて、グッとのみほす。

「わが鋒先《ほこさき》には天魔鬼神もたまらぬ。アッハッハ。これみよ。面白し。心持よし。アッハッハッハ」

盃に酒をつがせて、グイともう一パイのんだ。

「敵の本隊は善照寺の砦にこもったと申したな」

「左様です」

「図面をもて。善照寺。ウム、これだ。鳴海の東南に当るな。しからば、いよいよ本日は大高入。明日鳴海に至って、善照寺をふみつぶすぞ」

「ハッ」

「大高の鵜殿長照を笠寺へまわせ。大高は新たに徳川家康に守らせよ。家康はここへよこすに及ばぬ。大高にこもり、敵に備えよと申しつかわせ」

義元はいつの合戦でも家康に先陣させて三河武士の消耗をはかっている。今また丸根に当らせ大高の難所を守らせた。このおかげで家康は命拾いをしたのである。

10

丸根鷲津落城、鳴海へ攻め寄せた織田勢の敗走等、今川義元向うところ敵なしの報を得たから、四隣の神官僧侶名主らは、いよいよ織田は滅亡、尾張は今川義元のものと考え、新しい領主様のゴキゲンをとりむすんでおかなくてはいけないと、兵隊の食糧や、酒、肴等を運んで続々と挨拶にやってきた。

田楽狭間は社交場と化して、将兵はフルマイ物で大賑わい。

義元は益々好キゲン。

「その酒は郷人の物か。これへつげ。ウム。尾張の酒も美味である」

グッとのみほして、謡をうたう。

午《ひる》すぎてまもなく、一天にわかにかきくもった。サンサンたる初夏の太陽はいつしか隠れて、暗雲が山をおおい、タソガレのように暗くなるとともに、ゴウゴウと風が吹き起って物凄い夕立となったのである。午後一時ごろであった。

シブキにくもって、四囲の山すらも見えない。雷鳴がとどろく。稲妻が襟首をつかむように田楽狭間へのびてくる。

「敵はかなわじとみて雷となって退散いたすぞ。下世話に蛙の逃げ小便と申す。小野道風柳の下に裾をぬらし、今川義元田楽狭間に袖をぬらす。雨宿りをいたすぞ」

と大将が山の麓の林の中にもぐりこんで雨宿りをしたから、兵隊もそれぞれ林の中にひそんで雨宿りをする。

雷鳴がおさまり、雨がはれてきた。

食べちらした途中で雨宿りだから、田楽狭間の汚らしいこと。

「出発の用意を致せ」

義元は自分の塗輿《ぬりごし》のそばへやってきた。馬のヘタな義元はカゴもひかせて道中している。貴人の戦争は詩とともにある。

雨宿りの兵隊たちが、山林から続々現れて位置につきはじめている。

すると、みんなにおくれて、今頃ようやく慌てて山林の中から駈け降りてきた一団の奴らがいる。

よほど山奥へ雨宿りして、大慌てに慌てふためいて駈けつけたらしく、算をみだして、駈け降りてきた。

あッちこッちで、ワーワーワーッと物すごい騒ぎが起った。

義元は輿に手をかけて、侍臣をふりかえり、

「なんだ？」

「ハ？」

「喧嘩だな」

「ハ。どうも、そうらしい様子です」

義元は首をめぐらして騒ぐ音のする方を見たが、胴は長くとも足が短く合計して寸が足りないから、何も見えない。

「喧嘩をとめろ。雨がやむと、このザマだ。雑兵は野犬と異ならぬ。彼らに軍律を守らせる

のは野犬に礼を学ばせるようにむつかしい」

騒ぎが近所へうつってきた。近くの兵隊がくずれはじめた。

「敵だ!」

「ナニ?」

「敵襲!」

「バカな」

しかし、そのとき、新たに山を降りて、まッしぐらに義元めがけて寄せてくる一団があった。

信長が叫んでいた。

「あの輿だ! 義元は、あすこにいるぞ。義元を討て! 義元を逃すな!」

11

二三間先で、誰かが斬られた。味方はワッとくずれ、敵のために道をあけた。

「やっぱり、敵か」

義元は刀をぬいた。

貴人の怒りがこみあげた。服部小平太が槍をふるって貴人の前へ現れた。小平太が胴が長

くて足の短い貴人にヒョイと気がついたとき、

「狼藉者《ろうぜきもの》！」

貴人が刀をふりまわした。槍が手元からスッポリ斬られ、ついでに小平太の膝頭が斬りさかれた。

毛利新助がいきなり義元に組みついた。義元は一たまりもなく、ひッくりかえった。新助は馬乗りになり義元の右手を膝で押え、片手で顔をグッと押しつけた。

「ウム」

義元の右手はいくらうめいても自由にならぬ。胸の上の敵をはね返す力は全然わき起らない。新助の指が一本口にふれた。

「ム！」

いきなり指をかんだ。かみきった。その瞬間に、新助の片手が刀をつかんで義元の首を刺したのである。刺した刀をぬくと、庖丁《ほうちょう》のように横に当てて、義元の首を切り落してしまった。

「大将だ。ありがたい」

新助は幸福感にボウとしながら、義元の首をつかんで立上った。思わずフラフラよろめいた。そのついでに、義元の手にした刀と腰の小刀を分捕った。

あたりを見廻すと、刀をふるって走っているのは味方だけだ。三万余の敵は二千の味方に手当り次第斬りまくられ、刀もぬかずに逃げまどって後から斬りつけられているのである。

敵は八方に我先きに逃げた。またたくうちに田楽狭間の敵兵は一掃されて掻き消えていた。

「長追いさせるな。兵をまとめよ」

毛利新助が義元の首をもってきた。

「よく、やった」

信長は思わず新助の右肩を叩いていった。新助の人差指がなくなって血がたれていた。

「そうか。その指を二度と生やすな。末代までの名誉の傷だぞ」

今度は新助の左肩を叩いて、信長は大笑した。

信長は簗田出羽守の姿を認めて、よびかけた。

「出羽よ。キサマのお陰だぞ」

「ありがたきお言葉、恐縮でござる」

「沓掛の城をキサマにやろう」

信長は大声で叫んだ。満足で、いっぱいだった。

敵の死者は、侍五百八十三、雑兵二千五百、合計三千余であった。

信長は馬前に義元の首をもたせて、清洲への道をいそいだ。

熱田の町へかかると、町人たちが、手に手に刀や棒を握って沿道をうずめ、泣きながら踊るように歓迎した。

彼らは敵の一部がこっちへ逃げて、町に火をかけようとしたのを、総出で追いちらしたところであった。

「信長公万歳！」

神の社の沿道に期せずして万歳が起った。

さすがの信長も目がぬれてきた。杜《もり》の上にかかった夕日が正面から顔をてらす。明るいうちに清洲へ。信長の心は無邪気に帰りをいそいだ。

解説

七北数人

坂口安吾晩年の長篇「信長」は、歴史小説史に残る名作であり、安吾全作品中の最高傑作と推す人が多い。没後『別冊文藝春秋』で行われた識者アンケートでも「信長」は三位であったし、近年の安吾忌アンケート（有効回答九十一票）でもファンの間では七位に入る人気を保っている。

発表直後から数多くの作家や評論家らが激賞した。たとえば、井伏鱒二は初版単行本のオビにこんな讃辞を呈している。

「信長の精緻で大胆、着想の斬新、判断の正確、行動は電光石火の特長が躍如として現われている。特に信長の反俗的な一面が鮮やかに書いてある。ひたむきな信長が書いてある。戦国乱世の青年公子の苦闘が書いてある」

また、井上靖は「史実には頗る忠実である」点も指摘しつつ「史実と史実との間を縫って氏一流の史観を展開して行く坂口氏の取扱いは頗《すこぶ》る見事である。この、信長を取り巻く小野心家たちの権謀術策の戦国地図は、誰が読んでも面白いものである」と絶讃（『日本読書新聞』）、花田清輝も「近ごろまれにみる男性的文学である」といい、特に信長と道三との「火花をちらすような虚々実々の戦い、そこからうまれてくる一種異様な友情」をクローズアップした点を高く評価した（『河北新報』）。

批評のほんの断片からでも評価する人の熱が感じられる。そう評したくなるような熱気・気魄が作品にこもっているからだ。

心理のカケヒキにハラハラし、誰にも似ていないユニークな生きざまに快哉を叫び、人を食った行動に腹をかかえ、戦闘シーンのあまりの苛烈さに圧倒され、孤独の闇の深さに胸の底がしんとする。

事実を重んじた歴史小説であり、一級の純文学作品でもあり、一流のエンターテインメントでもある。ジャンルを超越して、本物の文学だけがもつ醍醐味が、「信長」一篇の中にぎっしり詰まっている。

織田信長を描いた小説やドラマは数多くあり、概して残虐非道の冷血漢として描かれるが、安吾の信長はまるで違う。その合理精神、タワケぶり、悪党ぶりも、何から何まで魅力的で、つねに全身が燃えたぎっているように熱い。

たった一人、全世界を敵に回して戦う覚悟を、事もなげにカラカラと笑いながら濃姫に語る。濃姫は信長の覚悟の言葉に、胸を貫かれる。

三百人のわんぱく少年たちの大将だった弥五郎は、相撲勝負のほんのひと休みのとき、信長から尾張一国の趨勢を決するやもしれぬ相談事をうけ、一瞬で腹を決める。

「この大タワケは、ニセモノやツクリモノではない。本人のありのままの姿であるが、タダモノとは全然スケールが違うから天下の大タワケに見えるだけ。実はおどろくべき大器なのかも知れない」

その無謀ともいえる率直な交渉の成功を見て、「自分の年齢を考えがちで、マサカと思っていた万千代は、これに驚くとともに、力を得た」と安吾は書く。まだ子供の万千代（のちの丹羽長秀）が、これに続く大役をこれまた率直に、満々たる覇気をもってこなすのだ。心理の流れに嘘がないから、子供の作戦に立派な武者が乗ってくる行動の流れも違和感なく納得できるし、流れの中でこそ一人一人のキャラクターが立ってくる。

このように皆が少しずつ、信長の凄さを発見し、胸を打たれていく。誰にも媚びることのない本物のツワモノたちが、信長の圧倒的な胆力と機動力、先見性と洞察力に目を見開かされ、コイツに賭けてみようかという気になる。男が男に惚れて、次々と仲間に加わってくる、典型的なヒーロー・ストーリーの展開で、これがゾクゾクするほど面白い。

安吾は誰の心の中にも入り込める全知視点で、信長や信長にかかわる人々の心理をあばいていく。皆が皆、相手の心理を探り合っている。つねに悩み、考え抜き、いつか来る日のためにと謀る、そういう各人の心理を読んでいくと、戦国の世を勝ち抜くのは、情報戦・心理戦に長けた者だけであるとわかってくる。信長は人間の心理を掘り下げて戦術を組み立てるのが誰よりも上手だった。

また、鉄砲の積極的利用やドライな宗教観など含めて、信長といういつも近代的な合理主義精神が語られがちで、安吾の信長も実際、戦争に勝つための工夫で事欠くことは全くない。確かにそのとおりなのだが、ただそれだけでは戦争には勝てないのだ。

信長の前には、合理では歯が立たない状況が次から次へとふりかかってくる。

義父の道三に頼まれもしない義理を立てて応援に出陣し、帰る城さえ失ったかもしれないそのギリギリの崖っぷちで、信長は「間に合った、運命に」と心に呟く。「とにかく、今日は、間にあった。今日一日は」

時の運とか運命とかに頼る心はすでに「合理」からは遠いのだが、それしか道がなければ、運を我が身に呼び込むほかない。

「人が最後の崖に立ったとき、他に助けを求め、奇蹟を求める時は、必ず滅びる時である。自分の全てをつくすことだけが奇蹟をも生みうるのだ」

尾張全部が敵となり、万策尽きたとき、「もうコケオドシや策略は放うりだして、素ッ裸になって一命を賭けてみることだ」と腹をくくる。幼い弟とたった二人、敵の本拠地へ遊びに行く。しずかに、何事も起こっていないかのように進行するイノチガケのやりとり。この緊迫感はどうだ。そこに命が投げ出されているから、平常の空気がピリピリと張りつめて苦しいほどだ。

「信長には用意も企みもなかった。成算もない。ただ一つ覚悟があるだけだ。死ぬ運命なら、死のう」

「死のうは一定」とは、信長が好きだった小唄の文句で、安吾も好んでこの言葉を色紙に書いた。人間は必ず死ぬ。十年先かもしれないし、明日かもしれない。とにかく死の一事をつねに胸に置いて事に当たれば、おのずと開けてくる道もあるだろう。そういったニュアンスを含んだ言葉だった。

「信長」は一九五二年十月七日から一九五三年三月八日まで、新聞『新大阪』に連載された。最初の十四回は覆面作家として発表され、作者名を当てる懸賞募集が付いた。結局、半数近い応募者が正解したという。安吾が流行作家だったことの証であり、安吾らしい文体の特徴を当時の人は感覚的にわかっていたのだろう。

最も好きな信長をついに書く日が来た、と安吾は大いに意気込んでいたから、文章はのびやかに躍り、自分の人生観がそのまま信長に仮託して描かれるかのようだった。

連載に先立って発表された「『信長』作者のことば」(『新大阪』一九五二年十月一日)を読めばわかるとおり、安吾は信長が明智光秀の謀反にあい本能寺で死ぬまでの大長篇を執筆するつもりだった。しかし、桶狭間の戦いで一旦終了となり、信長と「カンタン相てらした」二大梟雄、斎藤道三と松永弾正のうち、弾正はまだ登場すらしていない。

中断の理由は内的・外的にいろいろあっただろうが、外的には家計が苦しかったことがあると三千代夫人が証言している(坂口三千代「未完の小説」)。税金滞納問題で税務署と争っていた当時、単行本は出版されるより前に印税を差し押さえられてしまうため、単行本は出さず、原稿料のみで暮らす生活をしていた。そんな状況であったのに、新大阪新聞社からの稿料支払いは遅延しがちで困り果て、ある日、三千代が「信長」などやめちゃった方がいいんじゃないか、とぼやいてみたら、即座に中止と決定してしまったという。

内的には、ホントは書きあぐねていたのだ。担当記者の回想によると、しだいに執筆に難渋するようになっていったらしい。

文学仲間だった大井広介の「坂口文学の舞台裏」(『産経新聞』一九五五年五月二十三日)によると、「信長が己れを神にまつり拝ませようとして、光秀に大義名分を与えたというのが、坂口多年抱負の解釈だった」という。

本コレクション第一巻所収の短篇「織田信長」の中に、「人間の実相を見つめるもの」が「悪魔」であり、それは「神に参じる道でもある」と書いたとおり、信長はまさに、神になろうとしていた。同巻所収のエッセイ「エライ狂人の話」にも、安土城内の寺の本尊に自分の像を祭ることを考えていた話が書かれており、「彼の一生の行跡では喧躁なほど開放的なものと、蓋を閉じた貝のように陰気なものとが交錯していて、一見して彼ほど激烈で狂的な独裁者は日本の史上では類が少いように思われる」とあった。

つまり、桶狭間以後の信長は、どんどん壮大な妄想を育てて「悪魔」になっていかねばならないのだ。狂的な人間の性格を掘り下げて描くことを文学の悲願のひとつとしていた安吾であるが、この後はやはり「蓋を閉じた貝のように陰気な」心を書いていかねばならない。その道は苦しく険しいものだったにちがいない。

短篇「織田信長」では再三「悪魔」と書いているが、虐殺をする「人でなし」としての悪魔だったとは書いていない。短篇内では松永弾正や足利義昭との関係が描かれるが、その時点ですでに虐殺を始めていたはずなのに、その記述を避けている。道三による虐殺を書く時もさらりと簡潔で、気持ちの同化ができなかった様子がうかがえる。

戦争中、安吾は短篇「鉄砲」(第一巻所収)の中で、信長の長槍が短槍に勝ち、鉄砲が刀や弓矢に勝ったことを例として、信長から島原の乱へ続く近代合理精神を説き、「今我々に必要なのは信長の精神である。飛行機をつくれ。それのみが勝つ道だ」と締めくくった。

しかし戦後は、飛行機の次が原水爆となる必然の論理的帰結に自ら嫌悪をもよおしている気味があった。「信長」を書き始めたのと同年同月に発表されたエッセイ「もう軍備はいらない」にはこう記している。

「戦争にも正義があるし、大義名分があるというようなことは大ウソである。戦争とは人を殺すだけのことでしかないのである。その人殺しは全然ムダで損だらけの手間にすぎない」

戦争放棄の憲法を賞揚し、明快な論旨で無抵抗主義を説く。それももちろん安吾らしい意見なのだが、その心の奥底には熱い火が燃えさかっていて、どうしようもなく心の「戦争」に駆り立てられていく衝動がフツフツと沸いてくる。内面の衝動には、善悪の問題など入り込む余地はない。

長篇「火」(一九五〇年)は、架空の戦争を挾んだ日本の姿を、陰謀政治家やフィクサー、豪傑いりみだれる波乱万丈の展開で描いた戦争小説だったが、刊行された第一部のあとがきで、安吾は自分の存命中に戦争に遭遇したいと切実に願っていたことを書いている。「私は人間を書きたいのだ。私のあとう限りの能力によって。そのために、戦争が見たかった。他人の録した戦争ではなく、私自身の目で戦争を見て、私自身の知りうる人間の限界まで究めたかった」

「信長」の連載終了後に書かれた文芸時評「戦の文学」にも、戦争に対するアンビバレンツな思いがしたためられていた。

「むろん戦争はもうタクサンだ。もともと私が戦争にめぐりあいたかったのは、自分をためしてみたいような期待によるだけのことで、戦争が好きだという気持からではない。しかし私は戦争にめぐりあいたかった私の期待が恥ずべきものだとは考えていない。恥ずべきことがあるとすれば、戦争にめぐりあいながら、いまだにロクな戦争小説一ツ書いていないというダラシなさであろう。『火』という小説でそれをやりかけて、発端だけで未完になっている情けなさである。怠惰にもよるが、最大の理由は力量不足である。／

しかし、戦争はたしかに経験してみないと見当がつかないほど異常なものである。／たとえば桶狭間で今川義元は土地の僧侶や名主たちが手ミヤゲ持参で出迎えてくれたので、好キゲンで一パイやっていた。そこへ雨が降ってきて、その雨のはれたとき信長の奇襲に討たれたのであるが、村長や坊主が戦勝者の先物買いをして手ミヤゲ持参で出迎えるというような情景は、すくなくとも私の場合、この戦争の経験がなければ読み落したように思うのである」

現実に見た戦争が、信長をめぐる戦争に活かされ、そこに人間の本然の姿が現れる。安吾の小説の理想形が「信長」の中にさまざまな形で入り込んでいるのがわかる。

長篇の終盤、信長の内面から噴き出す〃火〃を描くとき、安吾は信長を遠景にした。ただただ圧倒されて見物する人々の視点に立つのだ。自在に視点を行き来させる講談的手法が、ここでその効果を最大限に発揮している。

「火の中を荒れ狂う信長の軍兵が、否、信長その人の姿がすさまじかった。その武者が信長であるということは、彼がどこを駈け抜けていても一目でわかった。彼が停止している瞬間においても、手向う者すべてを倒さずんばやまぬ怒りが発し起っているのだ」「『あれが信長だ』『こんどはあすこにいるぞ』『まるで平地を行くように火の中を通っている』『火が自然に道を開けるのだ』『信長が止まれば、火も止まるようだな』彼等は信長の姿に魅入られているようであった」

読者は伝説生成の現場に立ち会っているのを感じるだろう。

鮮烈な〝火〟の文学——。安吾の文学論や将棋観戦記などでは、あらゆる権威を斬り捨てるような書きぶりに、早くから〝火〟のイメージがあらわれていたが、信長という主人公を得て初めて、小説の世界でも燃え盛る〝火〟を解放できたのではないだろうか。

ラストは小気味よいほど爽やかだ。ほとんどゼロからのしあがっていく青春時代の信長だからこそ、安吾の筆は全的に開放されて畢生《ひっせい》の傑作ができあがった。青春篇として、一つの長篇は完結したと言っていい。ここまでで、安吾は書き尽くしたのだ。

本書は、『坂口安吾全集』（一九九八〜二〇〇〇年 筑摩書房刊）収録作品を底本としました。

全集収録時、旧仮名づかいで書かれたものは、新仮名づかいに改めました。

難読と思われる語句には、編集部が適宜、振り仮名をつけました。

本文中には、今日の観点からみると差別的、不適切な表現がありますが、作品の発表当時の時代的背景、作品自体の持つ文学性、また著者がすでに故人であるという事情を鑑み、底本の通りとしました。


（編集部）

坂口安吾歴史小説コレクション 第二巻

信　長

二〇一八年　一〇月二〇日　初版第一刷　発行

著　者　坂口安吾
編　者　七北数人
発行者　伊藤良則
発行所　株式会社 春陽堂書店
〒一〇三－〇〇二七
東京都中央区日本橋三－四－一六
電　話　〇三－三二七一－〇〇五一
装　丁　上野かおる
印刷・製本　惠友印刷株式会社

ISBN978-4-394-90339-0 C0093